pull the trigger
영혼의 방아쇠를 당겨라

영혼의 방아쇠를 당겨라!

초판 1쇄 찍은 날 § 2005년 7월 29일
초판 1쇄 펴낸 날 § 2005년 8월 9일

지은이 § 이혜경
펴낸이 § 서경석

편집장 § 문혜영
편집책임 § 이종민
편집 § 한지윤

펴낸곳 § 도서출판 청어람
등록번호 § 제1081-1-89호
등록일자 § 1999. 5. 31
어람번호 § 제5-0050호

주소 § 경기도 부천시 원미구 심곡1동 350-1 남성B/D 3F (우) 420-011
전화 § 032-656-4452 팩스 § 032-656-4453
http://www.chungeoram.com
E-mail § eoram99@chollian.net

ⓒ 이혜경, 2005

ISBN 89-5831-660-8 03810

pull the trigger

영혼의 방아쇠를 당겨라

新 비단속옷

이혜경 지음

도서출판 청어람

나라구요, 내가 맞아요!
이제 나를 향해 당신의 영혼의 방아쇠를 당겨요!

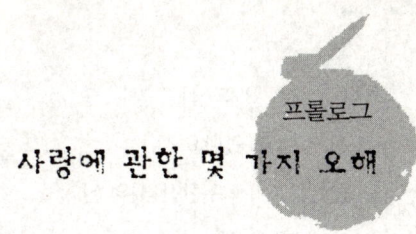

사랑에 관한 몇 가지 오해

멍하니 모니터 앞에 앉아 마우스를 움직여 새로 올라온 뉴스를 검색하고 있는데 경쾌한 소리를 내며 메신저 알림이가 올라온다.

[내 체온 39도님이 로그인 했습니다.]

마우스를 움직여 대화하기 창을 열었다.

[삼겹살에 소주한잔님]의 말:
안녕.^^*

[내 체온 39도님]의 말:

잘 지내고 있나요?

[삼겹살에 소주한잔님]의 말:

네. 그쪽은요?

[내 체온 39도님]의 말:

조금 아파요. 호! 해줘요.

[삼겹살에 소주한잔님]의 말:

이런, 호! 호! 어때요?

[내 체온 39도님]의 말:

한결 나아요.

[삼겹살에 소주한잔님]의 말:

근데 어디가 아파요?

[내 체온 39도님]의 말:

바이러스!

[삼겹살에 소주한잔님]의 말:

아, 그거 나쁘지요.

[내 체온 39도님]의 말:

이번 바이러스가 가장 독해요. 열이 펄펄 끓었어요. 약 먹고 하루
쉬었더니 괜찮아지네요.

[삼겹살에 소주한잔님]의 말:

다행이군요. 바이러스 중에 그래도 한바이러스 하는 가장 독한 놈
은 역시 사랑의 바이러스죠.

[내 체온 39도님]의 말:

그런가요? 해봤어요?

[삼겹살에 소주한잔님]의 말:

아뇨, 제대로 된 사랑은 해보지 않았지만……

〈해보지 않았지만〉이라는 자음과 모음의 조합 뒤에서 멈춰 선 커서가 깜빡이며 한참 움직일 줄을 모르자 대화창 아래에선 〈내 체온 39도님이 메시지를 입력하고 있습니다〉라는 글씨가 떠올랐다.

[내 체온 39도님]의 말:

해보지 않았어요?

[삼겹살에 소주한잔님]의 말:

제대로 해보지 않았지만, 또 언젠가 내가 알지 못하는 동안에 심하 게 해본 것도 같아요. 사랑, 그 단어만 떠올려도 이렇게 심장이 아파 오는 걸 보니…….

[내 체온 39도님]의 말:

사랑을 했다는 거예요, 안 했다는 거예요?

[삼겹살에 소주한잔님]의 말:

아마도 했었던 거 같아요, 지독한 사랑을……. 저 기억 어디선가 말이죠. 이젠 사랑이라는 말만 들어도 이렇게 썰렁해지는 걸 보면요.

[내 체온 39도님]의 말:

사랑이 단 한 번밖에 없다고 생각하나요?

[삼겹살에 소주한잔님]의 말:

그렇진 않아요. 두 번, 세 번, 네 번, 다섯 번…… 자꾸만 또 다른 사랑을 할 수도 있겠죠.

[내 체온 39도님]의 말:

그럼 처음 그 사랑이 너무 가엾잖아요.

[삼겹살에 소주한잔님]의 말:

하지만 사랑은 단 한 번이라고 말해 버리면 삶이 너무 버거워질 것 같아요.

[내 체온 39도님]의 말:

하지만 난 그렇게 단 한 번뿐인 사랑을 하고 싶어요. 그런 사랑을 찾는다면 놓치지 않을 거예요.

[삼겹살에 소주한잔님]의 말:

운명적인 사랑을 믿는 거군요. 그만 자야겠어요. 얼른 코 자요, 빨리 낫게.

[내 체온 39도님]의 말:

그래요. 잘 자요. 고마워요.

〈건희의 다이어리〉

Shit!

어제저녁을 먹고 바로 잠들었다. 또 저녁 먹은 것은 모두 지방으로 변해 내 몸에 붙어 있을 것이다. 게다가 너무 일찍 잠든 탓에 모두가 잠든 이 새벽에 예리하게 노려보는 고독이라는 놈과 마주 앉아 있어야 했다. 지난번 받아둔 시나리오를 찾겠다고 밤늦은 시간 책상 서랍을 뒤적이다 보니 엉뚱한 수첩이 튀어나온다. 펴서 읽을까 말까 망설이다가 던져 버리고 화장실로 달려가 차가운 물에 머리를 씻어내며 샤워를 했다. 아침 출근길에 현관문을 나서자마자 쓰레기통 앞에 서서 박박 찢어 던져 버렸다. 그 오랜 시간 꼼꼼하게 기록해 둔 김민에 대한 기억은 그렇게 찢겨져 바람을 타고 날아가 버렸다.

그깟 추억의 기억 따위는 내겐 필요없어!

다 기억한다, 기억해! 모두 다 기억한다고!

하지만 이젠 버릴까 해…… 쉽진 않겠지만 말이야.

안녕, 내 오랜 짝사랑!

그건 99년 눈이 오던 겨울이었고, 오늘은 2004년 꽃이 피려는 3월 봄이 시작되고 있고 내 나이 어느새 스물아홉이다.

끝 없이 이어지는 불투명한 공간, 태곳적 물속에서 그는 부유하며 휴식하고 있었다. 무릎에 이마를 대고 팔로 다리를 감싼 채 고요히 떠 있었다. 눈앞이 온통 캄캄해지며 몸이 둥둥 떠 물속을 헤엄쳐 다니는 기분이 들었다. 그리고 그는 무언가 강력하게 몸을 옥죄어오는 느낌을 받았다. 그는 몸을 웅크린 채 쇄도하는 물결을 따라 좁고 어두운 터널을 천천히 돌며 앞으로 나아갔다. 한 번씩 돌아 나아갈 때마다 익숙하고 달콤한 향기가 점점 더 진해지는 걸 느꼈다. 그토록 갈망하던 그리운 향기, 오랫동안 닫혀 있던 캄캄한 터널이 열리며 마침내 누군가를 향해 다가가듯, 끌어당겨지는 힘에 의해 마치 허공으로 들려지는 느낌이 들었다. 그는 이제 완전히 독립된 존재로서 어머니의 자궁 속을 벗어났다. 누군가 그의 발을 잡고 엉덩이를 찰싹 때렸다.

철썩!

"응애! 응애!"

"산모님, 정신 차리세요, 산모님, 보이세요? 아들이네요."

"네……."

건강한 아기는 입속의 이물질을 제거하고 나자 더욱 우렁차게 울어대고 있었다. 산모는 그렇게 울음을 터뜨리며 팔다리를 꼼지락거리는 아기를 슬프게 바라보고 있었다. 제 자식이 태어난 것이 기쁘지 않을 리는 없었지만 지금의 산모의 처지로서는 이 아기의 탄생을 기뻐할 수만은 없었다.

아기는 간호사의 손에 의해 신생아실로 옮겨졌다. 아기는 그곳에서 돌보아져 우유를 먹고 목욕하며 잠들어 조금씩 자라고 있었다. 하지만 산모는 아기를 한 번도 제대로 안아주지 않았다.

아기를 처음으로 안아보던 날, 산모는 그녀 곁에 서서 아기를 올려다보는 조그만 사내아이를 보며 이렇게 말했다.

"봐, 네 동생이야. 다시 만나게 될지는 알 수 없지만 잘 봐둬라. 예쁘지?"

"엄마, 왜 우리 아기를 우리가 데려가면 안 돼?"

"그건, 반은 우리 아기지만 반은 우리 아기가 아니라서 그래. 네가 더 크면 말해 줄게. 알았지?"

작은 사내아이가 아기의 조그만 손을 찾아서 꼭 쥐자 아기에게 아주 익숙한 온기가 느껴졌다. 그 온기는 아기를 금세 기분 좋게 해주었는지 아기의 얼굴이 아주 환하게 빛나는 것 같았다. 사내아이 또래의 여자 아이가 탈랑탈랑 달려오며 말했다.

"아줌마, 저도 아기 만져 봐도 돼요?"

"그럴래?"

작은 여자 아이가 아기의 손을 잡자 아기는 작은 입을 오물거리며 손가락을 꼼지락거렸다.

"자, 이제 아기는 데려가야 돼. 너희는 저리로 가서 놀아라."

"네. 가자, 오빠! 우리 엄마가 맛있는 거 사준다고 빨리 보고 차로 오랬어!"

"엄마, 나 오늘도 아줌마네 집에 가 있어?"

"그래. 엄마 퇴원할 때까지만……."

여자 아이가 아기 잡은 손을 놓자 아기는 갑자기 무엇에 놀란 듯 자지러지게 울기 시작했다. 하지만 이내 시계를 바라본 산모는 아기의 울음을 달랠 새도 없이 급히 산모실로 갔다.

병실에는 옥빛 한복을 깨끗하게 차려입은 은발의 노부인과 점잖게 양복을 차려입은 중년 신사가 조용히 자리하고 있었다. 산모는 금방이라도 울 것 같은 얼굴로 아기와 그 노부인을 번갈아 바라보았다.

"이 아기인가?"

"예, 제가 한시도 산모의 곁에서 떠나지 않고 쭉 돌봐왔습니다."

노부인이 아기를 향해 팔을 벌리며 묻자 중년의 남자는 산모의 손에서 아기를 받아다 안겨주며 그렇게 말했다. 노부인은 아기를 대견하고 사랑스럽게 들여다보았다.

"고생하셨네. 건강하게 키우겠네."

노부인은 그 중년 남자에게 고개를 끄덕이며 눈짓을 해 보였다. 남자는 양복 안주머니에서 준비한 봉투를 내밀면서 다소 쌀쌀하게 말했다.

"이 돈이면 평생을 먹고살기에 부족함이 없을 것입니다. 이 아기는 가급적 빨리 잊으세요. 곧 외국으로 떠나게 될 것입니다."

산모는 흰 봉투를 멍하게 바라보며 놀란 듯 다급하게 물었다.

"어, 어디로 가게 되죠? 어디로 가나요?"

"모르는 게 나으실 겁니다."

"어느 하늘 아래에 있는지만이라도 알게 해주십시오. 아이를 낳은 엄마로서 그쪽 하늘 바라보며 행복이라도 빌어주고 싶습니다. 부탁드립니다."

산모가 간절한 눈빛으로 아기를 안은 노부인을 바라보며 부탁하자 노부인은 낮고 위엄있는 목소리로 대답했다.

"영국에서 교육받고 미국에서 살게 될 게야. 이 아이는 자네가 상상하는 것 이상으로 대단한 피를 받고 태어났네. 혹시라도 이 일을 입 밖으로 발설했다간 자네 역시 무사하지 못할 거야.

알겠나?"

"네…… 알겠습니다."

아무것도 모르는 아기는 뽀얀 얼굴로 금세 쌕쌕거리며 잠들었다. 산모의 얼굴이 점점 어두워지기 시작하자 노부인은 아기가 깰세라 조심스럽게 자리에서 일어나 밖으로 나갔고, 아기의 얼굴을 한 번이라도 더 보려는 산모를 남자가 끌어당겨 앉히며 단호하게 고개를 저었다. 산모는 고개를 숙이고 눈물을 떨어뜨렸다.

아무리 돈이 필요했었다고 해도 승낙하지 말아야 했다. 몇 년간 잘 운영해 온 회사가 갑작스런 남편의 죽음으로 인해 부도가 난 후 어린 아들을 안고 길거리를 방황할 때였다. 그녀가 그렇게 죽은 남편의 회사를 날려 버렸다는 심리적 공황 상태에서 헤매고 있을 때 그들은 제의를 해왔었다. 그들은 어떻게 알았는지 윗대에서 자신의 집안이 급격히 기울기는 했어도 뼈대있는 양반 집안이었다는 것, 자신의 성장 과정, 그리고 현재 자신의 처지까지 마치 곁에서 지켜보고 있었던 것처럼 알고 있었다. 대리모가 되어달라는 말에 처음엔 단호히 거절했지만 다급한 사정의 그녀에게 그쪽에서 내민 돈은 너무 큰 유혹이었다.

비탄의 눈물이 뚝뚝 흘렀지만 이젠 늦은 일이었다. 눈앞에 아기를 대신해 놓여 있는 하얀 봉투를 움켜쥐며 그 산모는 퉁퉁 부은 얼굴을 훔쳤다.

아기는 영국 윈저의 한적한 저택에서 두 명의 한국인 유모의 젖을 먹으며 자라났고, 백일 무렵부터 두 명의 선생에게 교육을 받았다. 한 달의 반을 곁에서 머무는 준수하고 귀족적인 품위를 지닌 한국인 아버지 이종은 그 집안의 절대적 권력자였으며 영국인 어머니 제니퍼 메릭은 눈부신 금발에 투명한 하얀 피부를 지녔으며 차갑고 섬세하며 아름다웠다. 그러나 불행하게도 그녀는 아기를 갖지 못했다. 이 집안의 최고 어른인 아기의 친할머니 엄귀용 여사는 제니퍼의 불임을 내심 종묘사직이 도운 것이라고 생각했다.

엄 여사는 지금도 새벽 네 시이면 어김없이 일어나 뒷마당 한쪽 별관에 모셔둔 조상들의 위폐에 격식을 차려 제를 올렸다. 이종을 너무나 사랑하는 제니퍼는 자신이 불임인 것을 알고는 그의 모국인 한국 아이를 입양하고 싶다는 뜻을 밝혔고, 이종도 흔쾌히 승낙 후 엄 여사에게 이를 알렸다. 엄 여사는 제니퍼 앞에서는 밝은 얼굴로 흔쾌히 승낙했으나 그날부터 아들 이종에게 또 다른 자신의 계획을 받아들이도록 설득하기 위해 오랜 시간 전쟁 같은 줄다리기를 해야 했다. 절대 남의 핏줄을 입양할 수 없었던 엄 여사는 미리 물색해 둔 한국인 대리모를 통해 이종의 아들을 얻을 생각이었다.

이종이 결혼하겠다며 제니퍼를 데려왔을 때 엄 여사는 자살을 시도했었다. 이종이 영국 여자와 결혼을 할 것이라고는 꿈에도 상상하지 못했던 엄 여사에게 이종과 제니퍼의 결혼은 절망이었고 수치였다. 아무리 강제로 뿌리를 잘려 떠돌고 있는 집안이라고는 하지만 엄연한 왕가의 자손이었다. 외국인과의 혼인은 있을 수 없는 이이었다. 살아서는 종친들 볼 일이 까마득했고 죽어서는 조상들을 볼 낯이 없었다. 자신의 존재 이유가 없다고 생각했었다. 하지만 처음 자신의 방에서 목을 맨 엄 여사를 발견했을 때 이종의 충격은 말로 다 할 수 없었다. 모든 방법을 동원해 어머니 엄 여사를 살려냈을 때 이종은 두 번 다시 어머니의 뜻을 거스르지 않겠다고 맹세했었다. 그래서 엄 여사의 아기에 대한 은밀한 계획을 거부할 수가 없었다. 출장을 핑계삼아 이종은 한 달 동안 서울에 머물렀고 미리 집안이며 학벌이며 건강 상태까지 조사해서 물색해 둔 산모에게서 엄 여사는 그토록 소망하던 사내아기를 얻을 수 있었다. 엄 여사의 삶에 희망이 생긴 것이다. 이제 엄 여사는 이종에게서 포기했던 그 모든 기대를 손자인 이 아기에게 걸었다.

비밀을 전혀 모르는 제니퍼는 아기를 아주 많이 사랑했다. 깊게 패인 모슬린 드레스 차림으로 탐스럽게 드러난 가슴에 아기의 보드라운 분홍빛 뺨을 대보기도 하고, 바람 좋은 날은 마당에 내놓은 요람에 아기를 태워 흔들어주기도 하였다. 아기는 파란 봄 하늘의 구름처럼 포근하고 부드럽게 방긋방긋 웃고 있었다. 엄 여사는 제니퍼의 그런 모습에 흡족해했다.

이 집 안에 아기가 있자 엄 여사와 제니퍼는 한결 지내기가 편해졌다. 서로의 문화적인 차이도 표면적으로는 서서히 부드럽게 융화되기 시작한 듯 보였다. 제니퍼는 영국 여인답게 차를 즐겨 마셨다. 엄 여사나 이종이 하루 세 번 녹차나 커피를 마실 동안 제니퍼는 아침에 식사와 함께 모닝 티를, 열한 시쯤 토스트와 티를, 점심 식사 후 후식과 티를, 네 시쯤 스콘 케이크와 티를, 저녁 먹고 입가심으로 티를, 잠들기 전 몸을 데우기 위해 티를 마셨다. 그런 제니퍼를 본 엄 여사는 이종에게 슬며시 중얼거렸었다.

"저 애는 왜 저렇게 저걸 들이붓나 그래? 너는 이해가 되냐?"

"어렸을 때부터 봐온 거라 습관적으로 마신다고 하더군요. 어릴 때는 많이 안 마셨는데 클수록 더 마시게 된답니다. 왜, 우리나라 사람들도 밥 먹을 때 김치 안 먹으면 약간 이상하고 뭔가 허전하고 섭섭하고 그러잖아요. 제니퍼도 그렇대요. 항상 티가 있어야 뭔가 먹은 것 같다고 하더군요."

"그런 거냐? 그래도 우리 음식을 즐겨 먹는 건 참, 희한하지?"

"영국 음식이 사실 맛없잖아요."

아기는 비교적 따뜻한 분위기에서 자라났다. 아기의 이름은 엄 여사가 아기의 교육을 위해서 특별히 초대한 유명한 국어학자이며 역사학자인 이신율 박사에 의해 한(韓)이라고 지어졌다. 그 한이라는 이름에 엄 여사는 몹시 만족해했다.

제니퍼는 영국 굴지의 기업 BBS의 두 사람의 대표 중 하나인 에드 메릭 회장의 외동딸이었다. 에드 메릭 회장은 영국의 BBS

를 맡고 있었고 동생인 쇼우 메릭은 미국의 BBS를 맡고 있었는데 쇼우 메릭은 독신으로 평생을 지내왔다. 집안에 자손이 귀하다 보니 한의 아버지 이종이 장인인 에드 메릭 회장의 뒤를 잇고 있었고, 그러다 보니 점점 더 바빠져 한의 교육은 엄 여사와 제니퍼에게 맡겨질 수밖에 없었다. 엄 여사와 제니퍼는 공평하게 학교 교육은 영국식으로 시키고 사교육은 한국식으로 시켰다.

말문이 트이면서부터 시작된 한의 호기심은 끝이 없었다. 선생 이신율은 한에게 그림과 서예, 한글과 한문, 그리고 음악을 가르쳤다.

어느 날 엄 여사는 이신율 선생을 불러서 차를 한 잔 나누었다.

"선생님, 선생님이 보시기에는 한이 어떻습니까?"

이신율은 탁자 위에 찻잔을 내려놓고 웃으며 속삭이듯 말했다.

"도련님께서는 왕재(王才)입니다. 우리가 기다리던 그분이십니다."

"그렇다면…… 우리가 꿈을 가져도 될까요?"

"그 이상입니다. 저분은 천재이십니다. 허락하신다면 은밀하게 서울에서 상징적 황실 복원회를 맡고 있는 황 박사님께 연락을 취하고 도련님께 제왕 수업을 시키겠습니다."

"네, 그렇게 하시지요."

"희망을 가지세요, 부인. 저분은 갈라지고 흩어진 우리를 결집시키는 정신적 지주가 되실 것입니다. 그리고 우리가 고대했던 그분이 되시리라 믿습니다."

"저도 그리 믿습니다. 예언처럼……."

"맞습니다. 일엽대사의 예언처럼……."

한이 일곱 살이 되던 해 여름, 그날은 한의 아버지 이종의 생일이라 집에서 파티가 있었다. 손님들은 영국 내에서 손꼽히는 기업의 고위 간부층과 다양한 영역의 최고위층들이 참석해 있었다. 마침 사업 협상차 미국에 출장을 다녀온 할아버지 에드 메릭 회장이 선물을 가지고 파티에 참석했다. 에드 메릭 회장이 사위의 생일 파티에 참석한 것은 극히 이례적인 일이었기 때문에 사람들은 에드 메릭 회장이 준비한 생일 선물에 주목했다. 에드 메릭의 참석을 가장 기뻐한 것은 역시 제니퍼였다. 제니퍼는 짙은 에메랄드 빛 실크 드레스를 입고 검정 연미복을 입은 한의 손을 잡고 아버지를 맞이했다.

[아빠, 파티에 참석해 주셔서 너무 감사해요.]

[오, 제니퍼, 이 아이가 한이냐?]

에드 메릭은 이한의 얼굴을 보자 매우 반가운 표정을 지었다.

[안녕하세요, 할아버지.]

아이답지 않게 차분하게 인사하는 한의 모습에 에드 메릭 회장은 고개를 끄덕이며 약간은 놀란 표정을 지었다.

[오! 한이! 이 할아버지가 바빠서 무척 오랜만에 보는구나. 그렇지?]

에드 메릭 회장은 무릎을 살짝 굽혀 한을 껴안아주었다. 한이 밝게 웃자 에드 메릭 회장도 기분 좋은 웃음을 웃어 보였다. 그런 두 사람의 모습을 지켜보며 제니퍼도 흐뭇한 미소를 지었다. 에드 메릭 회장은 한의 얼굴을 잠시 살펴보다가 다시 살며시 포옹하고 볼에 입맞추며 말했다.

[한, 넌 뭐랄까, 아주 특별한 아이야. 언제 보아도 사람의 기분을 좋게 만들어.]

[맞아요, 아버지. 한은 보고 있으면 어쩐지 기분이 좋아져요.]

제니퍼는 한을 칭찬해 주는 아버지의 말에 환하게 웃으며 기뻐했다.

[자, 이제 할아버지가 아빠 생일 선물로 무얼 가져오셨는지 볼까?]

한은 할아버지의 말에 고개를 끄덕이며 웃었다. 에드 메릭 회장은 비서에게 선물을 가져오라고 손짓하자 빈 테이블 위에 붉은 비단 보자기로 싼 긴 상자가 놓여졌다. 그러자 파티에 참석한 사람들 모두 테이블 주위로 모여들었다. 그러자 에드 메릭 회장은 이종에게 선물 상자를 주었다.

[풀어보게.]

[감사합니다, 아버님.]

이종이 그 상자의 뚜껑을 열자 그 안에는 붉은 손잡이에 사인

검(귀신 쫓는 검)의 문양이 새겨진 검이 한 자루 들어 있었다. 그것은 한국의 조선시대에 널리 쓰였던 검으로 양날의 폭이 좁고 칼날이 마치 창포 잎과 같다고 하여 창포검이라 이름 붙여진 아름다운 검이었다.

[마음에 드는가?]

[네, 아버님. 아름답습니다.]

[자, 내가 나의 사위 이종에게 주려고 아주 아름다운 한국 검을 한 점 구했습니다.]

[오! 아름답군요!]

[그렇죠? 이것을 창포검이라 부른다는군요. 전해 들은 바로는 대왕의 호위무사가 지녔던 명검이랍니다. 보물이지요.]

[아, 어쩐지!]

사람들의 입에서 감탄사가 터져 나왔다. 그런 진검은 평상시에 쉽게 볼 수 있는 검이 아니었으므로 한은 신기한 마음에 손을 내밀어 검을 쓰다듬어 보았다. 그러자 놀랍게도 한의 눈에 검으로부터 한줄기 빛이 퍼져 나가는 것이 보였다. 그 빛을 따라 시선을 돌리니 이질적인 사람의 모습이 눈에 들어왔다. 비디오 테이프로 보던 동양의 무예가들이 입던 검은 무복을 입고 있었지만 한은 그 사람이 여자임을 직감적으로 느끼고 있었다. 한이 검에서 손을 떼자 그 신비한 여자는 사라졌다. 아주 잠깐이었지만 한은 분명히 어떤 여자를 보았다고 느꼈다.

[왜 그러니, 한? 괜찮아?]

[아, 네…… 어머니.]

한은 그 일을 계기로 검도를 시작하게 되었다.

한이 검도를 배우겠다고 고집을 부리자 엄 여사는 갑자기 무리한 부탁을 하는 손자에게 그 연유를 물어보았다. 그러자 한은 거실의 장식장 맨 윗자리를 자리하고 있는 창포검을 가리키며 뚜렷하고 당당하게 대답하였다.

"저 검이 제가 가야 할 길을 알려줄 것 같아요, 할머니."

"호오! 그래? 흠…… 조심하겠다고 약속해 줄 수 있겠니?"

"예, 할머니!"

"착하구나."

"할머니."

"응? 어찌 그러니?"

"저 창포검을 저에게 주시면 안 될까요?"

"왜? 가지고 싶니?"

"네."

"아버지께 달라고 부탁드려 보거라. 이 할미도 곁에서 거들어 주마. 단, 네가 스무 살이 된 후여야 한다."

그날로 한은 개인 교수를 두고 검도를 배우게 되었다. 한을 가르치는 개인 교수는 처음 죽도를 쥐어보는 한의 동작의 유연함에 놀랐다. 처음이라고는 믿어지지 않을 만큼 흐트러짐이 없을 뿐만 아니라 동작과 동작 사이에도 딜레이가 없었다. 한의 몸은 본능적으로 검의 흐름을 알고 있었다.

한은 검에 열광하기 시작했다. 한은 검도에 매료되어 방학 동안에는 잠자는 시간을 제외하고는 끊임없이 검도 연습만을 하여 가족들의 걱정을 사기도 했다. 엄 여사는 검도를 그만두라고 명령조로 조언했다. 하지만 한은 처음으로 뜻을 굽히지 않고 검도 선수로 출전하겠다고 선언했다. 집 안이 발칵 뒤집혔지만 이신율 선생의 중재로 열다섯 살까지만 하겠다는 약속 후 선수 활동을 시작했다. 한은 결국 검도 선수로 출전을 거듭하여 열다섯 살에는 영국 선수권대회에서 우승컵을 받았고 그 우승컵을 받고 나서야 은퇴했다.

한이 열다섯으로 최연소 챔피언이 되던 날, 결승전에서는 일본 선수 아케시다와 만났다. 경기가 시작되었을 때, 최연소 선수인 한에게 사람들의 모든 이목이 집중되었다. 상대인 아케시다는 스물일곱 살로 전년도 챔피언이었다.

몇 분을 대치 상태에서 상대방의 기를 읽던 아케시다는 깜짝 놀랐다. 한에게서 살기는 전혀 느껴지지 않았고 단지 물이 흐르듯 기(氣)만이 흐르고 있었다. 아케시다는 스스로가 느끼지 못할 정도면 분명 쉽게 볼 상대가 아니라고 생각했다. 하지만 서로의 탐색전을 마친 한의 움직임은 망설임이 없었다. 왼쪽 다리를 왼쪽 측면으로 뻗고 재빨리 오른쪽 다리를 반대로 크게 뻗으며 몸을 회전시키고는 공격해 오는 아케시다의 급소에 검을 단번에 찔러 넣었다. 한의 검이 어떻게 움직이는지 아케시다가 보지도 못할 정도로 빨랐다. 게다가 그 파괴력도 강하여 아케시다는 경기 내내 공격은커녕 방어만 하기에도 급급했다. 아케시다가 가까이 다가온 한을 베기 위해 회전력을 이용해 최대한 빨리 몸을 돌려 검을 찔러 넣으며 돌아서면 한은 이미 그 자리에 없었다. 승부는 빠르게 정해졌다. 한은 정면승부로 단순해 보이는 기술만을 사용하기를 즐겼으나 그 기술은 결코 단순하지 않았다. 아케시다는 참패를 인정하지 않을 수 없었다.

한은 그날 우승컵을 손에 쥐고 은퇴를 선언했다.

이한은 어릴 적부터 말을 많이 하기보단 많은 책을 읽고, 영국의 대(大) 문호들의 작품을 사전처럼 끼고 다니며 외웠다. 그것은 그의 언어와 사고를 풍부하게 했다. 그리고 늘 그 느낌들을 일기에 썼다.

열세 살이 되던 해, 한은 미국의 대통령 케네디에 대해 여러 종류의 책을 읽었다. 그리고 곁에 있던 이신율 선생에게 말했다.

"선생님, 케네디와 알렉산더, 그리고 제가 가장 존경하는 정조대왕은 많이 닮았습니다."

이신율 선생은 읽고 있던 책을 조용히 덮으며 아주 흥미로운 눈빛으로 한에게 물었다.

"무엇이 말입니까?"

"어릴 때는 몰랐습니다. 그때 이 책을 읽었을 때는 다만 〈만인의 연인 케네디〉라는 제목을 보며 이상하다고 생각했었습니다. 왜 그 어려워하는 국가 원수를 보고 만인의 연인이라고 했을까, 하고요."

"그러셨군요. 그런데 지금은 어떻습니까?"

"노력으로 갖춰진 학벌과 당당한 외형 등 완전한 조건을 갖추었을 뿐만 아니라 젊음과 용기, 그리고 아름다운 부인까지 있었으며, 영웅은 주로 요절하는 이들 중에 있다는 릴케의 시처럼 죽음마저 영웅적 시간과 상황에서 맞이한 그들은 닮았습니다. 저에게는 그분들이 인간으로 화한 신처럼 느껴집니다."

이신율은 잠시 동안 감격스러운 얼굴로 한을 바라보았다.

"그러셨군요."

"그래서 드리는 말씀입니다만, 더 노력해서 교환학생으로 가서라도 하버드에서 공부를 하며 그곳의 분위기를 익혀야겠습니다. 제겐 좋은 경험이 될 것 같습니다. 그리고 늦기 전에 서울로 돌아가 제가 무엇을 할 수 있는지 고민할 시간이 필요하다고 생각합니다."

"그럴 기회가 곧 올 것입니다."

한은 100% 공부벌레였다. 그리고 100% 노력파였다. 한은 같은 해 아버지 이종의 허락을 얻어 BBS에서 진행하고 있는 새로운 컴퓨터 프로그램 개발에 아이디어를 제공했다. 그리고 연구팀과 함께 연구에 참여하기 시작했다. 그는 점차 동양적인 신비한 능력과 외모를 지닌 남자로 자라났다. 거기다 비록 은퇴는 했지만 검도를 함으로써 남자다운 건강함과 힘을 가질 수 있었다. 한이 윈저 서쪽에 있는 이튼스쿨에 진학했을 때에 한의 주변에는 언제나 근처 학교에 다니는 여학생들이 모여들었고, 케임브리지 최대 규모의 대학인 트리니티 칼리지(Trinity College)에 진학했을 때에도 영국의 황태자 못지않은 인기를 누렸다.

〈건희의 다이어리〉

누가 그랬나, 인간은 진화하는 동물이라고! Shit!

잠깐, 아주 잠깐 영화사에 콘티 북 넘기고 오는데 고새를 못 참고 차를 끌고 가고 있었다. 나쁜 주차 단속반! 죽자고 뛰어서 잡으려고 했으나 전봇대에 머리만 박았다.

주머니에 돈 좀 생기나 했더니 아주 일을 만드는구나.

속이 매우 쓰리다. 겔포스? 어림없다.

애고, 삭신이야!

어처구니없는 하루였다. 정말, 어처구니없는 하루였다.

강건희 양! 대체 그대는 어디쯤에 있는가?

지난번과 똑같은 실수를 똑같은 방식으로 반복하다니, 난 정녕 진화하지 않는가. 이건 정말 인정하고 싶지 않지만 아무래도 진화는커녕 퇴화 중이지 싶다.

제길슨!

주머니 돈 다 털어주고 차 찾아서 타고 오는데, 휴우!

입에서 나오는 내 한숨이 유난히 긴 하루다. 나 왜 이러냐?

Shit! 제길슨!

아, 인생도 a/s 해주는 a/s 센터는 정녕 없는 것인가?

속도 모르고 햇볕은 쨍, 하기도 하다.

제2장
짝사랑에 관한 오해

"**잔**말 말고 당장 다시 만들어와!"

그 시원스럽게 생긴 눈을 부라려 가며 김민이 버럭 소리를 지르자 건희는 자기도 모르게 입을 내밀며 투덜거렸다.

"어제저녁 감독님과 의논해서 수정했는데 또 바꿔?"

또 수정하느냐고 묻는 감독의 말이 끝나기도 전에 〈광(狂)필름〉 김민 사장이 던진 콘티 북은 주 감독을 피해 아슬아슬하게 강건희의 머리를 향해 날아왔고, 그녀는 콘티 북에 맞아 뒤로 나가떨어졌다. 건희는 콘티 북을 집어 들고 무덤덤한 얼굴로 일어섰다.

"강건희 씨는 콘티 북 담당이야. 강건희가 지금 시나리오 쓰냐? 강건희가 시나리! 시나리! 시나리오 작가야?"

"아뇨, 저 시나리오 작가도, 콘티 작가도…… 아무 작가도 아니에요."

열받아 광인처럼 방방 뜨는 김민에 비해 지나치게 무덤덤한 건희의 대답은 촬영장을 순식간에 썰렁하다 못해 숙연해지게까지 만들었다.

"잠시 쉬어갑시다."

김민이 스텝들에게 그렇게 말하고 돌아서며 나가 버리자 감독은 건희의 어깨를 툭툭 치며 위로했다.

"뭘 그래. 강건희 씨 좋은 작가야. 광필름이 성질 더러운 거야, 건희 씨가 더 잘 알잖아."

그러자 강건희는 저만치 뒤도 돌아보지 않고 지나가는 일명 〈광필름〉 김민 사장의 등 뒤에 대고 들으란 듯 외쳤다.

"그래도 이놈이, 이 영화판이 좋아서 안 그릴 수가 없는걸!"

"그래? 됐어. 그럼 미안해. 나도 강건희 씨를 맞추려던 건 아니었어."

김민은 가다 말고 휙 돌아보며 그렇게 말하고는 뚜벅뚜벅 걸어가 버렸다. 이럴 땐 미안하다고 말하는 게 예의인데, 저 남자 〈광필름〉은 어릴 때부터 같이 자란 가까운 사이라고 그런 간단한 예의마저 잊고 사는 것 같았다.

콘티를 고치며 서러운 마음에 입을 쭈뼛거리며 분주한 사람들 틈에서 왕따가 된 기분으로 덩그러니 앉아 있는데 커피 한

잔이 불쑥 건네졌다. 그리곤 입에 물었던 자기 몫의 커피 잔을 들고 태우던 담배를 신경질적으로 눌러 끄며 김민이 건희의 옆에 앉았다. 그는 마치 나 지금 신경 무지 날카로워, 하고 시위하는 것처럼 보였다. 하지만 강건희 역시 기분은 떨떠름했다. 자기가 그린 작품을 머리 위로 날리는데 괜찮을 인간이 어디 있겠는가. 맘 같아선 옛날처럼 이 〈광필름〉 앞에서 엿 먹어라며 주먹 한번 흔들어 보이고 척척 걸어나가고 싶지만……. 사실 그 그전에 한번 광필름에게 그런 식으로 성질 부렸다가 그날로 강건희 충무로 바닥에 얼씬도 못하게 한다며 자기가 더 길길이 뛰는 통에 음메 기죽어 하고 말았다. 아휴, 나이 먹더니 성질 다 죽었다, 강건희!

"미안해, 건희야. 이 작품 끝내고 CF 한 편 하자. 솜씨도 많이 좋아졌고, 성실하고, 그림 푸는 것도 예전처럼 애들 같지 않아서 CF 해도 되겠어."

"글쎄…… CF는 찰나의 순발력이 중요하다면서."

"조금 전 일, 잊는 거다."

"너무했다는 건 인정하지?"

"일할 때는 아는 동생이라고 봐주기 없다고 했지?"

건희가 뭐라 할 말이 없어 머뭇거릴 때 갑자기 김민이 정면으로 얼굴을 디밀었다. 놀란 건희가 당황하며 의자 등받이에 몸을 기대어 그에게서 떨어지자 김민은 가만히 그녀의 얼굴을 들여다보더니 피식 웃었다.

"뭐어?"

"강건희 운동하기를 잘했어."

"그건 또 왜?"

"맷집이 좋아서 말이야, 웬만하면 안 찡그리잖아."

"하, 그거야 뭐, 내 인생이 워낙 빡세다 보니……."

"뭐어? 빡센 인생? 그거 멋지군."

〈꽝필름〉은 그렇게 말하고는 무안할 정도로 크게 웃으며 상황에 어울리지 않는 농담을 던졌다. 건희는 속으로 '꽝필름, 미친 필름, 미친놈'이라는 말을 몇 번이고 되뇌고 있었다.

"아무튼 오늘은 시간없어서 긴 얘기 못하니까 며칠 있다 미리랑 나와. 저녁이나 먹으면서 얘기하자."

그때 그의 핸드폰이 울렸다. 김민은 핸드폰을 받으려다 말고 부드럽게 웃으며 말했다.

"대충 고쳤으면 가지고 와. 주 감독 저쪽에 있는데 같이 다시 보자."

촬영이 끝난 배우들이 큰 소리로 이야기를 하면서 대기실 앞을 지나가고 있었다. 하지만 건희는 약간 우울한 느낌이 들었다. 스스로 자신의 콘티에 대해 여러 가지 생각을 해보고 있었다. 강건희가 단독으로 콘티 작업을 하게 된 것은 이번이 처음이었다. 이런 기회가 또 있으리라는 보장도 없었다. 최선을 다하고 싶었는데 잘못되었다는 지적을 받을 때마다 기운이 쭉 빠졌다. 모든 것을 늘 잘할 수 있다면 얼마나 좋을까.

"덥다, 진짜. 으이그, 제길슨!"

건희가 비 맞은 중처럼 중얼중얼거려 가며 대기실 문을 열고 들어갔다. 이 영화의 주인공을 맡고 있는 유미리는 건희의 친한 친구였다.

유미리는 힘든 촬영 후 몸에 딱 달라붙는 의상을 벗어 던지곤 한숨을 내쉬었다. 화면에 날씬하게 나오게 하려고 코디네이터가 한 치수씩 작은 의상을 빌려오기 때문에 의상이 몸에 꽉 조여 너무나 답답했다. 그러나 유미리 자신이 연약해 보이는 컨셉을 유지하기 위해 죽어도 44 사이즈만 고집하고 있기 때문에 어쩔 수 없는 일이기도 했다. 오늘 촬영 분이 끝나자 유미리는 그야말로 녹초 상태였다.

"화장 지우니?"

"응. 옷이 점점 껴. 바빠서 운동을 못했더니 더 그런가 봐. 우리 오늘 저녁엔 꼭 운동하러 가자."

"그러지 뭐. 가서 좀 뛰고 나면 몸이 훨씬 빨리 풀릴 거야."

"피곤해."

기운없는 대답을 건넨 미리는 아직 눈 부위의 화장은 지우지 않고 있었다. 눈 가장자리에는 아이라인이 또렷하게 그려져 있고, 눈두덩에는 분홍의 반짝이는 펄 아이섀도가 발라져 있었다. 얼굴 선은 화사하고도 섬세했다. 수술을 한 콧날은 곧고 오뚝했고 끝이 약간 들려 있어서, 웃으면 거만한 느낌을 주었다. 짙은 메이크업에 가려진 피부는 티 하나 없이 매끄러웠다. 입술은 조금 부풀리는 수술을 해서 도톰할 뿐 아니라 입술을 약간만 꿈틀거려도 풍부한 표정을 담는 듯 보였다. 남자 서넛 쓰러뜨리는 건 유미리가 짓는 한 번의 미소만으로도 충분했다. 그러나 화장을 지우고 의기소침해 있을 때의 유미리는 지극히 평범한 모습이었다.

"기다려, 곧 끝날 거야."

유미리는 서둘러 메이크업을 지우면서 말했다.

"아니, 나도 정리하고 헬스클럽으로 곧장 갈게."

"참, 나 사장님 선물 하나 드리려고 하는데 뭐가 좋을까? 지난번에는 그냥 내가 골라 드렸는데 생각해 보니 건희 네가 사장님 취향은 잘 알 것 같더라구."

"광필름한테 선물 주려고?"

"응."

"왜에?"

"왜는, 그냥 고맙기도 하고 소속사 사장한테 선물 하나 못하니?"

"그래도 무슨 날도 아닌데……."

"기집애, 무슨 날만 선물하니? 넌 옆집에서 같이 자랐다니 사장님 취향을 알 거 아냐?"

"광필름은 심플한 스타일 좋아해."

"그래, 심플한 거? 그런 게 뭐가 좋을까?"

"내가 아니? 남자한테 선물을 줘봤어야지."

건희도 화장을 지우는 유미리 곁에서 신발을 벗고 잠시 앉아 있었다. 이렇게 신발을 벗은 채로 잠시 몸을 식히고 싶었다. 유미리는 짜증난 듯 거울에 비친 자신의 모습을 바라보았다.

"아이, 피부가 엉망이야. 메이크업이 너무 두꺼웠어. 촬영 끝나면 맨얼굴로 다녀야지 안 되겠어."

유미리는 땀으로 범벅이 된 머리칼을 쓸어 올리며 말했다.

"예쁘기만 한 얼굴을 가지고 뭘 그래? 나야말로 얼굴이 말이 아니다. 에구!"

건희는 거울에 비친 유미리와 자신의 얼굴을 비교해 보고는 어깨를 으쓱했다. 그랬더니 유미리가 톡 쏘아대듯 한마디 했다.

"얘는, 넌 어떻게 네 얼굴이랑 내 얼굴을 비교를 하니? 넌 그게 피부야? 몸매는 그게 또 뭐니?"

유미리가 그렇게 말하자 건희는 일어서서 심각하게 거울에 비친 자신의 모습을 바라보았다.

"나, 이번 영화 촬영 끝나고 쫑파티 때 무슨 옷 입고 가면 좋을까? 사장님은 어떤 스타일을 좋아하니?"

유미리가 일어서면서 물었다.

"야, 늘 건빵바지에 티셔츠만 입는 내가 어찌 아냐? 넌 뭘 입어도 예뻐."

"정말? 진짜지, 강건희?"

"진짜야, 진짜! 예뻐, 예뻐! 이제 그만 해라. 예쁜 것들은 꼭 그렇게 예쁘다는 말을 들어야 하냐?"

그때 갑자기 노크 소리 후 대답도 하기 전에 누군가가 문을 벌컥 열었다. 건희는 깜짝 놀라 뒤돌아보았다. 스텝 중 한 명이 얼굴이 벌겋게 되어서는 숨을 헐떡이며 말했다.

"강건희 씨, 감독님이 오시래요!"

건희는 미리를 돌아보며 말했다.

"끝나고 헬스클럽으로 갈게. 너 선물 사가지고 먼저 가 있어."

"아이, 같이 선물 사가지고 가려고 그랬는데."

유미리는 달려가는 건희의 뒷모습을 보며 아쉬운 듯 중얼거렸다.

요즈음 유미리의 관심사는 기획사 사장 김민이었다. 처음 보는 그 순간부터 유미리의 마음을 사로잡아 버렸지만 정작 그 남자는 자신에게 아무런 관심도 없는 듯 보였다. 하지만 갖고 싶은 건 어떻게든 꼭 가져야 직성이 풀리는 유미리에게 있어 요즈음 김민은 하루 24시간을 온통 지배하는 단 하나의 사람이자 전부였다.

헬스클럽 휴게실에 들어와 벌써 삼십 분째 유미리는 김민에 관한 이야기만 늘어놓고 있었다. 아까 선물을 사러 가자고 하는 것도 그렇고 김민에 대한 유미리의 눈치가 뭔가 다름을 느끼고 있던 강건희는 말없이 앞에 보이는 자판기로 가서 심호흡을 해

치밀어 오르는 울화를 삭였다. 그렇다고 해서 아는 오빠 정도로
만 알고 있는 미리에게 갑자기 자신이 짝사랑하던 남자가 바로
김민이라고 말할 수는 없는 일이었다. 건희는 캔 커피 두 개를
뽑아 가지고 와 목에 걸친 수건을 만지작거리고 있던 유미리에
게 내밀었다.

"광필름에게 선물은 줬어?"

"응, 아까 사무실에 들러 주고 왔어. 그런데 요즘 사장님이 좀
이상한 것 같아."

"왜?"

"이번 CF 말야, 쟁쟁한 여배우들도 충분히 많은데 희수에게
돌아갔더라구. 사장님이 이제 겨우 크는 신인 희수를 밀었다고.
수상하지?"

"너, 그 말인즉 광필름이 희수에게 뭔가 딴맘이 있다는 거
야?"

"그런 거 같아."

"너, 그거 너무 쓸데없이 예민한 거 아냐? 너를 안 밀었다고
그러는 거지? 기획사 대표가 어떻게 늘 너만 밀어주겠냐?"

"그런가?"

유미리는 요즈음 김민이 새롭게 발굴해서 키우고 있는 희수
라는 여배우가 마음에 걸리는 모양이었다. 질투도 나겠지. 건희
는 샐쭉해 있는 유미리에게 퉁명스럽게 물었다.

"너, 광필름 사랑하냐?"

"뭐? 사랑? 야, 말도 안 돼."

"잘 생각해 봐."

"그냥, 관심있는 남자?"

건희가 묻는 말에 유미리는 딴 곳을 바라보며 커피 캔을 빙빙 돌렸다.

"그럼 너 광필름이랑 연애하고 싶은 거 아니었어?"

"그냥 좋은 기분으로 좀 만나보고 싶은 거야."

건희는 미리의 얼굴에 나 광필름 좋아해, 라고 써 있는데도 아니라고 딱 잡아떼자 얄미워졌다.

"그럼 늘 남자를 만나보기만 하면 운명의 남자는 언제 찾아?"

"그러게……."

"광필름은 그 연애관이 독특해. 늘 하는 말이 자기가 생각하는 아름다운 연애는 꼭 꽃을 피워야 한다는 거야! 그러려면 우선 첫째로 영원히 변하지 않는 깊은 애정으로 무장하고 있어야 한다는 거지. 찰나주의적이고 충동적인 감정대로 순간순간에 모든 것을 잊어버리는 사랑을 진실한 운명이네 하는 사람들이 있는데 자신은 아니라고 본다는 거야! 운명적인 사랑? 환상이야, 환상. 이런다니까!"

"넌 왜 내 앞에서는 그렇게 사장이랑 친한 척을 하니?"

"그거야, 한동네에서 자라서 원래 친하니까."

"기획사 사장이라고 나를 소개시켜 준 건 고마운데 짜증나!"

"기집애, 왜 화를 내고 그러냐?"

"나 사장님이 그저 편하기만 한 건 아냐. 가서 운동하자."

"알았어."

건희가 사람 좋은 얼굴로 미리를 응시했지만 돌아서선 이내 이맛살을 찌푸렸다. 김민을 좋아한다? 내 친구 유미리가? 건희는 어린 시절 오빠 동생 할 때처럼 김민과 장난치고 살갑게 굴며 장난도 쳐보고 싶었다. 하지만 너무 많이 자라 버린 자신과 김민을 보며 이젠 절대로 어린 시절로 돌아갈 수 없다는 것을 알게 되었다. 그래도 매 순간 그를 볼 때마다 가슴이 저리고 그 시절이 그리웠다. 사람들은 왜 자라는 걸까. 어린 시절처럼 언제나 나만 바라보던 소년으로 있으면 좋을 텐데…….

"아, 옛날이여."

건희는 오늘따라 기분을 새롭게 하기 위해 하얀 스판덱스 배꼽 티에 검은색 쫄쫄이 바지를 입었다. 그리고 정신을 가다듬고 러닝머신에 올라 아주 오래된 습관처럼 생각에 잠기며 천천히 걷기 시작했다.

하나, 둘, 셋, 넷, 다섯, 여섯…….

걷다가 천천히 달리기 시작했을 때, 어느새 옆에 있던 미리도 발맞춰 뛰고 있었다. 달리는 건희의 등에 땀이 흐르고 있었다. 달리고 걷다가 다시 달리며 건희는 유리창에 비친 자신을 바라보았다.

"헉! 헉! 헉, 우리 별일없으면 내일 저녁 압구정동 와인바에서 와인이나 한잔하자."

"그래, 근데 넌 왜 꼭 별일이 없을 때라는 단서를 붙이냐?"

"응? 강건희, 너 오늘 이상하다? 어디서 또 선이 꼬였냐? 곧 하드 나가겠는데?"

"됐네, 이 사람아! 며칠 전에 노트북 a/s 했네. 나까지 하리?"

"야, 왜 멈춰. 잘 뛰는데?"

"그만 할래. 이러다가 인터넷 신문에 〈노처녀 악착같이 러닝머신 뛰다가 사망하다〉라고 기사 뜬다. 그러면 리플에 가엾어라, 얼마나 시집이 가고 싶었으면. 또 다른 리플은 사진 보니 뺄 만했네. 뭐 이러고…… 으이그! 치욕스러워라. 죽어도 곱게 죽어야지."

두 사람은 한 시간 이상 러닝머신을 뛰다 보니 물에서 금방 빠져나온 사람처럼 땀이 뚝뚝 떨어졌다. 미리도 고민이 많아서인지 죽을힘을 다해서 뛰고 있었다.

"미리야, 그만 해. 촬영이 많아서 일주일도 넘게 운동 못했잖아. 갑자기 심하게 뛰면 근육통 와. 그럼 내일 촬영 못해."

"무슨 걱정이셔?"

"왕년에 너의 보디가드께서 이 정도 걱정도 못하냐, 그럼?"

미리는 땀에 축축이 젖은 얼굴로 숨을 몰아쉬며 건희를 바라보았다. 흘겨보는 건희의 눈길에 걱정스런 빛이 묻어 있었다. 말하지 않아도 그 살가운 마음이 미리에게 느껴져 문득 마음이 따뜻해졌다.

"나는 언제나 너에게 투정을 부리고 싶은 모양이야. 그래도 받아줄 거지, 건희야?"

"그러지 뭐. 인생 뭐 있나?"

"야, 강건희, 너 유행어 너무 좋아한다? 네가 연예인 해라."

미리의 눈을 뚫어지게 바라보고 있는 건희의 마음은 이제 잔잔하게 가라앉아 있었다.

건희가 몸을 돌리자 언제 봐도 땀 한 방울 안 흘릴 것처럼 차갑게 생긴 김민이 저 앞에 서서 건희에게 라켓을 흔들어 보였다. 영화에 아주 미쳐 있는 김민은 영화배우이자 기획사 CM의 대표로 최고의 프로덕션을 갖고 있었다. 그의 별명은 〈광필름〉이었다. 건희가 콘티를 맡은 영화는 CM에서 기획한 것이었다.

클럽에 들어서면서부터 계속 건희에게 신경을 쓰고 있던 그였다. 아까 영화 촬영장에서 있었던 일로 마음이 불편했던지 그의 얼굴은 매우 경직되어 있었다. 김민의 뜻밖에 출연에 당황한 건희가 그에게로 다가갔다.

"강건희, 한 게임 할래?"

어느새 자라 남자로 보이는 그를 그저 친한 오빠라고 우기며 이렇게 늙어가는 자신이 한심하다. 그를 좋아하는 건 오 년 전에 이미 끝난 줄 알았는데 그것도 아닌 모양이다. 한껏 몸을 사려 웃고 있는 자신의 얼굴이 김민의 등 뒤에 달린 거울에 비쳐 보였다.

"우리 영화사 오늘 여기서 모임 하나 보지? 좀 전에 보니 희수 씨도 보이던데. 난 내기 게임 아니면 안 하는 거 알지?"

"하하, 내기하지 뭐. 아까는 미안했다."

건희는 아까 대본이 날아와 얼굴을 때리던 장면이 떠올랐지만 짐짓 아무렇지 않은 표정으로 입술꼬리만을 올린 채 고개를 끄덕이며 말했다.

"괜찮아. 병아리 콘티 작가가 뭐 그렇지. 그래도 대본을 걸레 던지듯 던진 건 심했지? 내가 이렇게 둔하게 보여도 사실은 오빠가 던진 대본에 머리가 탁! 하고 맞는 순간 마음은 억! 하고 꼬꾸라졌다고."

"대본을 던진 건 미안해. 정식으로 사과할게."

"촬영장에서 벗어나니 깍듯해지시네요, 사장님! 감독님한테 맞지 않은 건 천만다행이야. 그랬더라면 영화는 다 찍었을 테니까 용서하지."

건희의 반응이 무덤덤하자 김민은 잠시 그녀를 슬쩍 훑어보았다. 마치 벌받는 사람처럼 건희는 두 손을 모으고 흰 운동화 코를 내려다보고 있었다.

"우리 무슨 내기 할까? 지는 사람이 저녁 사주기 어때?"

김민은 분위기를 바꿔볼 심산으로 재빨리 화제를 돌렸다.

"글쎄……."

건희가 선뜻 대답을 하지 못하고 있을 때 미리가 두 사람에게 다가왔다. 미리는 김민이 희수에게 관심을 표하는 것도 모자라서 건희와 노닥거리고 있는 것을 보니 열이 확 뻗쳤다. 촬영장에서는 건희에게 콘티가 잘못되었다고 콘티 대본을 던진 걸 빌미 삼아 또다시 친절함을 보이는 그의 행동이 계속 맘에 안 들었다.

"안녕하세요, 사장님. 여기서 운동하세요?"

"응, 미리 씨도 여기 다니나?"

"예……. 그런데 왜?"

"응, 건희하고 한 게임 하고 싶어서 내기를 하려던 참이야."

"네, 그래요? 근데 건희 너 집에 간다며? 피곤하다고 했잖아."

"어, 그…… 그래, 게임은 미리랑 하지. 난 좀 피곤한데……."

갑자기 유미리의 눈치가 보여 건희가 사양할 태세를 취하자 김민은 건희의 어깨를 툭 치며 말했다.

"에, 떡 쳐도 좋을 이 등판에? 천하에 강건희가 왜 이러시나. 빨리 와, 간단하게 한 게임 하고 가자."

"어, 그, 그게……."

건희가 무언가 말하려고 입을 달싹거리는데 김민은 이미 그렇게 말하고는 앞서 가버렸다. 건희는 유미리를 바라보며 멋쩍게 어깨를 으쓱여 보였다.

"한 게임 하고 시원하게 맥주나 한잔하고 가지 뭐."

아주 잠시 미리의 얼굴에 불편한 빛이 스쳤지만 건희는 서둘러 김민을 따라 코트로 들어가 버려 그것을 보지 못했다.

코트로 들어간 두 사람이 가볍게 몸을 풀고 있다 미리가 포인트 좌석에 앉자 김민이 눈짓으로 플레이를 알렸다. 김민이 처음부터 강한 서브로 건희의 기세를 제압하려 하고 있었다. 김민을 맞은 건희의 조급하지 않은 강한 스윙이 오랜 구력을 그대로 보여주고 있었고, 길게 내뻗는 여유로운 스텝에는 상대에 대한 자신감이 묻어 있었다. 일 년 전까지 보디가드를 하며 오랜 시간 다져온 운동 실력이었다. 웬만한 운동에선 지지 않을 자신이 있었다. 그러나 요즈음 새로운 영화를 시작하면서 제대로 운동을 하고 있지 않은 데다 어젯밤부터 오늘 오전까지 촬영을 한 뒤라 피곤했고, 그 피곤한 몸을 풀려고 러닝머신까지 뛴 뒤라 체력은 거의 소진된 상태였다. 하루도 빼놓지 않고 두세 시간을 몸을 풀며 게임을 해오던 김민에 비해 움직임이 무거운 것은 당연했다. 먼저 두 포인트 잃은 건희의 어깨에 힘이 들어갔고 반면 자신감이 오른 김민의 몸이 한층 더 가볍고 강하게 공을 쳐대고 있었다. 한 점 차로 첫 세트를 내주고 나온 건희의 셔츠가 축축이 젖어 있었다. 한 번도 게임에 져본 일이 없었던 탓으로 내심 별뜻없던 게임에 기분이 상했다.

코트를 나오던 건희가 괜히 겸연쩍어 미리를 보며 한마디를 던졌다.

"미리야, 어쩌냐? 오늘 게임 지겠는걸."

"이기는 게 이상한 거 아냐? 네가 무슨 무쇠냐?"

옆에서 듣고 있던 김민이 싱글거리며 건희를 흘낏 쳐다보고는 다시 코트로 들어갔다.

"그만 하자고 하지 그래?"

건희는 그 말을 내뱉는 미리의 표정에서 싸늘한 바람을 느꼈지만 운동이나 게임을 워낙 즐기는 건희는 물러설 수가 없었다. 전날 밤의 철야 촬영과 그동안의 소홀한 체력 관리에, 거기다 더해서 게임 내내 유미리의 심통맞은 편치 않은 표정까지 악영향을 미쳐서 건희는 결국 두 번째 세트도 김민에게 내주고 말았다. 게다가 중간에 공을 받아 치려다 벽에 팔을 부딪쳐 고꾸라지기까지 했다. 거친 숨을 몰아쉬며 코트를 나와 유미리는 쳐다보지도 않은 채 샤워실로 들어간 건희는 생각지 못했던 패배에만 신경이 곤두서 있었다.

미리는 오늘따라 건희가 김민과 더욱 친해 보여 얄미웠다. 건희와 김민은 어릴 때부터 함께 자랐다지만 특별한 사이는 아닌 듯했으나 때때로 대화하는 것을 가만히 들어보면 둘만의 내밀한 흐름이 느껴져서 싫었다. 게다가 건희를 보는 김민의 눈빛은 언제나 편안하고 부드러웠다. 미리는 자기가 느끼는 감정이 질투라는 걸 인정하고 싶지 않았다.

처음부터 이런 느낌은 아니었다. 김민을 알기 이전부터 건희와는 가까운 친구였고, 건희가 김민에게 아무런 감정이 없다는 걸 누구보다도 잘 알고 있었으니까. 게다가 김민은 지극히 냉정한 얼굴을 가져서 그는 건희에게도, 미리에게도 다른 직원들에게 보여주는 것과 같은 똑같은 웃음을 보여주었으니까.

미리는 따뜻한 마음을 가졌지만 감상적으로 흐르는 건 딱 질색인 여자였다. 그녀는 자신의 어머니의 감상적인 성격이 모든 것을 망쳐 버렸다고 생각했다. 어린 시절 강남에 작고 아담한 아파트에 살면서 착하고 부드러운 어머니의 보살핌에 무엇 하나 부러울 것이 없던 자신이었지만 단 한 번도 행복하다고 느껴 본 적이 없었다. 학교에서도, 학원에서도 미리는 건희 외에는 제대로 된 친구를 사귈 수가 없었다.

강남에 꽤 알려진 클럽에서 잘나가던 호스티스 출신이던 미리의 어머니는 거기서 일본인 남자를 만나 어찌하다 살림을 차렸고 그렇게 유미리를 가졌다. 유미리의 어머니는 소위 말하는 현지처였다. 그런 사실들은 사춘기 시절 유미리를 더욱 주눅 들게 만들었고 공부에도 별 취미를 붙이지 못해 유미리는 결국 대학 진학을 포기하기 되었다. 그래서 그녀는 더욱 영화에 매달렸다. 유미리는 아주 솔직한 성격이었다. 강한 투지를 가지고 있었고 마음먹은 것은 뭐든 가져야 직성이 풀렸다. 하지만 어쩐 일인지 김민만은 마음먹은 대로 되지가 않았다. 오늘은 김민과 건희가 유난히 친해 보여 어쩐지 씁쓸했다. 김민의 입에서 자신의 이름이 어떤 식으로 거론되는지 알 수는 없었으나, 건희와 둘이서 자신에 관해 이야기한다는 것 자체가 싫었다. 김민에게 유미리 자신은 그저 회사에 소속된 여배우 정도로 존재하는 것 같았으나, 건희는 언제나 여동생 이상으로 여기는 듯 보였다. 유미리는 넘어서지. 못할 그 한계를 느낄 때마다 외로웠다. 건희와 유미리는 여러 가지 면에서 서로 대조적이다. 그럼에도 불구하고 그들은 지금 서로 가장 친한 친구였다.

샤워가 거의 끝나갈 때 미리는 별생각없이 거울을 바라보며 서 있었다. 하지만 어쩐지 그녀의 몸은 긴장되고 있는 듯했다. 목 뒷부분이 뭉친 듯 뻐근했다. 고개를 움직여 보았지만 뭉친 근육은 잘 풀어지지 않았다. 며칠 동안 너무 무리하게 강행군을 한 탓인 것 같았다. 미리는 몸을 닦고 옷을 갈아 입기 위해 탈의실로 향했다.

"어머, 이게 누구야? 유미리 씨, 여기 다녀요?"

반갑게 부르는 목소리가 있어 돌아보니 김종수 프로덕션의 신 차장이 반갑게 웃으며 다가오고 있었다. 평소 가깝게 지내는 것도 좋겠다 싶은 신 차장이라 미리도 인사를 하며 다가갔다.

"안녕하세요, 신 차장님?"

"아, 안 그래도 한번 만나고 싶었는데, 잠깐 시간이 될까?"

"아, 지금요? 네, 그러죠."

무엇보다 일이 우선인 유미리는 고개를 끄덕였고 막 옷을 갈아입고 나오는 건희는 그런 유미리를 보고 먼저 가겠다는 시늉을 하고 나갔다. 김종수 프로덕션 쪽에도 잘 보이게 되면 김민의 기획사에도 도움이 될 테고 그러면 자신을 좀 더 특별히 생각해 주진 않을까 싶은 게 유미리의 생각이었다.

샤워를 마치고 나왔을 때 다시 만난 김민의 의기양양한 표정은 새삼 건희의 승부욕을 건드려 놓고 말았다.

"내일 한 게임 더해!"

"얼마든지. 나가자."

창이 작고 깊이가 얕은 빨간 야구모자를 푹 눌러쓰며 건희가 퉁명스럽게 말하자 김민은 그사이 드라이기로 머리를 말렸는지 차랑차랑 윤기나는 갈색 머리를 쓸어 올리며 엘리베이터 버튼을 눌렀다.

"근데 미리는?"

"나오다가 아는 사람을 만났어. 조금 있다가 올 거야."

김민은 알았다는 듯 고개를 끄덕였다. 엘리베이터 문이 열리자 건희에게 먼저 타라는 몸짓을 해 보였다. 건희는 말없이 타고는 엘리베이터 통 유리창으로 보이는 서울의 야경을 내려다보았다.

"팔 괜찮아? 벽에 심하게 부딪친 것 같던데."

"괜찮아."

건희가 대수롭지 않다는 듯 심드렁하게 대답했다. 김민은 콘티 북을 머리에 맞았을 때는 이렇게까지 열받아하지 않더니 게임에서 지자 무척이나 열받아하는 건희가 귀여워 속으로 웃었다. 그런 모습이 늘 변함없는 건희다웠다. 주머니가 주렁주렁 달린 찢어진 청 건빵바지에 국방색 야전잠바, 그리고 그 옷에 눈물나게 참 안 어울리는 빨간 야구모자를 쓴 건희의 모습에 이상한 기분이 들었다. 분명 지금 눈앞에 건희는 싸늘한 느낌의 화난 얼굴인데도 이상하게 마음이 포근하고 따뜻했다. 그런 느낌은 건희와 있을 때면 언제나 느끼는 것이었다.

"그 점퍼 따뜻해?"

갑자기 둘이 있는 적막한 공간이 멋쩍어 둘러대듯 김민이 묻자 건희의 입술꼬리가 빙긋 올라갔다. 눈에 확실히 보이지 않았으나 입꼬리가 살짝 올라가 있는 그것으로 그는 건희가 웃고 있음을 알았다. 갑자기 기분이 좋아졌다.

두 사람이 지하 주차장에서 내렸을 때 어디냐고 묻는 미리의 전화가 왔다. 건희가 주차장이라며 얼른 내려오란 말을 하기도 전에 미리는 이야기가 길어질 것 같다며 오늘은 먼저 가란 말을 전했다. 건희는 알았다고 대답하고는 핸드폰 폴더를 탁 소리나게 접었다. 그리고는 씩씩대고 팔을 휘저으며 앞서 걸었다.

"미리 말하는데 난 맥주 안 먹고 돈가스를 먹을 거야."

"왜?"

"운전해야지. 그리고 내일 아침, 스턴트맨 아저씨들 피아노줄 잡아줘야 돼. 술 마시면 기운없거든."

하얀 트레이닝복의 김민은 놀랐다는 듯이 웃으며 물었다.

"그런 일까지 해?"

"그렇지 뭐. 몰랐어?"

"몰랐지, 그럼."

"오빠가 나에 대해서 아는 게 뭐가 있어?"

"그러네."

김민은 민망하다는 듯 머리를 긁적거렸다.

"괜찮아, 내가 좋아서 하는 일인걸."

"그것참."

평일이라서 그런지 호프집은 썰렁했다. 오늘 김민은 생각보다 말이 없었다. 김민이 1,000cc 두 개째를 마시는 동안 건희는 돈가스를 포크로 뒤적였다.

"콘티 작가 이제 할 만하니?"

"응, 재미있어. 좋아. 오빠는?"

"나야 워낙 좋아하잖아."

"나도 영화판이 좋아. 영화에 미친 사람들이 좋아."

"미친 사람들……. 하긴 사람들이 나보고 〈광필름〉이라고 한다더군. 미친놈이란 말이지."

"어? 오빠, 그거 알고 있었어?"

건희가 포크질을 멈추고 물었다. 그렇게 바라보는 건희의 얼굴에선 호기심 많은 소녀의 빛이 스쳤다. 처음 김민이 하는 영화 기획사에 갑자기 유미리의 보디가드를 한다고 나타나 그의 앞으로 얼굴을 디밀었을 때도 김민은 그녀가 자신이 묻는 것 이상의 답을 해야 한다고 생각하고 있음을 느낄 수 있었다. 그만큼 많은 것을 궁금해하는 얼굴이었다.

"그럼 몰라?"

"아, 알고 있었구나."

"자, 그러지 말고 우리 일도 끝나가는데 그동안 나한테 있었던 불만 말해 봐. 미친 필름한테 불만없었어?"

"없기야 하겠어?"

사실 건희는 오늘 김민이 콘티 북을 집어 던지는 것을 보면서 촬영 1회 때도, 2회 때도 자신과 한마디 상의도 없이 고쳐진 몇 장면에 대한 불만을 터뜨리고 싶었다. 하지만 막상 그를 앞에 두니 입이 열리지 않았다. 그런 일이 종종 있다는 사람들의 말로 위로받았어도 한마디 상의마저 없었다는 건 여전히 유쾌하지 않았다. 건희는 스스로가 인내심이 강한 편이라고 생각했지만 이토록이나 하고 싶은 말까지 담고 사는 건 맘에 안 들었다. 하지만 〈병아리 콘티 작가는 참는 게 용기다〉를 반복해서 되뇌며 참고 또 참았었다. 아무리 친해도 일을 할 때는 그는 기획자고 자신은 병아리 콘티 작가일 뿐이었다.

몇 번 움찔거리는 속의 말을 결국 꺼내지 못하고 시간을 보냈을 때 김민의 앞으론 또다시 거품 가득한 황금빛의 시원한 1,000cc 맥주 잔이 놓여졌고 취한 김민은 손바닥까지 발갛게 달아올라 위험할 만큼 제 색을 버리고 있었다.

"내일 일 많지 않아? 마지막 촬영인데."

"끄떡없어."

"네에, 어련하시겠어요?"

"아직도 술 두고 못 일어나겠네, 나참. 강건희도 술고래지? 내가 또 누구 앞에서 주름 잡았네."

"그러게."

김민이 메탈 느낌의 작은 케이스를 꺼내 들었다. 뚜껑을 여니

가는 담배들이 가지런히 놓여 있었다. 그런 담배 케이스는 처음 보았다.

"뭐야?"

"담뱃갑 구겨진 채 다니는 거 보기 싫다고 유미리가 사주더라."

"담배 무지하게 사랑하는 줄 안 모양이군?"

"그럼. 나야 필름만큼 담배를 사랑하지, 미치도록!"

"저어, 오빠?"

"응? 왜? 말해 봐?"

"이건 그냥 물어보는 건데…… 유미리 좋아해?"

김민은 라이터를 켠 상태로 담뱃불도 붙이지 않고 건희를 바라보았다. 약간 뜨악한 표정이었다.

"왜 그런 걸 묻는 거지?"

"이건 사적인 술자리라 하는 말이지만, 유미리 좋아하는 거 아니면 너무 친한 척하지 마. 걔 상처받아."

건희는 약간 멋쩍은 얼굴로 김민을 바라보았다. 김민은 이제 껏 보았던 그와는 또 다른 낯빛으로 담배 연기와 한숨을 같이 쏟아냈다. 그리고는 갑자기 뚫어져라 건희를 바라보았다.

김민도 처음부터 건희가 충무로에서 일하고 싶어하는 것을 알고 있었다. 하지만 이 바닥이 서류 백날 들고 돌아다니는 것 보다 인맥으로 연결되어 서로의 전화 한 통으로 같이 일하고 안 하고가 결정되는 곳이다 보니 건희와 같이 일하는 것이 껄끄러울 것 같아 김민은 건희와 일하는 것을 피하고 싶었다. 하지만 건희는 어느 날 결국 유미리와 함께 사무실 문을 열고 들어섰다. 틀림없이 자기와 같이 일하고 싶어서 노력하고 있는 건희라는 것을 알면서도 모른 척했었는데 자신이 유미리와 전속 계약을 맺자 바로 유미리의 보디가드를 하겠다며 김민의 사무실에 나타났었다. 그때 건희의 그 끈기에 얼마나 놀랐던가. 가득 빨아들인 뽀얀 담배 연기를 뿜으며 김민은 건희를 다시 바라보았다. 일하는 건희를 가만히 바라보면 어디로 튈지 모르는 공 같았다. 일밖에 모르는 너무도 단조로운 그의 일상에 건희는 언제나 작은 즐거움이었다. 구박을 해도 금세 잊어버리고 씩씩해지는 귀여운 건희…….

"건희야."

"응?"

"알아?"

"뭘?"

"너, 괜찮은 콘티 작가라는 거."

광필름이 갑자기 칭찬을 해주자 빨간 모자 아래 건희의 얼굴은 당황한 빛이 역력해졌다. 시간이 촘촘하게 흘러갔다. 꽤 시간이 지났지만 건희는 얼어붙은 얼굴로 김민을 노려보았다. 이 인간이 나를 놀리나? 참자, 영화 찍는 내내 죽자고 구박만 하더니, 이것이 시방 뭐 하자는 거야. 애고, 광필름 지금 취했잖아. 그렇게 스스로 분노를 찍어 누르고는 건희는 조용히 말했다.

"나를 늘 구박하시더니 이젠 장난까지 하시는구만?"

건희는 문득 말을 멈췄다. 김민은 다시 담배를 입에 물고 라이터 불을 켰다. 워낙 담배를 피우는 모습이 진지하기는 했지만 오늘따라 그 표정이 몹시 진지해 보여서 그의 말이 장난은 아닌 것처럼 느껴졌다. 하지만 건희의 시선을 붙잡는 것은 그의 타는 듯 빛나는 눈이었다. 그 눈이 매몰차게 쏘아붙이려던 말을 끊어 버렸다. 건희는 손을 뻗어 라이터 뚜껑을 덮어 불을 꺼버렸다. 건희는 입술을 꾹 다물고, 두 손을 꼭 모아 깍지를 꼈다. 하지만 김민은 멈추지 않고 건희를 쳐다보았다. 그가 잔뜩 긴장된 얼굴로 다시 말을 이었다.

"아직도 날 좋아하니?"

"뭐?"

한 번 차였으면 됐지 또 하리? 누가 자기 머리 위로 콘티 북을 집어 던지고 얼굴만 보면 못 잡아먹어 안달하는 남자를 좋아하겠니? 너 같으면 그러겠니?

……하지만 맘은 그게 아닌 듯하다. 정말 내 앞에 앉아 있는 김민을 말끔히 잊긴 잊은 건가?

"오빠는 왜 항상 그래? 나랑 이야기하면서 만날 무슨 생각을 하는 거야? 그때 내가 죽어라 용기 내서 '사랑해' 하고 고백했더니 오빠 나한테 한 첫마디가 뭐였는지 알아?"

"뭐랬는데?"

"밥 먹으러 가자."

건희는 그날을 다시 기억해 내고는 부르르 몸을 떨었다. 이상한 일이었다. 세 살 때부터 좋아한다고 늘 붙어 다닌 김민이었지만 두 사람의 대화는 언제나 그런 식이었다. 건희는 영화가 너무 좋아 대학교 졸업하면서부터 영화 쪽 일을 하고 싶다고 했다. 그러면서 뭘 하면 좋을까 싶어 김민에게 '시나리오 쓸까, 연기 해볼까?' 물었더니 그는 대뜸 '취직해!' 그랬었다. 단 한 번도 시원하게 첫마디로 대화가 통해본 적이 없는데도 건희는 김민의 그런 모든 것들에 익숙해져 있었다.

"미안해."

"오빠, 오늘 왜 그래? 무슨 일 있었어? 취했어. 그만 가자."

"여기 맥주 한 병 더!"

"그만 마셔. 취했어."

건희가 말렸지만 김민은 우기듯 술을 시켰고 웨이터가 맥주를 가져오자 술잔을 당겨 술을 따르려 했다. 하지만 건희는 술잔을 치워 버렸다. 김민도 지지 않고 대신 물을 비워 버리고 물컵에 맥주를 가득 따랐다. 한 번에 들이키고 다시 연이어 술을 가득 채웠다. 두 잔째도 모두 마셨다. 그리고 그는 석 잔째 술을 따르고 있었다. 건희는 그러는 김민을 그저 술주정 정도로 치부해 버렸다. 안 그러면 돌 것 같았다.

그렇게 또 한 시간이 더 흘러 그와 같이 가려던 감정에 화기가 섞여 건희의 얼굴이 싸늘하게 굳어가고 있었다. 자신이 그렇게 기다리고 있는 것이 우스운 일이라는 것을 알면서도 저러다가 곧 일어서겠지 하는 마음이 드는 것을 막을 수 없었다. 우울했다.

잠시 후 얼굴에 '나 열받았어'라는 얼굴로 건희가 씩씩거리며 일어섰다.

"나 먼저 갈래."

"조금만 더 있다 가자."

"지금 몇 신데, 나 먼저 갈 거야!"

건희는 씩씩거리며 주차장을 향해 걸었다. 오늘따라 김민의 이해할 수 없는 행동에 짜증이 몰려들면서 건희는 감정이 격해지고 있었다. 김민이 계산을 마치고 쫓아 나오고 있었다.

"지금이 도대체 몇 시야?"

"열한 시 좀 넘었네."

"내가 지금 시계 볼 줄 몰라서 묻고 있는 거야?"

잠시 아무 말 하지 않던 김민이 바지 주머니에 두 손을 쑥 밀어 넣으며 술기운이 담긴 숨을 내쉬었다. 건희는 모자에 가린 눈을 들어 올려 김민을 똑바로 노려보았다.

"뭐야? 오피스텔로 가는 거 아냐?"

"응, 나도 너 만난 김에 집으로 가려고."

건희는 김민의 말에 갑자기 할 말을 잃고 멍하니 서 있었다. 격하게 치솟던 감정이 한순간 제자리를 찾아 싸늘해진 건희의 눈에서 빠져나가고 있었다.

"미쳤지, 강건희. 뭐 하는 짓이니? 99년도에 끝난 일 아니었어?"

중얼거리며 돌아서 다시 걷는 건희의 팔을 술에 취해 비틀거리며 김민이 다가와 잡았다.

"뭐라고 그러는 거야, 강건희?"

흔들리는 눈동자가 김민을 바라보고 있었다. 금방이라도 서러움이 쏟아져 내릴 것 같은 그 눈이 김민의 가슴을 서늘하게 했다.

"건희야……."

"피곤해, 오빠. 빨리 집에 가자."

건희는 모자를 벗어 앞으로 흘러내린 긴 생머리 몇 올을 쓸어 올려 다시 곱창밴드로 올려 묶고는 모자를 꾹 눌러쓰고 김민을 돌아보았다. 그 눈에는 축축한 서러움이 묻어 있었다.

그가 노곤한 얼굴로 차 문을 닫았다. 건희는 운전을 하면서도 조수석에 타자마자 의자에 기대 눈을 감아버린 김민에게로 온통 신경이 몰렸다. 감았던 눈을 뜨고 창밖으로 지나가는 거리 네온사인에 눈길을 주던 그가 갑자기 어색한 공기를 밀어내듯 밝은 얼굴로 장난을 걸었다.

"아, 강건희, 심심하다."

"그래서…… 어쩌라고."

"주여, 우리를 저 사악한 사탄의 무리로부터 강건히 하여주옵소서."

"재미없……."

그에게 눈길도 주지 않은 채 말하다가 말고 이상한 느낌이 들어 멈칫하며 고개를 수그렸다. 김민의 손가락이 건희의 찢어진 청바지에서 너풀대는 실밥을 잡아당겨 더 크게 찢어내고 있었다.

"야아! 하지 마!"

"강건희, 강건하게 놀아주라!"

또다시 멀쩡한 얼굴로 음흉하게 내뱉는 김민의 말에 건희는 가늘게 눈을 떠 그 얼굴을 노려보았다. 다시 한 번 건희를 보며 김민은 그 잘난 얼굴에 미소를 지어 보였다. 그의 부드러운 미소를 보자 건희는 울컥 치밀어 오르던 화가 조금은 가라앉는 것 같았다. 건희는 눈을 더욱 가늘게 뜨며 김민에게 말했다.

"이럴 때 보면…… 변태 같아."

"피차마차야. 강건희, 심심하다. 놀자!"

"놀자, 그래. 근데 뭐 하고 노냐?"

"있지……."

김민은 조금은 애교스럽고 비굴한 웃음을 흘리며 말꼬리를 흐리자 건희는 다시 그를 노려보았다.

"있지, 뭐?"

"미안하다. 화나게 해서……."

"돼, 됐어. 다음부턴 그러지 마."

갑자기 그가 꼬리를 내리며 진지한 얼굴로 사과를 해오자 건희의 크게 뜬 눈에는 당혹스러움이 몰려와 말까지 더듬거렸다.

오 년 전, 건희는 스물네 살, 무모함과 순수함으로 김민에게 겁 없이 진지하게 결혼을 전제로 사귀자고 말했었다. 하지만 보기 좋게 거절당했다. 그는 그렇게 결정해 버리기엔 서로가 다른 사람들에 대해 너무 모른다고 말했다. 지금이나 그때나 그는 아름다운 연애는 반드시 꽃이 펴야 한다고 생각한다. 많은 사람들을 만나보고 결정해야 후회없는 선택을 할 것이라는 게 김민의 생각이었다. 건희와 김민은 어릴 적부터 늘 같은 학교를 다니며 붙어 있어서 동생인지, 친구인지, 사랑인지 구별이 안 된다는 거였다. 그 일이 있고 건희도 아무렇지 않은 척, 처음의 오빠 동생일 때처럼 같이 일하고, 같이 놀고, 변함없이 서로의 집을 드나들기도 하고, 그렇게 김민을 처음과 똑같이 대하려고 했기 때문에 속으로는 혹독한 상처를 입었다. 그 상처가 너무나 큰 나머지 건희는 자포자기의 심정에 사로잡혔고 앞으로는 그런 상처는 절대 사절이었다. 하지만 그처럼 '쿨하게 포기! 잊자!'를 외치는 이 마당에 가끔씩 김민을 볼 때마다 그 알 수 없는 미련의 찌꺼기는 왜 불쑥불쑥 고개를 드는 것이 더 짜증이 났다. 하지만 이젠 자신의 친한 친구 유미리까지 김민을 마음에 두고 있지 않는가. 유미리를 위해서도 다시 생각해 봐도 역시 산뜻하게 잊자! 쪽으로 가닥을 정하는 건희였다.

〈건희의 다이어리〉

아! 인생 진짜 빡세다!

누가 그랬냐?

어디가 아프다는 것은 일상의 쉼표를 찍어보라는 신호라고!

제길슨! 쉼표가 아니라 일상의 마침표를 찍겠다, 마침표를!

누가 그랬냐, 짝사랑도 사랑이라고.

사랑? 고문이다, 고문!

짝사랑하는 것은 등 뒤에 칼을 맞는 것이다.

도무지 혼자 뺄 수가 없는데…… 기절할 것처럼 아프다.

잘 봐! 나 지금 까무라쳤지!

사랑을 한다면 서로의 시간을 나누는 것이지만, 이놈의 짝사랑이란 것은 일방적으로 나의 시간만을 내주는 것이다.

그래서 더 외롭다.

으이그! 빡센 내 인생!

혼자 한 사랑, 빨리 깔끔하게 정리하자 해도 어찌 그것이 이렇게 쉽지가 않냐?

그래도 부단히 나는 노력한다. 잊자!

아! 난 확실히 내 정신을 확 뜯어고칠 a/s가 필요해! 어흑!

[서울에서 일주일 뒤 시작되는 이 교수님의 세미나가 끝나면 뜻을 같이하시는 교수님들과 지인들을 만나 뵙고, 곧바로 뉴욕으로 가셔서 BBS의 새로운 CEO 지명에 관한 회의에 참석하시게 될 것입니다.]

[아버지께서 새로운 CEO로 지명되실 걸로 알고 있는데 제가 굳이 참석해야 합니까?]

[두 분 회장님께서는 사장님을 지명하셨지만 이사회에서는 2004년도부터 새롭게 주력하는 IT 산업을 이끌어가는 데에는 더 젊고 참신한 CEO가 필요하다고 보는 모양입니다. 제 생각에는 그런 이사진의 욕구를 충족시키기 위해서 사장님께서 도련

님을 비즈니스 파트너로 지목하실 것 같습니다.]

[그래요? 하지만 전 서울에서 좀 시간을 가지고 머물면서 저의 생각을 정리할 필요가 있다고 생각합니다.]

[좋은 생각이 아니십니다.]

수행비서 피터슨의 딱 잘라 거절하는 대답을 들으며 한은 생각에 잠겼다. 서울로 출발하기 전 한은 아버지 이종에게 잠시 혼자 서울을 돌아볼 시간을 달라고 말했다. 하지만 한의 아버지는 한이 혼자 행동하는 것을 허락하지 않았다. 혹시라도 한이 생모의 존재를 알게 될까 두려운 마음에 쓸데없는 걱정거리를 만들고 싶지 않았던 것이다.

사실 아버지 이종은 할머니 엄 여사의 신앙에 가까운 신념에 대해서는 회의적이었다. 이종의 아버지와 엄 여사는 이승만 대통령 시절부터 많은 천대를 받아왔었다. 자신도 전주 이씨였던 이승만은 미국의 지지로 대통령이 되면서 국민들을 규합하기 힘들어졌다. 그는 맥아더가 영친왕에게 관심 갖는 것을 두려워했다. 그중 기개가 있어 존경을 받고 있던 의친왕의 후손들이 이승만이 대통령으로 있는 하늘 아래서 살아가기란 힘든 일이었다. 그들은 이승만의 퇴출 명령에 의해 무일푼으로 거리로 내몰리고 조국을 떠나도록 강요받았다. 되찾은 나라에서 그들은 친일파들보다도 못한 천대와 멸시를 받으며 죄인이 되어 타국의 골목길에서 비참한 모습으로 서 있어야 했다. 이종 자신이 영국의 돈 많은 여자와 결혼해 버린 것도 어쩌면 자신이 숙명처럼 지닌 그 모든 것들을 잊고 벗어나고 싶은 마음에서였는지도 모른다. 외면하고 싶었다, 자신의 모든 것들을. 하지만 나이가 들어가면서 그럴 수 없음을 깨달았다. 그는 지금 같은 지위와 힘을 갖게 되면서 자신도 조국을 위해 무엇인가 해야 한다고 생각했다. 그가 BBS의 가장 큰 계열사인 무기 제조회사에 전폭적인 지원을 하는 것도 그런 마음이 더욱 크게 작용한 탓인지도 모른다. 이한 역시 스승인 이신율이나 할머니처럼 확고한 확신을 가질 수 없었다. 그래서 처음 방문하는 자신의 나라에서 어떤 해답을 찾으려 하고 있었다.

"저 역시 그것은 좋은 생각이 아니라고 봅니다. 벌써 이번 세미나 주제를 놓고 저들의 신경이 예민해져 있습니다. 우리가 이번 세미나에 앞서 도련님을 황손으로 추대하려는 사실을 저쪽에서도 눈치채고 있는 것 같다는 보고도 받고요. 사실, 그래서 더욱 도련님의 존재를 여러 지지자들께 확인시켜 드리고 싶기도 했지만 위험한 것은 사실입니다. 일단 황손으로 인정되면 차후 우리가 상징적 황실을 복원했을 때 도련님께서는 고종광무태황제의 뒤를 이어 상징적 황제로 추대되실 테니 말이죠."

"반대 세력의 규모는 어느 정도입니까?"

"저희와는 비교할 수도 없다고 보시면 됩니다. 사실 우리와 같은 생각을 하는 사람은 아직 극소수이니까요. 해방 후 쭉 권력을 누려온 기득권층이 반가워할 리도 없을뿐더러 그들도 나름대로 우리에 대해 많은 것을 알고 있다고 봅니다."

"그렇다고 그런 것들이 두려워해서야 어떻게 사람들 앞에서 나를 따라 뭉쳐 달라고 말할 수 있겠습니까, 어떻게 힘을 모아 달라고 말을 할 수 있겠습니까? 게다가 저는 서울의 평범한 사람들의 일반적인 생각조차 모르지 않습니까? 지난번에도 말씀 드렸지만 제 생각엔 전 평범한 서울 시민으로 살아가는 시간이 필요하다고 봅니다. 그들의 생각과 뜻을 알아야 저 자신도 신념을 가질 수 있지 않겠습니까?"

잠자코 듣고 있던 이신율 선생이 낮은 목소리로 말했다.

"사실, 그들이 바라는 것은 황실이 사람들에게 그저 아무런 의미 없이 소리 소문 없이 잊혀지는 것입니다."

"선생님, 그런데 그분들은 왜 저를 황제의 재목으로 지목하신 것입니까?"

"자세한 것은 이번 서울에 가서 말씀드리겠습니다. 그러니 부디 조심하셔야 됩니다. 이번이 첫 번째 공식 행사이니까요."

"……."

"앞으로 일주일간 김 비서는 도련님이 절대 매스컴에 오르내리는 일이 없도록 각별히 신경을 쓰세요."

"네, 박사님."

이제 막 스물여섯 살이 된 한과 이신율 일행은 BBS의 전용기를 타고 한국의 대기권으로 진입하고 있었다. 거대한 비행기는 하얀 구름층을 뚫고 내려와 희뿌연 빛과 안개에 싸인 인천공항을 향해 내려가고 있었다.

창포검을 가슴에 품고 이신율과 대화를 나누고 있던 한은 깜짝 놀라고 말았다. 엄 여사와의 약속대로 이번에 창포검을 물려받은 한은 서울에 머무는 동안 고문화재 감정사에게 감정을 받기로 했다. 공항에서 통과 절차가 까다로웠지만 BBS의 전용기를 이용한다는 점과 영국에서부터 고문화재 감정을 받고 나서야 가지고 나갈 수 있었다.

우~웅~ 우우우~ 웅~

창포검이 미세하게 경련을 일으키며 울고 있었다. 한은 창밖을 내려다보았다. 미세한 경련처럼 떨며 울던 창포검은 인천공항에 가까이 다가갈수록 점점 그 울림이 심해졌다.

"선생님, 이 소리 들리세요?"

"무슨 소리 말씀이세요, 도련님?"

"창포검이 울고 있습니다."

"무슨 말씀이세요? 저는 아무런 소리도 들리지 않습니다만……?"

"김 비서님, 김 비서님도 들리시지 않습니까?"

한은 고개를 갸웃거리며 맞은편에 앉아 있는 자신의 검도 선생이자 또 다른 수행비서인 김 비서에게 물었다. 김 비서는 빙그레 웃으며 대답했다.

"도련님, 저에게는 그 소리가 들리지 않습니다. 아마도 그 소리는 도련님만이 들릴 것입니다. 예전에 제 사부들께서 말씀하시기를 보검이 우는 소리는 그 보검의 주인만이 들을 수 있다고 하셨습니다."

"이 창포검이 왜 우는 것일까요?"

"글쎄요, 도련님께 무언가 신호를 보내는 것 같습니다만……."

"그래요? 이 검이 제게 무슨 신호를 보내는 것일까요?"

"예전에 무인들 중 고수의 경지에 이르면 때론 마음의 검이 보내는 신호를 듣는 사람도 있었다고 합니다만, 결국 그 검이 보내는 신호를 파악하는 것은 검 주인의 몫일 테지요. 아무튼 말로만 듣던 일을 경험하는 분을 곁에서 모시게 되다니 신기하기도 하고 기쁜 일입니다."

"도련님, 그렇다면 위험을 알리는 신호일 수도 있으니 공항에 도착하시면서부터는 더욱 각별히 몸조심을 하셔야 합니다. 자네들도 각별히 주의하게."

"네, 교수님."

깊은 생각에 잠겨 있던 이신율은 공항이 가까워지자 더욱 긴장하며 수행비서들과 한을 주의시켰다. 그러나 한의 생각은 조금 달랐다. 분명…… 새로운 만남이 있을 것이다.

한은 자유롭게 서울 사람들 속에서 서울의 구석구석을 돌아보며 진정한 서울의 모습을 알고, 느끼고 싶었다. 그리고 이번에 꼭 만나보고 싶은 사람이 있었다. 어느 날 잠든 엄 여사의 머리맡에 놓여 있던 수첩 속에서 우연하게 보게 된 그의 생모 사진. 그 사진의 뒷면에 적힌 주민등록번호와 그 이름을 가지고 한은 비밀리에 서울의 생모에 대해 조사를 시켰고 서울로 출발하기 전 생모를 찾았다는 연락을 받았다. 이번에 서울에 머무는 동안 한은 생모를 꼭 만나보고 싶었다. 불현듯 검이 우는 이유가 이제 곧 만날 생모와 관련이 있는 것은 아닐까 하는 생각이 들자 마음이 설레었다. 금방이라도 생모를 만날 수 있을 것 같았다.

봄이라서 관광객들이 많아서인지 인천공항은 혼잡했다. 인천공항에서 특별수속을 마치고 나온 한은 떠나오면서부터 쭉 손에서 내려놓지 않은 창포검과 작은 백팩만을 지닌 채 화장실로 향했다.

"화장실에 다녀오실 동안 그 가방과 검은 제가 가지고 있겠습니다."

"아닙니다, 김 비서님. 가방 속에 핸드폰도 들어 있고 화장실에서 필요한 물건이 들어 있어서요. 그리고 검은 그냥 제가 메고 있는 것이 좋습니다."

두 명의 보디가드들이 화장실 앞에서 기다리고 있는 동안 한은 미리 준비해 온 청바지에 검은색 점퍼로 갈아입고 검은 챙모자를 깊게 눌러쓰고는 백팩과 검정 카메라 다리를 보관하는 길쭉한 가방을 메고는 앞서 나가는 남자들 속에 묻혀 화장실을 나왔다. 한의 보디가드들은 이제껏 단 한 번도 사소한 규칙조차 어기지 않은 한이 그런 일을 하리라고는 상상도 하지 못한 채 화장실 앞에서 대기하고 있었다. 한은 무사히 빠져나왔다는 설

렘으로 한숨을 내쉬며 공항 로비를 걸어나갔다.

그때였다, 등에 멘 검은색 카메라 다리 가방 안에 들어 있는 창포검이 더욱 큰 소리로 울기 시작한 것은.

우우우웅! 우우우웅!

3월은 꽃샘추위가 오면서 소나기와 찬바람으로 시작되었다. 인천공항에서 진행된 마지막 촬영은 배고프고 추운 건희를 더욱 춥게 만들었다. 잠시 화장실이 급하다고 자리를 비운 카메라맨 박씨 아저씨의 카메라를 삼십 분째 조립하고 있던 건희는 갑자기 작열하는 한여름 태양빛을 받은 것처럼 온몸이 후끈 달아오르는 것을 느꼈다.

"오메, 후끈 달아오르는구만! 이 아저씨 오기만 해봐라! 병아리 카메라 기사도 올 거라더니 안 오고 촬영은 곧 시작된다는데 어찌 된 일이냐, 이것이!"

건희는 오늘은 검은색 건빵바지에 하얀 점퍼를 입고 여전히 빨간 야구모자를 쓴 채 카메라를 간신히 두오파드(duopod: 다리가 두 개인 카메라 다리)에 올려 고정시키고 한 발로 두오파드의 한 다리를 밟아 고정을 한 채로 서 있었다. 카메라 다리는 다리 개수에 따라 이름이 붙여지는데 두발 다리를 즐겨 썼다. 두발 다리는 보조 받침다리 하나를 발로 꽉 밟아 두 손을 놓더라도 카메라가 쓰러지지 않을 뿐 아니라 카메라 자체가 삑삑 돌아가는 현상도 제거할 수 있도록 만들어져 있어 모두가 선호하는 편이었다. 막 카메라 거리를 맞춰보고 있는 그 순간 웬 남자가 건희를 툭 치는 바람에 보조 받침다리를 밟고 있던 발을 들어버려 그 엄청나게 비싼 카메라가 균형을 잃고 휘청거렸다.

"악!"

건희는 눈을 질끈 감고 와장창 하는 소리가 들려오기만을 기다렸다. 하지만 카메라 부서지는 소리 대신 근사한 남자의 목소리가 들려왔다.

"아, 죄송합니다. 다행히 카메라는 무사합니다."

건희가 하얗게 질린 얼굴로 눈을 가늘게 떠보니 눈앞에는 하얀 얼굴에 커다란 눈을 가진 꽃돌이 한 분이 달콤한 꽃향기를 풍기며 웃고 있었다. 갑자기 하얀 수선화, 커다란 꽃망울의 황금빛 나팔 수선화, 그리고 짙은 향의 히야신스와 붉은 장미 향기가 마구 풍겨왔다. 건희는 감탄사가 튀어나올 뻔한 것을 간신히 참고 다시 눈앞에 남자를 쳐다보았다. 건희의 동생 건영 뻘 되어 보이는 남자의 손에는 조금 전 건희의 손에 들려 있던 카메라가 들려 있었다. 그리고 다음 순간 건희는 그 남자의 등에 메어져 있는 카메라 다리 가방을 발견했다. 건희는 다짜고짜 주먹을 날려 남자의 머리통을 퍼억 쥐어박곤 냅다 소리를 질렀다.

"어쭈! 카메라팀에 병아리가 온다더니 오자마자 사고를 쳐? 야, 죽을래, 박을래!"

"아얏! 예?"

한이 깜짝 놀라 바라보자 건희는 다시 한 번 주먹을 날렸다.

하지만 처음엔 얼결에 당했지, 두 번 당할쏘냐. 한은 날렵하게 허리를 숙여 주먹을 피했다. 그러자 건희는 눈썹을 활처럼 곡선을 그려가며 치켜 올리고 버럭 소리를 질렀다.

"어쭈! 피했다 이거야?"

퍽!

"억! 아니, 뭡니까?"

이번에는 다리를 한 대 까인 한이 이마를 찌푸리며 화난 목소리로 물었다. 그동안에도 등에서는 창포검이 쉬지 않고 떨고 있었다. 지금 눈앞에 서 있는 묘하게 생긴 여자 앞에 이르자 검은 격렬하게 울어대고 있었다. 그 울음소리로 인해 한은 등이 떨리고 머리가 깨질 듯 아팠다. 그러더니 갑자기 건희의 그 반짝이는 맑은 눈과 마주치자 검의 진동이 마치 우는 아이가 울음을 그치듯 신통하게도 뚝 그치는 것이었다. 한은 묘한 기분에 고개를 갸웃거렸다.

"야, 뭘 봐! 카메라 제대로 잡고 있어!"

"예?"

"참, 너 사람들이 조인성 닮았다고 하지 않나? 아니, 소지섭인가?"

"예?"

"고것참, 박씨 아저씨가 어디서 저런 꽃돌이를 데리고 왔냐?"

한이 멍하게 보고 있는 사이에 건희는 한의 어깨를 토닥거려 주고는 사람들 속으로 묻혀 버렸다. 한은 재미있다는 미소를 지으며 평소에 취미로 즐겨 만지던 카메라를 다시 조립하기 시작했다. 분위기를 보아하니 영화 촬영 중인 모양이다. 이제 그 여자는 감독으로 보이는 남자와 머리를 맞대고 대본으로 보이는 책을 들여다보며 대화 중이었고, 그 표정이 어찌나 진지한지 그런 그녀를 보는 것만으로도 한은 슬며시 기분이 좋아졌다.

"자네 누군가? 누군데 내 카메라를 만지고 있나?"

막 카메라를 다 설치했을 때 카메라의 주인으로 보이는 남자가 한의 등을 툭 치며 물어오자 한은 순간 당황했다.

"저기, 저분이 해놓으라고 하셔서……."

"응? 건희가? 자네 오늘 건희랑 같이 왔었나?"

"예…… 아, 그게……."

한이 아니라고 말하려는 찰나 이신율 교수와 수행비서 일행이 한을 찾느라고 촬영팀 앞을 지나쳐 가고 있었다. 순간 몸을 깊숙이 숙인 한은 일단 공항에서 자신을 찾는 일행들이 떠날 때까지 이 촬영팀 안에 같이 섞여 있는 것이 좋겠다고 판단했다.

"음, 솜씨가 좋은데? 잘했네. 하는 김에 저쪽에 들어 있는 HDV 캠코더로 제작노트에 올릴 영상 좀 찍어주게. 저기 제작진을 중심으로 찍으면 돼. 오늘 오기로 한 놈이 안 와서 말이지. 할 수 있겠지?"

"예?"

"아, 안 하고 뭐 해? 얼른 해야 되는데. 못하겠으면 건희보고 하라고 할까? 그럼 자네, 건희 좀 불러와."

"아, 아닙니다. 저분은 바쁘신 것 같으니 제가 하죠. 예, 제가 하겠습니다. 저걸로 촬영하면 됩니까?"

"응, 그쪽부터 하게."

한은 다시 촬영팀 뒤로 다가오는 보디가드들을 피해 몸을 숙여 캠코더를 꺼내 들고 찬찬히 살펴보았다. 캠코더에는 기본적으로 내장 마이크가 있어 영상과 함께 음성 녹음 기능도 되는데 한이 지금 들고 있는 이 캠코더에는 액세서리 슈에 소니 ECM—9080 마이크가 따로 장착되어 있는 것을 보면 상당히 신경을 쓴 것이었다. 자신이 원하는 소리를 정확하게 잡음없이 녹음하려는 촬영감독의 꼼꼼한 생각 때문이었을 것이다. 거기까지 생각이 미치자 한은 이 일을 대충 할 수가 없었다. 아무튼 창포검이 신호를 보내오는 저 여자에 대해 좀 알아볼 필요가 있다는 생각에 한은 캠코더를 들고 촬영 중인 스텝과 배우들을 찍으며 건희를 지켜보았다.

이상하게 건희의 모습만 눈에 크게 들어왔다. 그녀로 인해 캠코더 화면 전체 사진이 엉망이 되어버렸다. 건희는 다른 여배우들에 비해 그야말로 어색함 그 자체였다. 일을 할 때 착용하는 두꺼운 안경은 갸름하고 정직해 보이는 그녀의 얼굴을 더욱 작아 보이게 만들었다. 하지만 무엇보다 한의 주목을 끈 것은 단정함이라고는 찾아볼 수 없는 흐트러진 외모였다. 풍성한 머리채에서 이리저리 빠져나온 머리는 필사적으로 손질을 요구하고 있었지만 빨간 야구모자에 억눌려 있었고 귀에는 2B 연필이 떡하니 꽂혀 있었다. 설상가상으로 지나치게 큰 하얀 점퍼는 전혀 유행을 고려하지 않은, 적어도 십 년은 된 것 같은 스타일이었고 그 볼썽사나운 바지의 양쪽 주머니는 아마도 그녀의 작은 가방을 대신하는 듯 무언가가 잔뜩 들어 있었다. 한이 이제껏 본 중 가장 최악의 패션 스타일이었다. 한은 한숨을 내쉬며 고개를 절레절레 저었다.

"히피 스타일이나 빈티지 스타일을 선호하는 모양이지?"

건희는 정확하게 말하면 콘티 작가, 또는 스토리보드 작가였다. 콘티는 감독이 필요로 하는 장면을 영화 촬영 작업에 참여하는 다수의 사람들이 공유할 수 있도록 하는 매개체로서 3.5인치, 작은 컷 안에 흑백 그림으로 세상을 만들어 보여준다. 장면 구분표, 장소 구분표, 소품표, 의상 연결표, 헤어 연결표에서부터 출구는 어디 있고, 빛은 어디에서 들어오는지, 가방은 어디 있는지. 마치 그곳 공항을 가져다 놓은 것처럼 훤히 볼 수 있게 해놓았다. 사실 콘티를 만드는 일은 결코 쉬운 일이 아니었다. 심지어는 사용하는 소품이 어느 회사의 몇 년도 제품인지까지 표시해 주어야 '뭐, 콘티 구실 좀 했네' 라는 평을 받을 정도였다.

감독과 건희의 의견이 맞춰지자 카메라는 어디에 배치되고, 작품에 등장하는 배우들은 어느 방향으로 어떻게 움직이는지, 이곳은 어떤 구조로 이루어져 있는 공간이어야 하며, 곳곳에 배치된 소품은 어떤 형태를 띠어야 할지 견적이 나왔다. 수십 명의 스텝들이 그날 현장에서 헛수고하지 않게 해주는 지침서. 감독이 '고' 하고 들어가기 전의 모든 과정을 강건희는 이미 콘티북에 다 그려놓았다. 이제 모든 준비가 끝났으니 감독의 OK 사인이 떨어졌다.

지금 건희는 조금 전 자신과 마주친 꽃미남의 기억 같은 것은 이미 사라지고 없었다. 그녀의 지금 최대의 관심은 이 마지막 촬영 공항신을 어떻게 무사히 마치느냐였다. 〈필요하면 언제나 나타난다, 김 이장〉. 이 영화가 건희의 첫 작품이었다. 지난 몇 년간 말이 좋아 보디가드지 유미리의 옷가방을 들고 다니며 잔심부름을 도맡아하고 다닌 데에는 다 그럴만한 이유가 있었다. 이 작품이 이렇게 콘티 작가 강건희의 데뷔작으로 엮일 수 있었던 것은 물론 김민의 힘도 작용했지만 건희 자신의 부단한 노력이 있었기 때문이다. 콘티 작가가 되는 것은 쉽지 않은 일이어서 무명의 백조로 전락하기 일보 직전이었던 강건희에게는 분명 감동적인 사실이 아닐 수 없었다. 환상과 현실 사이에서 꿈을 꾸던 그 수없이 많은 날들……. 오늘을 꿈꾸며 매일매일을 견디고 살아왔다. 오늘 이 마지막 신의 콘티를 그리며 작가 강건희는 난생처음 살아 있음을, 뿌듯함을 기분 좋게 만끽할 수 있었다.

'빛'을 따라 쫓아온 영화 촬영장이었다. 체조를 하다 부상을 당해 만화를 그리기 시작했고, 스토리보드 작가라는 것에 관심을 가지면서 배우이면서 영화배우인 단짝 친구 유미리의 영화 촬영장을 따라 다니다 보니 자연히 사진이 찍고 싶었고, 사진을 찍다 보니 빛이라는 무형의 존재에 민감해졌다. 실체 없는 빛을 맹목적으로 쫓다 보니 결국은 영화 촬영 스텝들과 그 촬영의 신비에 매료되었다. 어떻게든 참여하고 싶었는데 건희는 배우가 될 만한 인물도 없었고 기계를 다룰 수도 없었다. 그러다 자신도 할 수 있는 일을 발견하게 됐는데 그게 바로 콘티였다. 평소 관심을 가지고 있던 스토리보드 작가의 일을 할 기회가 주어진 것이다.

유미리가 촬영하는 동안 카메라 스텝과 조명부 스텝들을 도와주며 조명 콘티 북에 끼적이던 그림을 본 촬영감독의 소개로 보조 스토리보드 작가로 일하다가 유미리가 주연 하고 김민이 기획하는 이 영화를 맡게 된 것이었다. 영화 촬영의 설계도, 강건희는 이 작품 한 채의 집을 짓기 위한 설계도를 그리는 설계사의 역할을 부여받았고, 이제 완공을 눈앞에 두고 있었다.

어느새 마지막 신의 촬영을 위해서 메이크업 아티스트들이 여배우 유미리의 이마의 땀을 찍어내고 머리를 만져 주며 다시 메이크업을 하고 있었다. 건희는 분장 중인 유미리를 들여다보며 담요를 더 여며 감싸주곤 걱정스럽게 한마디 했다.

"미리야, 괜찮겠어? 열이 너무 많은데……."

"괜찮아. 나 가만 놔둬. 지금 힘 저축해서 다시 하려고 그래. 너도 힘들겠다. 건희야, 나 커피 한 잔만 갖다 줄래?"

"응, 알았어."

유미리는 지난밤 무리를 해서인지 몸살로 인해 몸에 열이 펄펄 끓었다. 건희는 그런 미리가 너무 걱정인데 정작 미리는 마지막 촬영만을 걱정하고 있었다. 건희는 한숨을 쉬며 돌아섰다. 그때 주 감독이 빠르게 달려와 유미리를 살피며 걱정스레 물었다.

　"괜찮겠어?"

　"네, 괜찮습니다. 지금 할까요?"

　유미리가 기운은 없지만 다정하게 웃으며 대답하자 주 감독이 미리의 어깨를 다독이며 위로하듯 격려했다.

　"그래, 우리 한 번에 끝내자. 지금까지처럼 말이지. 파이팅! 미리씨, 호흡을 가다듬고 마음을 실어. 알았지?"

　"네, 감독님."

　큐 사인이 떨어지고 유미리와 남자 주인공의 공항에서의 재회 장면인 엔딩신 촬영이 시작되었다.

　한이 주변을 돌아보니 이젠 자신의 일행들이 보이지 않았다. 한의 보디가드들과 이신율 박사 일행은 자신을 찾기 위해 공항 밖으로 나간 듯싶었다. 한은 조금 편안해진 마음으로 촬영 장비들 속에 주저앉았다. 그러자 건희가 무언가를 들고 바쁘게 다가왔다.

　"야, 병아리! 배고프지, 먹어."

　건희가 롯데리아 종이봉투 속에서 포장된 햄버거 하나를 꺼내 건네며 말했다. 건희 역시 바닥에 털썩 주저앉아 콜라를 벌컥벌컥 마시고는 햄버거를 크게 한입 베어 물고는 말했다.

"먹어! 여기서는 시도 때도 없이 대충 먹는 게 장땡이야."

한은 주머니에서 손수건을 꺼내 손을 닦고는 햄버거의 포장을 풀고 맛있게 햄버거를 먹고 있는 건희에게 말했다.

"패스트푸드를 좋아하는 모양이죠?"

그러자 건희는 피식 웃으며 감자튀김을 두 개씩 집어 입에 밀어 넣고는 말했다.

"헤헤, 사실 내가 걸어다니는 패스트푸드 마루타야. 패스트푸드 협회에서 상 줘야 된다니까. 난 핫도그, 소시지, 햄버거, 감자튀김, 피자 다 좋아해. 간편하고 맛있잖아. 안 먹나, 병아리?"

"근데 저 병아리 아닙니다. 왜 저보고 병아리라고 하십니까?"

한이 고개를 갸웃거리며 질문을 던졌다.

"뭐? 병아리보고 병아리라고 하고, 고참 보고 고참이라고 하는 거지, 인마! 너, 무지 웃긴다."

한은 건희의 이야기를 들으며 그제야 무슨 말인지 알겠다는 표정을 지었다.

"아, 그러니까 닭 아니고 그 병아리."

한은 마침내 알아차렸다는 듯이 말하며 햄버거를 먹었지만 사실 정확한 뜻은 알지 못했다. 다만 분위기로 봐서 그 순간 모른다고 했다가는 큰일날 것 같았기에 아는 척한 것이다.

한참 햄버거를 먹던 한은 건희의 입술에 묻은 케첩을 빤히 들

여다보며 그 입술을 닦으라는 신호로 자신의 입술을 핥아 보였
다. 하지만 둔한 건희는 멀뚱히 한을 바라볼 뿐이었다. 하는 수
없이 한은 자신의 손을 닦은 손수건을 내밀었다.

"왜?"

"저, 그게, 그러니까 입술이 단정치 못한 것 같아서……."

한의 그 말이 떨어지자 건희는 놀라서 입을 쩍 벌렸다. 그리
고 그녀는 이 꽃돌이가 하는 말의 의미를 분석하기 위해 분주하
게 머리를 돌렸다. 잠시 빤히 서로를 바라보는 두 사람 사이에
불편한 침묵이 흘렀다.

"뭐어? 내 입술이 단정하지 못하다고?"

건희가 되묻자 그제야 한은 자신의 단어 선택이 잘못되었음
을 깨달았다.

"아, 그게 아니고요. 그러니까 그쪽 입술에 케첩이 묻었어
요."

"아, 그럼 케첩이 묻었다고 할 것이지. 너 진짜 웃긴다?"

건희는 한의 손수건을 받아 입을 쓱 닦으며 나무라듯 말했다.
그러자 한은 그 어색함을 얼렁뚱땅 넘기려고 또 엉뚱한 소리를
하고 말았다.

"아, 전 너무 편안한 차림으로 일하는 것에 대해서 부정적으
로 생각하고 있어서요. 청바지를 입거나 하는 건 괜찮지만 유행
이 너무 도외시된 점퍼를 입는다든지 주머니가 무거운 바지를
입어서 숙이면 등이 보인다든지 하는 건 바람직하지 않죠. 깔끔

한 외모는 제대로 규율이 잡혀 있다는 걸 의미하거든요. 머리도 좀 빗어야 하겠고, 음…… 바지도 새로 장만해야 할 것 같고, 점퍼는 단추를 달아야 할 것 같은데요. 자기표현에 관심을 갖는 건 절대로 낭비가 아닙니다."

한이 너무 정색을 하며 말도 안 되는 이야기를 늘어놓자 건희의 부드럽고 도톰한 입술이 짜증스럽게 말려 올라갔다. 그녀에게 이런 말을 한 사람은 아직 아무도 없었다. 그냥 사내 같다며 웃고 넘길 뿐이었다. 그런데 오늘 처음 만난 한참 어린 녀석의 입에서 이런 이야기를 듣다니…… 기분이 나빴다. 건희는 놀라서 입에 잔뜩 물었던 햄버거를 푸우! 하고 한의 얼굴로 뿜고 말았다. 한은 난처한 표정이 되었다가 곧 콜라 컵을 건희에게 건네주고 자신은 손수건으로 얼굴을 닦았다.

"세, 세상에…… 너, 너 친구 없지?"

"아뇨, 많은데요?"

"뒤돌아서서 모두 너 욕할걸? 열라 재수없다고!"

"네? 그게 뭡니까?"

"뭐?"

"하긴 내가 현재 이곳엔 친구가 그쪽밖에 없어요."

"아욱! 어련하시겠냐. 너 촬영 끝나고 보자. 자식, 배고플까 봐 챙겨줬더니 뭐 이런 게 있냐? 너, 오늘 죽었어."

건희는 기가 막히다는 듯 고개를 흔들며 촬영장으로 다시 돌아갔다.

"오케이! 컷! 자, 수고들 하셨습니다. 종파티는 내일 저녁 일곱 시입니다. 모두 참석하세요."

감독의 오케이 사인이 떨어지고 촬영이 끝나자 여기저기 플래시가 터지며 연예부 기자들의 인터뷰가 시작되었고 남자 주인공 김영과 유미리는 리포터와 인터뷰를 하고 있었다. 언제나 느끼는 거지만 저렇게 다른 사람들에게 주목받으며 빛이 나는 사람을 친구로 가지고 있는 것은 썩 괜찮은 기분이었다.

한층 화사해진 유미리가 이젠 한꺼번에 카메라 세례를 받고 있었다. 언제부터 와 있었던 건지 건희의 동생 건영도 있었다. 인터넷 뉴스에서 근무하는 기자답게 발 빠르게 취재를 하고 있었다. 건영이 건희를 발견했는지 환하게 미소 지었다. 건영의 미소를 바라보는 건희의 얼굴에도 환하게 미소가 피어올랐다. 건영은 바쁘다는 듯 건희를 향해 잠시 손을 흔들었을 뿐 곧 취재 기자들 틈에 묻혀 버렸다.

"애고, 먹고살겠다고, 자아식. 성실하기는! 나의 아우지만 그래도 쓸 만하다!"

무대가 끝난 뒤의 허전함을 짐을 챙기며 수습하고 떠나려는 스텝들과는 달리 배우들은 기자들의 카메라 세례로 허전함을 수습하고 있었다. 그런 그들의 모습을 멍하니 지켜보며 건희는 짐을 챙겼다. 짐을 챙기다 짜증이 치미는지 바지 뒷주머니에 콘티 북을 꽂으며 괜히 멀뚱히 서 있는 한에게 신경질을 부렸다.

"야, 병아리, 이거 안 챙기냐?"

"아, 예. 뭘 도와드릴까요?"

"저 가방 두 개만 들어다 주라."

"이거요?"

"그래."

건희는 가방을 들고 자신의 차를 향해 앞서 걸었고 가방 두 개를 든 한은 씽긋 웃으며 그런 건희의 뒤를 따라 걸었다. 한의 등에 매달린 창포검도 역시 기분 좋게 따라 떨었다. 건희의 하얀색 코란도 뒷자리에 두 개의 가방을 실은 한은 조수석에 문을 열고는 털썩 앉았다. 건희는 그런 한을 멍하게 바라보았다.

"뭐야, 너?"

"뭘요?"

"너, 안 가?"

"그쪽이 나를 막아섰잖아요."

"내가 언제?"

"그랬어요. 아까 내 다리 걸었잖아요."

"뭐라고? 그건 네가 카메라 다리에 걸린 거지."

"그게 그거예요."

"뭐가 그게 그거야, 인마?"

"내게 신호를 보냈으니까 책임져요."

"신호를 보냈다고? 내가?"

"그러니까, 그러니까 내가 그 신호를 해독할 때까지…… 그 신호의 의미를 해석할 때까지요."

"뭐라는 거야? 너 그러니까, 태워달라는 이야길 어렵게 하는 거지, 지금? 알았다, 알았어. 서울까지만이다, 너!"

건희가 차에 시동을 걸고 출발하자 한은 자신의 짐도 뒷자리에 놓고 그녀를 보며 씽긋 웃었다. 그리고는 창밖을 보며 중얼거렸다.

"우리가 이렇게 마주쳤다는 건 아마, 우리가 어디선가 이미 몇 가지 기억을 나눠 가졌기 때문이라는 생각이 들어요."

"그렇겠지. 그렇다면 아마도 내 생각엔 너무너무 눈물 쏙 빠지는 슬픈 기억이었을 것이다. 제길슨."

"제길슨? 그게 누군데요?"

"있어, 인마. 나하고 슬픈 기억을 나눠 가진 또 다른 존재라고나 할까?"

"네에?"

갑자기 건희는 아래위로 한을 훑어보다 말했다.

"너 차도 없이 인천공항까지 뭘 타고 왔냐?"

"그냥……."

"버스 타고 산 넘고 물 건너 왔구나? 에구, 너도 어지간히 빡센 인생이다!"

〈건희의 다이어리〉

한 칸 남은 휴대폰 배터리처럼 위태롭고 스릴 넘치는 숫자
29.
아직과 곧이라는 중계선에서 방황하고 즐기려는 숫자 29.
2004년…… 29. 봄! 하이! 반갑다. 언제 이렇게 컸냐!
Shit! 제길슨! 제길슨!
반갑다고? 라고라고라고야! 에라이! 제길슨이다!
우씨! 어느새 29야? 난 뭐 한 거야?
누구 나한테 괜찮다! 라고 말해 줄 사람 없나요?
미안하다, 건희야!
하다만 너의 짝사랑이 끝났다고 네 인생이 끝난 건 아니잖아.
아직 네 인생은 진행 중이야.
이제 더 이상 덜그럭거리지 않고, 흔들리지도 않을게.
자, 강건희 진행 중인 네 인생을 위해 파이팅!

ps:그런데 남자가 섹시한 여자에게 뿅 가는 것과 노처녀가 멋
진 꽃돌이에게 휙까닥 가는 데는 특별한 이유가 없다.

제4장

운명은 어느 날 불현듯 내 앞을 막아선다

김민의 사무실에선 긴장감이 감돌고 있었다. 그곳에는 세 명의 남자가 앉아 있었다. 김민과 이 회사의 실질적인 자금주인 이근호 의원, 그리고 박은수 이사였다. 박은수 이사는 이 의원과 함께 김민이 사장으로 있는 CM의 공동 창업주였다. 이 의원과 박 이사의 공고한 관계를 회사에서 모르는 이는 없었다. 특히 박 이사는 지략에 밝았다. 사업 수완이 좋은 김민이 박 이사를 파트너로 정한 것은 어찌 보면 당연한 일이었다.

"대체 저들이 이번 세미나에서 원하는 것이 뭔가?"

이 의원은 화가 잔뜩 난 듯 담배를 비벼 끄며 물었다. 그러자 박 이사가 한 장의 사진을 내놓으며 심각하게 대답했다.

"저들은 이번 세미나를 계기로 이 친구를 황실의 새로운 후계자로 지명하고 그걸 기회로 자신들의 주장을 여론화하려 할 겁니다. 하지만 일이 시작되면 수습하기 힘들어집니다. 게다가 지난 정권에 편승해 가장 먼저 앞장서서 저들의 귀국을 막고 탄압한 이 의원님과 저들의 재산을 빼돌린 의원님의 부친과 저의 부친 두 분은 그 책임을 면하기 어려울 테지요. 우리가 두려워하는 점도 바로 그것입니다."

"그것이 어디 우리만 그랬습니까? 이승만 정권 아래 한다 하던 자들은 모두 그랬던 것을, 쯧! 이제 와서 무얼 어쩌자는 것인지……."

"너무 크게 생각할 필요 없습니다. 누가 저들의 이야기에 관심이라도 있겠습니까?"

이 살벌한 분위기에 말문이 막혀 버린 김민은 이마에 깊은 주름을 잡으며 이 의원과 박 이사를 번갈아 바라보았다. 사실 김민은 이런 고리타분한 이야기들이 자신의 투자자들 입에서 나오리라고는 상상도 하지 못했다. 사실 그런 일들에 대해서는 생각해 본 적도 없었다.

이 의원이 그런 김민을 보며 부탁했다.

"김 사장, 자네가 이번 일을 맡아줘야겠어. 저들의 약점을 찾아내서 언론에 공개해. 그리고 수단 방법을 가리지 말고 저들을 막아줘. 처음부터 언론들이 저들의 단점을 끌어내 안 좋은 이미지를 제공하도록 말이야."

"그렇게 하도록 하죠."

김민은 잠시 귀찮다는 생각이 들었지만 이것도 일이니 어쩔 수 없다는 생각으로 고개를 끄덕이며 대답했다.

유미리는 천천히 몸을 움직여 가방 속에 핸드폰 집어 들어 시간을 체크했다. 여섯 시. 촬영이 끝나고 집으로 돌아가려다 김민을 만나보고 가려고 회사 주차장에 벤을 세워놓은 채 잠시 눈을 붙였다. 연예인이라는 직업은 그다지 호사스러운 일이 아니다. 스케줄이 있는 날은 그들은 으레 새벽 두 시가 넘어서야 일이 끝난다. 그리고는 피곤한 몸으로 집에 돌아가 씻고 침대 속으로 들어가면 늦게까지 곯아떨어지는 것이다. 그러니 좋은 남자를 발견했다고 해도 데이트를 해보기란 여간 어려운 일이 아니었다. 게다가 김민은 유미리보다 더 바빴다. 서로 바쁘다 보니 얼굴조차 보기 힘들었다. 일단 몇 번이라도 만날 기회가 있어야 자신의 매력을 한껏 발산해 보기라도 할 것 아닌가.

차창 밖으로 지는 햇살이 마지막으로 눈부시게 빛나고 있었다. 그녀는 코디네이터가 권하는 커피를 마시며 핸드폰을 들고 김민에게 전화를 걸었다.

「여보세요.」

"회의는 끝나셨어요?"

「응. 그런데 웬일이지?」

"저, 여기 회사 주차장에 와 있어요."

「왜? 내게 의논할 일이라도 있나?」

"네에. 만나서 이야기 할게요."

유미리는 머리 단장에 이어 화장품 가방을 열고 화장을 시작했다. 미리는 자신의 눈을 언제나 화장의 포인트로 삼았다. 유미리의 쌍꺼풀은 평소엔 길쭉해 보였으나 의식해서 크게 뜨면 애원하는 어린애 같은 표정이 되었다. 그런 표정이 남녀를 불문하고 스스로 강하다고 자신하는 모든 사람들을 자기 편으로 끌어들이는 무기가 되고 있음을 그녀는 알고 있었다. 여자 얼굴은 헤어스타일이나 의상에 따라 바뀌어지지만, 전체적인 인상은 눈이 좌우하는 것이었다. 그것도 모양새뿐만이 아니라 눈에 담긴 힘이 그 여자의 매력을 결정하는 핵심이었다. 오늘 미리는 김민을 만났을 때, 제일 먼저 그 눈에 비치는 물체가 자신의 마음을 가득 담은 눈이기를 간절하게 바랐다. 미리는 오늘만큼은 확실히 김민의 마음에 들고 싶었다. 건희에게는 안 그런 척 내숭을 떨었지만 언제나 김민을 만나러 오는 날은 화장에 정성을 들였고, 옷에도 신경을 썼다. 단순히 아름답기만 한 여자라면, 자기보다 예쁜 아가씨가 얼마든지 있다고 유미리는 생각했다. 그러나 자신은 아름답기만 한 여자가 아니었다. 지성도 갖춘 데다가 보호본능을 유발시키는 매력도 가지고 있었다. 유미리는 그 두 가지 무기를 교묘하게 사용해 왔다. 냉정하게 처신해야 할 때는 지성을, 상대방의 보호본능을 불러일으킬 필요가 있을 때는 눈빛을 이용했다. 옷도 거기에 맞추어 입었다. 유미리는

다시 한 번 거울을 들여다보며 자신의 눈이 가장 아름다워 보이
도록 미소를 지어 보였다. 조금 뒤에 다시 핸드폰이 울렸다.

「바로 앞에 와 있어. 내 차로 옮겨 타는 게 좋지 않을까?」

"알았어요."

유미리는 핸드폰 폴더를 닫고 새하얀 김민의 벤트레이로 다
가갔다. 감색 더블수트를 차려입은 김민이 유미리를 보자마자
운전석에서 내려와 조수석 도어를 열어주었다. 유미리는 베이
지 색 가죽 시트에 미끄러지듯 몸을 싣고 다리를 가지런히 모아
앉았다. 사이드 브레이크를 풀어 천천히 벤트레이를 출발시킨
김민은 건조한 목소리로 말했다.

"오늘 예쁜데."

"반했어요?"

"남자라면 다 반하겠는데."

"그래서 반했느냐고요?"

"난 남자가 아니잖아. 기획사 사장이지."

"피이!"

"난 여자한테는 관심이 없습니다, 여배우면 모르지만."

"사장님이 생각하시는 것은 일밖에 없는 것 같아요."

"자, 뭐 먹을까? 먹으면서 오늘은 무슨 일로 오셨는지 들어볼
까?"

김민이 뻔히 보이는 유미리의 마음을 외면하며 데면데면하게
묻자 그녀는 조금은 뾰로통해져서 말했다.

"그냥 사장님 보고 싶어서 왔다고 하면 저녁도 안 사주실 건
가?"

그러자 김민은 빙긋이 웃으며 유미리는 보지도 않고 말했다.

"글쎄, 그러기엔 내가 좀 바쁘지?"

"내기할래요?"

"무슨 내기?"

"앞으로 육 개월 안에 제게 특별한 남자가 되고 싶어질걸요."

"오호?"

김민이 눈을 크게 뜨며 그러냐는 듯 어깨를 으쓱여 보이자 유
미리는 더욱 자신있게 말했다.

"곧 제가 괜찮은 여자란 걸 알게 되실 거예요."

유미리가 자신있게 말하자 김민은 긍정도 부정도 하지 않은
채 유미리를 바라보며 피식 웃었다.

"저, 화났어요?"

한이 조금 멋쩍은 듯이 건희를 보며 물었다.

"왜 그렇게 생각하는데?"

건희가 퉁명스럽게 되물었다.

"여기까지 오는 동안 한마디도 안 했어요."

"응, 그거? 그냥 조금 허전해서 그래. 오늘 내가 맡은 첫 작품
의 마지막 촬영이었거든. 무지하게 뿌듯할 줄 알았는데 허전하
네. 마치 뭐랄까, 무대가 끝나고 주연 배우들이 나가서 인사할

동안 나는 마치 뒤에서 그 막을 내리고 있는 사람 같은 기분이라고 할까?"

건희가 조금 가라앉은 듯 말하자 한도 건희의 그런 기분을 알 것 같다는 듯 고개를 끄덕이며 잠시 생각에 잠겼다. 건희는 묵묵히 운전을 했다.

"자, 다 왔어. 내려."

건희는 서울에 도착하자 길가에 차를 세우며 말했다.

"저……."

"나, 여기 마트에 잠깐 들러서 쇼핑을 좀 해가지고 들어가야 되거든."

한이 막 차에서 내려 인도에 올라서는 순간, 바로 앞에 보이는 꽃집에서 달콤한 꽃향기가 풍겨왔다. 꽃집을 보자 한은 좋은 생각이 있다는 듯 빙긋 웃으며 출발하려는 건희를 잡았다.

"잠깐만요."

잠시 뒤에 돌아온 한의 손에는 빨간 장미꽃이 한 다발 들려 있었다. 그냥 빨간 장미꽃 한 다발이 아니라 중앙에 한 송이만은 분홍빛 장미였다. 한이 싱긋 웃으며 무언가를 내밀자 건희가 차에서 내려 그에게 다가왔다. 그리곤 장미 꽃다발을 보더니깜짝 놀라 얼굴을 분홍빛으로 물들이며 말했다.

"야, 꽃은 뭐 하러 사냐? 돈 아깝게!"

말은 그렇게 했지만 얼굴은 쑥스럽게 웃고 있었다. 사실, 건희는 그 나이가 되도록 남자에게서 꽃을 받아본 적이 없었다.

그녀에게서 그런 소녀 같은 반응을 기대하지 않았던 한은 슬며시 기분이 좋아졌다. 사실 한이 보기에도 건희는 분명 소녀가 아니었다.

적어도 이십대 후반에서 삼십대 초반으로 보이는 그녀는 지금까지는 조금은 심각하고, 진지하고, 가끔은 우울한 표정을 지어 보이는 여자였다. 한은 건희의 기분이 조금 좋아진 듯 보이자 이때를 놓치지 말고 부탁을 해야 할 것 같아서 푹 눌러쓴 검은색 야구모자를 벗었다. 그제야 얼핏 보아 잘생겼네 하고 생각하던 건희도 한을 자세히 살펴볼 수 있었다.

'페퍼민트 향이야.'

어떤 때는 예감이란 육감만큼이나 예리하다. 모자를 벗으며 일어난 그 바람에 묻어 스친 옅은 향이 허브의 페퍼민트 향이라는 것을 알아차리는 순간, 건희의 가슴은 이상하게 서늘해져 왔다. 자신도 모르게 아주 천천히 자신의 앞에 서 있는 이 어린 남자의 목덜미에 눈길을 주었다. 조각처럼 얼굴과 균형을 이룬 목덜미에는 옅은 갈색 줄에 매달린 얇은 옥으로 만들어진 나비가 한 마리 빛나고 있었다. 귀족적으로 각이 진 이마와 코의 선이 아름다웠다. 봄날 저녁 무렵의 엷은 햇살 속에 서 있는 그는 눈이 부셨다.

건희는 '어쩜 인간이 저렇게 잘생길 수 있나' 생각하며 넋을 잃고 바라보았다. 미남에 귀공자 같은 얼굴에 비해 운동으로 다져진 근육질의 몸은 다소 거칠어 보였지만 개성이 강하고 매력적인 모습이었다.

그녀를 바라보는 짙은 눈썹 아래의 갈색이 도는 검은 눈동자 속에는 웃음이 떠오르고 있었다. 그의 표정은 자신감이 넘치다 못해 약간 거만한 느낌을 주었지만, 공항에서 지금까지 하는 것을 보면 따뜻하고 악의없는 마음씨를 가진 것 같기도 했다.

"그만 좀 쳐다봐요."

건강하게 그을린 얼굴에 밝고 온화한 기운이 퍼지는 환한 미소를 지으며 그는 아주 쑥스러운 듯 건희에게 말했다. 건희는 화들짝 놀라 고개를 숙이며 꽃다발을 코끝으로 바짝 끌어당겨 향기를 들이마셨다.

"남자가 주는 꽃 처음 받아봤죠?"

미처 예상치 못한 말에 허를 찔린 건희는 펄쩍 뛰며 급히 부정을 한다는 것이 하지 않아도 될 말을 하고 말았다.

"아니다 뭐. 광필름한테 받아봤다. 그게 비록 대파에 핀 노란 꽃이었지만……."

"네? 그 파란 대파 꽃대에 달린 노란 꽃을 말하는 거예요? 누구예요, 그런 걸 주는 그 광필름이란 남자는?"

"있어, 전생에 내가 무슨 죄를 많이 지었는지 등에 딱 붙어서 죽자고 우려먹는 녀석이. 아냐, 아니고…… 아무튼 내가 남자에게 꽃 받아봤다는 거야. 고맙다, 이러지 않아도 되는데……."

"저, 부탁이 있는데요."

한이 그렇게 진지하게 말을 꺼내며 보니 건희는 꽃을 받고 흥분한 마음에 아직도 희미한 미소를 띠며 꽃다발을 내려다보고 있었다.

"응, 말해 봐."

"꼭 들어줘야 하는데……."

한이 약간 걱정스레 다시 말했다.

"뭔데?"

"저, 그쪽 이름이 건희 씨라는 거 알아요. 난 이한이에요. 그러니까 병아리라고 부르지 않으면 좋겠어요. 음, 그리고 내가 그쪽 쇼핑하는 걸 도와줄 테니까요, 같이 밥 먹을래요?"

건희의 얼굴이 쑥스럽게 변하더니 입은 웃을지 말지 망설이고 있다가 마침내 환하게 웃었다. 그 웃음 한 자락이 한의 마음을 따뜻하고 싱그럽게 만들어주었다.

"그거, 지금 나한테 데이트 신청하는 거지? 멋지겠네. 꽃 고마워. 병아리 덕분에 멋진 하루가 되겠어. 아참, 한이 덕분에!"

"나도요."

"근데 왜 이 빨간 장미 가운데 딱 한 송이 분홍 장미를 넣었지? 이상하네?"

"아, 그거요?"

"응, 이 분홍 장미 말이야."

건희가 눈을 동그랗게 뜨고 되묻자 한은 조금은 쑥스러운 듯이 천천히 말했다.

"음, 건희 씨는 이 많은 빨간 장미 속에 있는 단 한 송이 분홍 장미 같아요. 뭐랄까, 아주 특별한 느낌 말이죠. 그러니까 무대 뒤에서 막을 내리는 사람은 아니라는 거죠."

"맞아!"

건희가 아주 환하게 웃자 한도 그런 건희를 보며 아주 싱그럽고 환하게 미소 지으며 고개를 끄덕였다. 따스하고 조그마한 공기 덩어리가 피부에 와 닿았다. 꽃집 앞 보도블록 위에는 물이 뿌려져 있었고, 그 언저리에는 장미꽃 향기가 풍기고 있었다. 그녀는 한의 눈앞에서 장미 꽃다발을 들고 웃고 있다. 주머니가 주렁주렁한 건빵바지에 하얀 점퍼, 그리고 빨간 모자까지……. 그동안 한의 머리 속에 그려보던 이상형은 절대 아니었지만 그녀를 처음 발견한 순간 그 이상형이란 것은 의미를 잃은 듯했다. 아무튼 무슨 이유에서인지 지금 눈앞에 서 있는 건희는 한이 건네는 빨간 장미 가운데 들어 있는 한 송이 분홍 장미처럼 특별한 장미 같은 사람이었다. 한은 그것을 분명히 느낄 수 있었다. 한은 비밀이 잔뜩 든 장미 꽃다발을 그렇게 건희에게 건네주었다. 물론 지금은 모든 것이 확실하지 않지만, 어디서부터 말을 걸어야 할지 알 수 없지만 그러나 곧 우리가 그 어디에선가 다른 무엇으로 만난 적이 있는 것 같다는 이야기를 시작해야겠다고 한은 생각했다.

그날 그 자리 그 꽃가게 앞에서, 한은 그녀와 서 있었다.

마트 주차장에 차를 주차시키자 한이 먼저 내려 건희의 차 문을 열어주었다. 그리고는 건희 앞에 조금 앞서 걸으며 마트의 입구 쪽으로 걸어 들어갔다. 건희는 기쁨과 애정을 담은 시선으로 그의 뒷모습을 응시했다. 이제 막 깨달은 것이지만, 앞서 걷는 꽃돌이의 저 넓고 단단한 어깨는 매우 익숙한 느낌이 들었다. 크고 넓고 이국적이라서인가? 아주 멀리 있었던 것 같기도 하고, 아주 가까이 있기도 하고…… 누구였던가? 친절하고 따뜻하며 잘 웃는 사람, 지난번 촬영장에서 만났던 영국 출신의 패션 CF 모델 존과 패트릭도 그랬다. 이상하게 처음 만나는 영국인들인 그들도 아주 친숙하게 느껴졌다. 그래서 그들은 그날 이후 친해져 건희의 집에서 함께 살고 있었다. 물론 존이나 패트릭 정도의 미남은 아니었지만. 하지만 저 어깨는 분명 뭔가 다른 느낌이 들었다. 문득 앞서 가던 한이 고개를 돌려 건희의 눈과 마주치자 환하게 얼굴을 빛냈다.

"안 와요?"

"어, 가, 간다."

건희는 조금 전까지 김민으로 인해 우울하던 기분이 한결 나아지는 걸 느꼈다. 건희는 모든 사람들을 좋아했고, 그들이 자신을 좋아한다는 사실에 행복을 느끼는 여자였다. 하지만 그런 건희에게 한 가지 결점이 있다면 너무 인생의 밝은 면만을 보고 싶어하는 탓에 그녀를 우울하게 만드는 사람이면 누구라도 피하려는 경향이 있다는 점일 것이다. 그래서 오랫동안 짝사랑해오던 김민에게 먼저 사귀자고 했다가 거절당한 뒤에는 그를 포기했다. 아직도 진행 중이란 게 문제지만. 그리고 그 후에도 남자를 사귀지 않았다. 그래서 스물아홉이 될 때까지 제대로 된 사랑 한번 못해봤다. 하지만 강건희는 아주 잘 지내고 있다고 스스로에게 답하곤 했다. 마음의 준비도 안 된 상태에서 급하게 사랑을 시작하고 싶진 않았다. 그것도 자신이 상처받는 쪽이라면 더 더욱.

"마트에 자주 오니?"

"아뇨, 처음이에요."

한이가 미소로 대답했다.

"진짜?"

"근데, 아주 재미있을 것 같아요."

건희가 놀랐다는 얼굴이 되자 한은 다시 이렇게 덧붙이며 카트를 눈짓으로 가리키며 물었다.

"저걸 가지고 들어가야 되는 거죠?"

"응."

한은 어깨를 으쓱해 보이며 카트 모서리를 탁탁 두드리며 말했다.

"탈래요? 재미있겠는데?"

"얘는, 내가 애들이니?"

"애들 같은데요?"

건희의 몸을 훑어보며 한이 말하자 건희는 눈을 흘기며 한의 어깨를 툭 쳤다.

"예쁘다 예쁘다 하니까 기어오른다, 병아리."

"자, 봅시다. 뭘 살 건가요?"

그러자 건희는 빵빵하게 부풀어 있는 주머니 속에서 다이어리를 찾아 들고는 주르륵 읽어 내려갔다.

"응, 엄마가 사 오라고 한 것들이야. 고추장, 식용유, 계란 한 판, 구운 김, 시금치, 당면, 어묵…… 우와! 엄마는 진짜 딸 등골을 뺀다, 빼!"

"뭐가 이렇게 많아요?"

"사실, 우리 엄마가 나의 오지랖 넓은 것을 이용해서 하숙업을 하시거든."

"하숙업? 그런데 왜 그걸 건희 씨를 이용해서 하신다는 거죠?"

"너도 참 궁금한 거 많아서 먹고 싶은 것도 많겠다."

"무슨 소리인지?"

"됐다니까!"

건희은 놀라서 입을 딱 벌리는 한을 향해 씩 웃어 보이며 다시 종이에 적어온 것들을 소리 내어 읽었다.

"파, 버섯, 그리고 돼지고기! 어, 우리 엄마 잡채 할 건가 보네. 존이 부탁한 샴푸, 패트릭이 부탁한 면도 크림, 건영이가 부탁한 면도기 날! 많기도 하네."

"자, 그럼 출발합니다."

한은 씩 웃더니 카트에 건희를 매달고 씩씩하게 밀기 시작했다. 한이 손을 내밀어 진열대에서 고추장을 집어 들려고 하자 건희는 카트를 획 밀어 판매대에 수북하게 쌓여 있는 고추장 세일 코너로 신나게 달려갔다.

"그건 아냐. 아, 저기 있다!"

'1+1, 하나 더!' 라고 적혀 있는 고추장 통을 집어 들며 건희는 아주 환하게 웃었다.

"아, 그렇게 하는 거군요."

그 다음부터 한은 건희를 따라 천천히 스카치 테이프로 묶어져 있는 세일 상품을 고르기 시작했다. 그때였다, 건희의 귀가 번쩍하는 소리가 들려온 것은!

"알려 드리겠습니다. 오늘의 반짝 세일이 있겠습니다. 정육점 코너에서는 지금부터 백 분의 손님에게 목 삼겹살을 정가의 50%에 드리겠습니다! 자, 서둘러 주세요. 싱싱하고 맛 좋은 제주도산 토종 도야지입니다!"

"뭐? 돼지고기라고 했지, 지금? 가자!"

건희는 갑자기 야채 코너에서 고르고 있던 어묵을 던져 버리고 달리기 시작했다. 돼지고기가, 그것도 목 삼겹살이 50%나 세일한단다. 건희는 어쩜 저렇게 잘 달리나 싶게 쏜살같이 달렸고 영문을 알 턱이 없는 한도 건희를 놓칠세라 그 뒤를 죽자고 달려갔다.

절호의 찬스. 두 번 다시 오진 않는 기회다. '한정세일'. 듣기만으로도 기분 좋은 반짝 세일! 하지만 건희와 한이 도착했을 때 정육점 앞은 이미 장난이 아니었다. 인산인해(人山人海)까지는 아니었지만 그래도 저녁 찬거리 장만하러 나온 아주머니들이 총출동을 한 모양이었다.

"우와! 손님 진짜 많다. 여기 진짜 영업력 좋네요."

"야, 생뚱맞은 소리 하지 말고 줄서! 내 뒤에서 떨어지면 죽을 줄 알아!"

건희가 아줌마 부대 사이를 밀고 들어가 줄을 서면서 뒤에 한이까지 세우자 그 뒤에 숨이 넘어가게 달려온 뚱뚱한 아줌마가 열을 받았다.

"아줌마! 한 집에서 두 사람씩 줄서면 어떻게 해? 이 사람들이 말야! 양심도 없네, 양심도 없어!"

"죄송합니다."

한이 슬며시 물러나려는데 건희가 단호한 얼굴로 한을 잡아당겼다. 한은 그런 건희를 놀라서 쳐다보았다.

"아줌마, 이 사람이랑 제가 어디로 봐서 한 집으로 보이세요? 우리는 그냥 직장 동료라고요. 다른 집이에요. 그리고요 저 아줌마 아니거든요?"

건희는 눈을 동그랗게 뜨고 그렇게 잘라 말하곤 비장하게 휙 뒤돌아 정육 코너를 정면으로 응시하고 있었다. 결국 건희와 한은 고기를 샀지만 줄서 있는 동안 아줌마들의 녹록치 않은 시선을 고스란히 받아야 했다.

카트를 밀고 나오며 한이 건희를 자세히 들여다보며 중얼거렸다.

"돼지를 키우는 게 어떨지……?"

건희는 한을 차갑게 째려보았다.

건희는 이후로도 아주 능숙하게 쇼핑을 했고, 그 많은 물건을 모두 상자에 넣어 차에 실어놓고는, 차에 준비한 작은 아이스박스에 고기를 따로 집어넣었다. 그렇게 차근차근 쇼핑한 물건들을 정리해 차에 싣는 것을 도와주며 한은 혀를 찼다.

"와, 보기하고 다르네요. 건희 씨 엄청 찬찬하고 깔끔하네요. 차를 이렇게 반짝반짝하게 닦아두고 정리정돈 철저히 하는 거 보면 다른 사람 같아요."

"뭐? 보기보다 달라? 그럼 보기에는 내가 어떤데?"

그러자 한이 차 문을 닫고는 건희를 들여다보며 씽긋 웃으며 말했다.

"차를 가꾸듯 머리를 빗고 옷을 단정히 입으면 진짜 멋있을 거라는 거죠."

"그렇게 보이냐? 내가 워낙 바탕은 괜찮은데 말야. 히힛, 밥이나 먹자! 내가 잘 아는 식당이 있어. 맛이 끝내준다."

"그래요? 근사하게 살게요."

"맞아, 거기가 근사하다니까."

건희가 근사하다고 우겨서 도착한 곳은 건희의 집 근처의 갈비집이었다. 갈비집답게 편안하게 방으로 가자며 우겨서 창가 자리로 자리를 잡은 건희가 웃으며 말했다.

"여기 된장찌개 맛 진짜 죽인다. 게장도 맛있어. 장난 아냐."

"그래요? 맛있겠는데요."

건희가 파전을 뒤적이며 말하자 한은 미리 나오기 시작한 반찬들의 가짓수를 보며 감탄했다. 배가 고파서 말없이 먹기에 열중하고 있는 건희에게 한은 뭐가 좋은지 연신 천진하게 웃으며 그녀 앞으로 음식을 밀어다주었다.

"아, 건희 씨, 된장찌개 맛있다. 이 국물 먹어봐요."

한이 된장찌개 그릇을 건희 앞으로 밀어놓자 건희는 다시 된장찌개를 밀어주며 말했다.

"우리 집에 존과 패트릭이라고 있거든, 그 녀석들이 기가 막히게 된장찌개를 좋아해. 발효식품이 좋다나? 그래서 그 애들은 된장찌개를 보약처럼 먹어요. 우리 엄마가 어찌나 열심히 해대는지 먹어주는 거 그거 진짜 장난 아냐. 질린다, 질려! 아고, 우리 엄마 들었다간 큰일난다. 우리 엄마는 청국장도 집에서 띄우거든! 진짜 그거 장난 아니다. 우리 집은 순수 토종 된장 집안이야."

"왜요?"

"우리 엄마는 대한민국에서 당신이 된장찌개 최고로 잘 끓이는 줄 알아."

"좋잖아요."

"너도 매일 먹어봐라, 좋은지. 쩝쩝. 야, 우리 소주 한잔하자. 응?"

"운전은?"

"우리 집 요기야."

"그래요, 그럼."

"야, 너 그 시원시원한 거 마음에 든다."

한이 갈비 한 조각을 그릇 위에 놓아주자 건희는 맛있게 먹으며 행복하게 웃었다. 두 사람의 숟가락이 시원해 보이는 물김치 그릇 안에서 부딪쳐 경쾌하게 달그락 소리를 내고 있었다. 소주가 나오자 한에게 한잔 따라주고 건희는 자기 스스로 잔을 채워 입 안으로 탁 털어부었다.

"카! 정말 맛있네. 술 당긴다. 그치, 병아리?"

"참나…… 병아리라고 하지 말랬죠?"

"그래서 뭐가 뭡나?"

"아닙니다. 소주는 처음 먹어보는데 그것도 맛있네요."

"소주를 처음 먹어본다고? 너 한국 남자 맞아?"

"아, 그러니까 술을 즐기지 않는 편입니다."

"거참, 묘하네."

"잔이나 받아요."

소주가 한 잔 들어가니 건희는 갑자기 촬영장에서의 언짢았던 기억이 떠올랐다. 유미리가 여우처럼 김민의 머리카락을 쓸어 올려주고 피곤하겠다고 음료수와 커피를 챙겨주던 장면이 스쳐 지나갔다. 유미리가 김민을 좋아하는 것이 틀림없다. 그 생각이 다시 떠오르자 건희의 기분은 어쩐지 쓸쓸해졌다. 친한 친구와 한 남자를 두고 다툰다는 건 생각만 해도 꺼림칙한 일이었다.

"자, 우리 같이 마셔요."

한이 잔을 내밀며 말하자 건희가 잔을 부딪치며 외쳤다.

"지화자!"

맑고 투명한 소주잔이 쨍! 하고 경쾌한 소리를 내며 부딪쳤다. 건희가 우울하게 다시 소주잔을 비워 버리자 한이 이상하다는 듯이 물었다.

"왜 그래요? 또 우울해요?"

"야! 병아리 넌 소주 한 잔으로도 내 기분을 파악하냐?"

"아닙니다."

"그럼?"

"강건희 씨 눈빛을 보고 알아요."

"눈빛으로 한 방에 통하는 사이라는 거야? 흠, 근데 난 네 눈빛 봐도 모르겠는데? 어디 보자……."

"자, 봐요."

건희는 한의 맑은 눈을 가만히 들여다보다 묘한 기분이 들어 피식 웃어버렸다.

"누구는 이십구 년을 보고 있어도 늘 엉뚱한 소리만 하는데 오늘 만난 넌 소주 한 잔으로 내 기분을 읽나? ……그런 의미로 너 이차도 쏴라. 노래방도 네가 쏴!"

"그러죠."

건희의 술잔의 횟수가 늘어날수록 환하게 부서지듯 웃고 있는 김민의 얼굴은 더욱 또렷이 떠올라 왔다. 두 사람은 주거니 받거니 오랜 친구들이었던 것처럼 얼큰하게 취해 버렸다.

"야, 너 키스해 봤냐? 책 같은 데서 읽어보면 뜨거운 키스를 나눴다, 그러잖아. 그런데 어떻게 키스를 뜨겁게 할 수가 있냐? 어떤 게 뜨거운 키스냐고?"

"아직 못해봤는데요."

"야, 아직도 못해봤냐? 너 쑥맥 아냐?"

"그건 나보다야 건희 씨가 더 그런 거 아닌가?"

"뭐라고?"

"더 취하기 전에 노래방 가죠?"

"취했어? 좋아, 가자. 이 건물 지하에 있어!"

한이 건희를 부축해서 지하 노래방을 찾았을 때 노래방은 이미 늦은 시간이라 몹시 시끌벅적했다. 건희를 내려놓고 한은 맥주를 몇 개 시켰다. 한이 출입문에 기대서 맥주를 기다릴 동안 건희는 어느새 선곡을 끝내고 노래를 부르기 시작했다. 마이크를 잡는 폼이 예사롭지가 않다.

"할아버지 할머니도 노래해요! 아싸! 아싸 호랑나비 한 마리가 아싸!"

건희가 흐느적거리며 쓰러질 듯 추는 춤을 보고 있자니 한은 웃음이 나 킥킥거리고 웃었다. 캔 맥주를 받아 캔을 따서 거품이 넘치기 전에 건희에게 건네주자 건희는 한의 팔짱을 끌고 잡아끌었다.

"야, 병아리! 너는 춤 안 추냐? 야, 노래방 와서 춤을 안 추는 건 반역 행위야! 앉아서 빼는 거 못 봐! 노래방에 왔으면 놀고 노래해야지! 바빠바랄~ 딴따~랄 그대 오늘 하루는 어땠나요. 퉁! 퉁! 사랑하는 마음도 함께 가져갈 순 없나요. 두구두구두구~ 날~ 떠나~가~나요. 빠빠밤바~"

한이 어리둥절한 표정을 지어 보이는 것도 아랑곳하지 않고 건희는 그를 의자에서 끌어내 앞으로 나갔다. 건희는 이제 완전히 필받은 상태였다.

현란한 조명등이 돌아가는 불빛 아래서 건희는 방방 뛰며 춤추고 노래했다.

"사랑을 할 꼬야! 사랑을 할 꼬야!"

혀가 꼬부라지는 여자가 우스꽝스러운 포즈로 엉성하게 몸을 흔들자 한은 배꼽을 잡고 웃었다. 건희가 지쳤는지 한에게 마이크를 건네주고 자리에 가서 앉자 한은 노래방 테이블 위에 놓여진 책을 뒤적거리며 찾아둔 노래를 불렀다.

Today while the blossoms still cling to the vine.
I' ll taste your strawberries I' ll drink your sweet wine.
A million tomorrows shall all pass away.
Ere I forget all the joy that is mine, today~
Rit. Today……

오늘…….
오늘 꽃들이 아직 덩굴에 매달려 있을 그동안에
당신의 열매를 맛보고 당신의 와인을 마셔보렵니다.
수많은 내일이라는 날들이 다 지나간다 해도
오늘 내가 느꼈던 이 기쁨은 잊지 않을 겁니다.

한은 생각보다 훨씬 낭만적인 구석이 있었다. 소주와 맥주를 마시고 나른해진 건희가 다리를 소파 위에 쭉 펴고 캔 맥주를 마시자 한은 보기와는 달리 아주 맑은 목소리로 노래방 기기의 반주에 맞춰 존 덴버의 today를 불렀다. 아주 잔잔하게…… 건희는 자기도 모르게 한을 물끄러미 바라보며 함께 흥얼거리고 있었다.

음악이 끝나고 한이 마이크를 넘겨주자 건희는 쑥스럽게 무대를 걸어나왔다. 그리고는 차분하게 가라앉아 노래를 불렀다.

"내 아픔 아시는 당신께 내 모든 사랑 드려요. 이 눈물 보시는……."

건희의 눈에서 이슬이 떨어져 내렸다. 한은 갑자기 건희가 가엾어 보였다. 그러자 순간 키스하고 싶다는 생각이 처음으로 들었다. 이상한 일이었다. 오늘 처음 만난 여자인데…… 그 여자의 눈물에 가슴이 아파왔다. 곁에 놓인 창포검은 여전히 울고 있었다.

건희는 맥주를 더 들이부었지만 위장 속의 알코올이 일렁거려 그대로 앉아 있을 수 없었다. 금방이라도 목구멍을 차고 올라올 것 같은 알코올에 견디지 못하고 화장실로 달려갔다. 결국 화장실 앞에 도착하기 바쁘게 변기로 달려가 이물질을 쏟아내었다. 술을 게워내고 거울을 보는 건 미치도록 싫은 일이다. 수도꼭지를 비틀어 손바닥으로 물을 받아낸 뒤 입을 헹구고 주머니를 뒤적이는데 단정히 접힌 손수건이 손에 잡혔다. 손수건에 젖어든 페퍼민트 향기와 버버리라는 상표가 인상적이었다.

존의 등에 업힌 건희가 계속 딸꾹질을 해대자 한을 업고 계단을 올라가던 건영이 쫙 째려보며 투덜거렸다.

"못살아, 진짜!"

"어? 이거 뭐야?"

현관문이 열리고 패트릭이 나와서 한을 받아 방에 데려다 누이는데도 건영의 잔소리는 그칠 줄을 몰랐다.

"하숙생 하나 추가요!"

패트릭이 건영의 등에 업혀 있던 한을 부축해서 내려놓으며 재미있다는 듯 말했다.

엉거주춤 일어나려던 한은 다리가 풀린 듯 도로 철푸덕 주저앉았다. 그의 동공은 크게 열렸으며, 반쯤 펴진 손은 허공을 향한 채 딱딱하게 굳어버렸다. 그러더니 도로 풀썩 누워버렸다.

"허……."

"완전히 맛이 갔어."

"그러게. 도대체 얼마나 마신 거야?"

"건희 누나랑 마셨는데 안 넘어가고 견디냐?"

"오우! 강건희! 술고래!"

존이 패트릭을 보며 고개를 절레절레 저었다.

"아! 그 자식 진짜 무겁네. 뭐야, 어떻게 처녀가 밤늦게까지 꼭지가 돌도록 술 마시다가 결국 그 자식 업고 가라고 전화를 하냐? 으이그!"

한이 너무 마셨는지 정신을 잃고 쓰러졌기에 집에 있는 건영에게 전화했는데 건영은 건희의 얼굴 보자 바로 잔소리를 해댔다.

"그럼 어쩌냐? 집도 모르는데. 오늘 네 방에 재워!"

"왜 내 방이야?"

"그럼 내 방에 재우리?"

"그만둬, 내가 말을 말아야지! 야, 잘 눕혀! 또 방 엉망으로 만들지 않게!"

건희는 그런 한의 곁에서 정신 나간 사람처럼 옆으로 쓰러졌다. 헤 하고 벌어진 입에선 쉴 새 없이 '사랑을 할 꼬야! 사랑을 할 꼬야!' 라는 노래를 부르고 있었다. 그때 한이 비칠비칠 일어나 셔츠의 단추를 하나씩 끌러냈다. 셔츠 아래 하얀 면티가 나왔다. 그는 그마저도 홀러덩 벗어 던져 버렸다. 섬세하게 다듬어진 근육질의 상체가 건희의 눈에 들어왔다. 한이 어렸을 때부터 꾸준히 검도와 운동으로 이뤄낸 성과물이었다. 그는 정신적으로도, 육체적으로도 자신을 관리하고 다듬는 데는 천부적인 재능을 타고난 남자였다. 힐끔 한이 하는 짓을 곁눈질하던 건희의 입에서 가벼운 탄성이 터져 나왔다.

"오, 할렐루야!"

건희도 알고 있었다. 한이 어렵지 않게 몸에 달고 다니는 저런 모양의 근육이 만들기 어렵다는 것쯤은. 건희는 자신도 모르게 침을 꿀꺽 삼켰다.

존과 패트릭은 술에 잔뜩 취한 와중에도 재롱을 피우는 그런 건희를 바라보며 킬킬거렸다. 존과 패트릭이 한을 잠자리에 눕히고 건희를 끌고 나오자 건영은 한참 동안 건희를 노려보더니 한마디 더 물었다.

"누구냐? 엄마 아침에 보시면 일난다, 또!"

"카메라팀의 신참이야. 일찍 깨워 보내지 뭐. 아, 배고파. 존, 먹을 것 좀 없냐?"

"참 원하는 것도 많다, 강건희!"

"사랑을 할 거야! 사랑을 할 거야!"

건영은 계속 흥얼거리는 건희를 이마에 주름을 잡아가며 말없이 노려보더니 이를 갈듯 중얼거렸다.

"부탁이야, 강건희 양! 제발 사랑 좀 해! 그래서 시집 좀 가라! 응? 사랑하라고! 누가 말리냐고!"

그리고는 씩씩거리며 주방으로 가서는 말없이 커피를 끓이고 토스트를 내놨다. 식탁에서 커피를 마시던 존과 패트릭이 저희

들끼리 떠들었다.

"저 사람 어디서 본 것 같아. 생각 안 나, 존?"

"글쎄, 나도 낯이 익긴 한데……."

"아! 저 친구, 예전에 검도 대회에서 보지 않았냐?"

"아, 맞다! 이한! 챔피언! 그 대한민국 BBS!"

"그래, BBS!"

두 사람이 떠들어대자 정작 놀란 것은 건영이었다.

"뭐? 이한? BBS?!"

커피를 마시다 뜨겁다는 듯 내려놓으며 건희가 말했다.

"말도 안 돼! 쟨 카메라맨이야."

"닮았는데?"

존이 파란 눈을 반짝거리며 말했다.

"그렇다면!"

존과 패트릭은 고갯짓을 하더니 약속이나 한 듯 컴퓨터로 달려갔다. 두 사람은 컴퓨터 모니터에 집중하며 시시덕거렸다. 그들은 영국에서 있었던 검도대회의 역대 챔피언들을 검색하기 시작했다.

"진짜 웃긴다. 저렇게 닮을 수가 있냐?"

"맞는 것 같은데……. 그런데 저렇게 근사한 BBS의 이한이 저런 모습으로 건영이 형 방에 누워 있다는 게 믿어져?"

"글쎄, 내일 아침에 일어나면 물어보자."

존은 멋쩍게 웃으며 대꾸했다. 패트릭은 여전히 모니터에 시선을 고정한 채 다시 말을 이어갔다.

"그런데 저 두 사람은 또 왜 저러냐?"

"그냥 둬! 저러다 말겠지."

모니터에서 누군가를 찾았는지 두 사람은 고개를 갸웃거리고 있었다. 그런 일에는 관심없다는 듯 건영과 건희는 여전히 식탁 앞에서 다투는 중이었다.

"내일 아침에 엄마한테는 또 뭐라고 할 거야? 이번에도 하숙생이라고 할래? 존하고 패트릭처럼? 저 애들도 누나가 모델들이랑 술 한잔했다가 데려온 거지? 아이고, 내가 못살아요. 알고 보면 쟤네들도 그렇게 해서 눌러앉은 거지, 우리 집에!"

"야! 쟤네들은 워낙에 유학 온 애들 아냐? 모델은 아르바이트였고! 우리 집은 워낙에 대학생들 하숙을 하는 집이고! 우리 집 엄연히 홈페이지까지 운영하고 외국인 관광객도 받는다, 너! 난 그저 워낙에 영업력이 좋은 거지."

"아이고! 강건희가 우리 집 술 상무냐? 또 한 번만 술 먹고 전화해서 애들 업고 나르라고 하면 일낼 줄 알아, 진짜! 난 또 오늘은 어떻게 자냐, 대체! 엄마보고 하숙 그만두시라고 해야지, 진짜!"

〈건희의 다이어리〉

어릴 때 할머니는 날더러 '커서 고물상한테 시집가라' 그랬다.

그래서 엄마는 기겁을 하며 하나밖에 없는 손녀딸에게 악담하느냐고 난리 브루스를 쳤지만, 사실 내가 뭘 주워모으긴 많이 모은다.

할머니의 말처럼 무슨 청승인지 그렇게 많이 주워오면서 남자는 못 주워온다.

나는 그 많은 사람들을 만나면서 언제나 그랬다.

처음 사람을 만나면 항상 그 사람에 대한 기록을 남기는 습관이 몸에 배었다.

하지만 그렇게 많은 사람의 인터뷰를 땄건만 왜? 어째서? 단 한 사람도 내 마음을 흔들어놓은 이가 없었을까?

그래서 내가 29라는 절망적인 숫자를 달게 된 거지! 윽!

ps: 눈빛이 진실하고 미소가 환한 사람을 보면 기분이 좋다.
그냥 갑자기 세상이 말랑말랑 한 것이 다 잘될 것 같다.
어젠 그 애 덕분에 꾸리꾸리한 기분이 말짱하게 개었다.

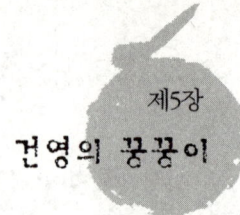

다음날 아침, 건영이 회사에 출근해서 밤새 들어온 기사를 정리하고 있을 때 김 기자가 와서는 누군가 찾아왔다는 이야기를 전하고 갔다. 건영은 자리를 정리하고 사무실 복도로 나가 보았다. 크지 않은 인터넷 방송국이라 사무실 앞이 바로 휴게실이었다. 건영이 두리번거리고 있을 때 검은 양복을 입을 젊은 남자와 은발의 노신사가 다가왔다.

"저, 어제 인천공항을 촬영하신 기자 분이신가요?"

건영은 갑자기 이게 무슨 말인가 해서 의아한 표정으로 은발 노인을 바라보았다. 그 노인의 얼굴이 눈에 익었다. 어디서 보았나 생각하고 있을 때 검은 양복의 남자가 복사해 온 인터넷

기사의 사진을 꺼내 보였다. 그 사진은 어제 공항에서 건희가 콘티를 맡았던 영화 촬영을 취재한 것이었다. 유미리가 주인공이었던 그 영화 촬영이 끝나고 마지막 인터뷰 장면을 찍은 사진이었다. 건영은 어제 연예가 뉴스로 그 기사를 실었던 것이다. 그 노인은 조용히 사진의 한 사람을 짚어 보였다.

"사람을 찾고 있습니다만, 혹시 어제 이 청년을 보셨습니까? 곁에 서 있는 아가씨와 상당히 친해 보이는데……."

건영은 그가 가리키는 사진 속의 남자를 들여다보았다. 인터뷰 중인 유미리 뒤로 멀리 보이는 작은 두 사람이었다. 짐을 정리하는 건희와 그 곁에서 짐을 싸는 새로 왔다던 카메라맨이었다. 지금 그는 자신의 방에서 자고 있지 않던가? 갑자기 거기에 생각이 미치자 건영의 머리 속을 번개처럼 스치는 것이 있었다. 이 노인이 누구인지 생각난 것이다. 이신율! 그는 〈상징적인 황실의 복원〉을 주장하고 있는 학자 중 하나였다. 얼마 전에 서울에서 그 부분에 관한 세미나가 열릴 예정이라는 말을 들은 적이 있었다. 그리고 보니 어젯밤 존과 패트릭의 말도 예사롭지 않았다. 기자의 민감한 후각으로 볼 때 뭔가 냄새가 났다.

"그런데 왜 그러시죠? 제 기사에 뭔가 문제가 있습니까?"

"그런 것이 아니고 이 사람을 꼭 좀 찾아야 할 일이 있어서 이렇게 왔습니다만……."

"촬영장에서 일을 하는 것을 보니 영화사 관계자인 모양인데요?"

"아, 그럼 이 영화사를 알 수 있을까요?"

"그거야 어렵지 않습니다만, 왜 그러신다구요?"

"이 사람을 좀 찾아야 해서……. 이 사람을 찾아주시거나 봤다는 사람을 알려주시면 제가 충분히 사례하겠습니다. 상당히 민감한 문제가 달려 있어서…… 도와주시겠습니까?"

"아, 예. 물론입니다. 제가 도울 일이 있다면 도와야죠. 연락처를 주시겠습니까?"

"뭔가 알아내시면 바로 연락 주십시오."

검은 양복의 남자는 명함을 내밀었다. 명함을 받아 든 건영은 쾌재를 불렀다. 명함에는 금박으로 BBS의 로그가 선명하게 찍혀 있었기 때문이다.

그 두 사람이 돌아간 뒤 건영은 비상계단 문을 열고 나가 건희의 핸드폰으로 전화를 걸었다.

어제저녁 내내 들이부은 알코올 탓에 헤롱거리며 꿈속을 헤매고 있던 건희는 끝없이 울려대는 핸드폰 소리에 눈도 미처 뜨지 못한 채 핸드폰을 찾기 위해 더듬거리다 이크! 뭔가 줄에 걸린다는 느낌이 들었다. 순간 건희는 눈이 번쩍 뜨였다.

"Shit! 안 돼!"

눈을 감고 헤매다 노트북을 충전하느라 꽂아뒀던 줄을 잡아당긴 것이다. 바닥으로 떨어지는 노트북을 슬라이딩으로 받고자 했으나 무릎만 깨졌을 뿐, 노트북은 결국 둔탁한 소리를 내며 자유낙하해 버렸다.

와장창!

퍽!

건희의 심장이 무너지는 소리가 들려왔다. a/s 받은 지 얼마 되지도 않았는데 이를 어쩔 것이여!

"무슨 일이야?"

건희 엄마의 소리가 들려왔다. 건희는 또 노트북을 자유낙하 시켰다고 하면 나가 죽으라고 할까 봐 서둘러 아무렇지도 않다 는 듯 대답했다.

"어응, 건희 모친, 아니야! 아니야, 엄마!"

그런 와중에도 핸드폰은 죽자고 울어대고 있었다. 간신히 바 지 주머니 속에서 핸드폰을 찾아 겨우 폴더를 열고 전화를 받았 다. 건영의 목소리가 흥분으로 쩌렁쩌렁 울렸다.

「누나! 일어났어?」

"누~나? 야, 강건영. 너 뭐 잘못 먹었냐? 웬일이냐, 누나라 니?"

「아이, 왜 그래, 누나는. 누나, 어젯밤 그 카메라맨 어디 있 어?」

"몰라. 자겠지 뭐. 왜?"

「누나, 그 녀석 좀 꼭 잡고 있어라. 응? 나 지금 급한 기사만 넘기고 곧장 갈 테니까 그 녀석 꼭 잡고 있어!」

"야! 자다가 남의 다리 긁냐? 무슨 말이야?"

「잘 들어, 누나. 그 녀석 굉장한 비밀이 있는 것 같아. 일단 그 녀석 사진을 다 찍어! 알았지? 그리고 잘 지켜봐! 이건 기자의 직감인데, 그 녀석 대박감이야! 틀림없다니까!」

"그게 무슨 소리야?"

「어젯밤 존하고 패트릭이 하던 말이 사실이야, 사실이라고! 그 녀석이 BBS의 이한이 맞더라니까!」

"쟤 이름이 이한은 맞긴 하지만…… 뭔 소린진 모르지만 아무튼 그렇다 치고 사진은 왜? 한이 얼굴을 잔뜩 찍어두면 돼?"

「어, 그렇지! 시간을 끌려면…… 서울 관광을 시켜줘. 경복궁! 그래, 고궁 같은 데로 가! 아무튼 내가 갈 때까지 시간을 끌어. 알았지? 누나, 부탁해!」

"몰라! 나 바빠!"

「좋아, 좋아! 내 새로 산 노트북 누나 줄게!」

"노트북? 진짜? 그, 그래, 사진만 찍으면 되지?"

노트북이란다, 노트북! 조금 전 자유낙하시킨 노트북 때문에 괴로워 죽을 것 같았는데 노트북을 주겠다는 그 말 한마디에 건희는 그만 오케이를 외치고 말았다.

노트북이라는 한마디에 전세가 완전 역전된 채 전화를 끊고 방문을 열고 나가보니 이한은 말짱한 모습으로 건희의 엄마와 함께 식탁 앞에 앉아 도란도란 얘기하며 밥을 먹고 있었다. 그리고 건희의 엄마 신사임 여사는 그런 한을 들여다보며 열심히 공을 들이고 있었다. 예를 들자면 밥을 뜨는 한의 밥숟가락에 떡하니 시금치를 올려놓는 행위 등. 세상에! 그도 그럴 것이 아침에 한을 발견하고 빗자루를 들고 건희의 방으로 뛰어들려는 신 여사를 존과 패트릭이 막아서며 이랬던 거였다.

"어머니! 누나가 하숙생! 그래, 하숙생 데리고 왔어요! 맞아요. 쟤 영국에서 왔어요! 맞아요! 우리가 봤다니까요!"

그 말을 들은 신 여사는 곧바로 태도를 바꿔 존과 패트릭이 학교에 가고 난 뒤 전날 건희가 슈퍼마켓에 들러 사 온 찬거리를 꺼내고 솜씨를 발휘하기 시작했던 것이다. 건희는 그런 모친의 마음도 이해는 된다. 딸이라고 하나 있는 것이 스물아홉이 다 되도록 연애질 한 번 못하니 속 타지 않을 엄마가 어디 있겠는가. 그중 하숙생으로 데려온 녀석들마저 모두 노란머리였는데 이번엔 제대로 된 대한민국 총각을 데려왔으니 얼마나 공들이고 싶겠나마는 쩝! 건희는 가슴이 찔렸다.

"아휴, 밥도 복스럽게도 먹네. 그래, 이것! 응, 된장찌개도 먹어봐! 이것이 이렇게 보여도 보약이야, 보약."

"네, 아주머니. 된장찌개 정말 맛있습니다."

"응, 그냥 어머니라고 불러. 여기는 다 그렇게 부르니까."

"네, 어머니."

한이 싹싹하게 말하며 웃고 있을 때 건희가 신 여자 옆 자리에 앉았다. 세수도 안 하고 부스스한 모습으로 한을 찬찬히 살피며 바라보는 건희가 우스워 그는 빙그레 웃었다. 신 여사는 그런 부스스한 건희도 마냥 좋은지 흐뭇하게 바라보며 숟가락을 챙겨주었다.

"속은 괜찮아? 밥 먹어라. 술국 끓였다."

"응, 엄마."

"잘 잤어요, 덕분에."

한이 그렇게 말하자 건희는 국을 떠서 입에 넣으며 멋쩍게 말했다.

"너, 오늘 뭐 할 거냐?"

"별 계획 없는데요. 왜 그러십니까?"

"그래? 그럼 나랑 놀자."

"네?"

왜 갑자기 이렇게 다정하게 대해주나 하고 놀라는 한을 못 본 척하며 건희는 눈앞에 새 노트북을 떠올리고 있었다.

"좌빵!"

"좌빵?"

"아, 좌회전."

"아하, 좌회전이요?"

"응, 맞아. 좌회전해서는…… 어, 주차장이 어디 갔지? 여기쯤 주차장이 있어야 하는데?"

"그걸 저한테 물으면 어쩌죠? 좌빵이라고 외친 건 건희 씨인

걸요?"

"그게, 그렇지?"

건희는 지독한 길치였다. 한이 운전을 하겠다기에 이때다 싶어 운전대를 넘겨주고 자신은 길안내를 해주겠다 큰소리 떵떵 쳤는데…… 길안내를 해야 하는 건희가 계속 버벅대고 있었다. 오기 전 인터넷을 검색해서 분명히 경복궁에 가는 지름길을 봐두고 주차장을 봐뒀는데, 아뿔싸! 주차장은 없었다. 결국 건희는 창문을 열고 군기 바짝 들어서 서 있는 경찰 아저씨께 물었다.

"저, 아저씨?"

"무엇을 도와 드릴까요?"

"경복궁 주차장을 찾는데요?"

"네에, 반대편이거든요. 이 길로 반듯이 가시다가 우회전 하시면 반대편에 주차장이 있습니다."

"네에, 아저씨 감사합니다. 들었지? 반듯이 가다가 우빵! 오케이?"

건희가 하는 말에 한은 빙긋이 웃으며 고개를 끄덕였다. 그리고는 똑바로 차를 몰고 올라가는데 분위기가 묘했다. 올라갈수록 군기가 바짝 든 경찰 아저씨들이 점점 더 늘어나고 있었다. 드디어 똑바로 가다가 우회전을 하려고 했더니 경찰 아저씨 하나가 손짓을 했다.

건희는 조수석 창문을 열고 바짝 쫄아서 고개를 내밀었다.

"어디를 가십니까?"

"아, 아저씨, 경복궁 주차장을 찾는데요?"

"아, 예. 이쪽으로 똑바로 150m만 가시면 경복궁 주차장이 나옵니다."

"아저씨, 감사합니다. 그, 그런데 여기 왜 이렇게 경찰이 많아요?"

건희가 그렇게 묻자 그 경찰 아저씨는 몹시 당황해서 건희를 바라보더니 이상하다는 듯 말했다.

"여기 청와대 정문 앞입니다."

"네에?"

그리고 나서 건희는 고개를 좌측으로 돌려보니 정말 텔레비전에서만 보던 청와대 그 멋진 기와집이 보였다. 한은 물끄러미 청와대를 바라보다 경복궁 주차장을 찾아 주차시켰다. 그리고는 안전벨트를 풀며 조용한 목소리로 물었다.

"강건희 씨, 서울 사람 맞아요? 어떻게 청와대도 모를 수가 있을까?"

"뭐? 야, 서울 사람이라고 다 청와대 정문 앞에 가보냐?"

"글쎄요."

"시끄러. 자, 그럼 내려볼까?"

이른 아침부터 온 경복궁인데도 봄이 시작되고 있어서인지 관광객들이 제법 보였다. 건희는 디지털 카메라를 꺼내 광화문을 유심히 바라보는 한을 향해 셔터를 눌렀다.

"어, 카메라까지 준비한 건가요?"

"으, 응, 그래. 그럼 햇살도 좋은데 와서 사진도 안 찍어? 우리는 광합성을 위해서라도 이 햇살 속에서 포즈를 취하고 서 있을 필요가 있어."

건희는 얼렁뚱땅 둘러대고는 앞서 걸었다. 한은 어깨를 으쓱이며 팔을 올려 보였다.

건희 자신도 멋쩍어서 속으로 제길슨! 제길슨! 이라고 중얼거리며 눈앞에 펼쳐져 보이는 근정전을 향해 걸었다.

"거기 서봐요."

기분을 바꿔보려는 생각으로 한은 건희의 카메라를 빼앗아 들고 근정전 앞에 그녀를 데려가서 세웠다. 건희는 몇 걸음 올라가 근정전 2중 기단 앞에 섰다.

행각으로 둘러진 근정전의 앞뜰은 문무관료들이 조회하는 조정(朝庭)이었다. 화강암의 박석을 깔은 뜰에는 근정문에서 근정전으로 삼도(三道)의 길이 나 있는데 약간 높고 넓은 가운데 길은 임금이 다니는 길이며, 양쪽의 약간 낮은 길은 문무관료가 다니는 길이었다. 삼도의 양쪽 뜰은 문무백관이 조회하는 곳으로 품계석(品階石)이 늘어서 있다. 동쪽의 품계석은 동반(東班) 즉 문관이 서는 곳이고, 서쪽의 품계석은 서반(西班) 즉 무관이 서는 곳이다. 그리고 왼쪽으로는 굵은 나무 기둥들이 있었다. 근정전은 커다란 월대(月臺) 위에 있었다. 월대는 국가의 의식을 행하는 곳으로 근위병이 서 있고 무악(舞樂)도 연주하던 곳이었다. 상하 두 단으로 된 월대에는 난간을 두르고 동서남북 사방으로 계단을 두었다.

건희는 그곳에 서 있었다. 한은 카메라를 거쳐 건희를 바라보고 있었는데 갑자기 카메라 렌즈에 이상한 화면이 잡혔다. 그 화면은 분명 이곳은 아니었지만 이곳과 비슷한 어딘가였고 그림에서나 보았던 왕의 즉위식이 거행되고 있었다. 순간의 섬광처럼 스쳐 가는 그 화면을 보다 다시 정신을 차리고 고개를 들고 보니 여전히 건희가 웃으며 월대 위에 서 있었다. 한은 고개를 갸웃거리며 화면을 들여다보았다. 그 화면 속에 펼쳐지는 건 언젠가 책에서 보았던 왕의 즉위식 장면과 같았다. 다시 고개를 들어 건희를 바라보았지만 여전히 근정전 주변에는 일본에서 수학여행 온 학생들과 중국인 관광객들만 있을 뿐이었다.

월대의 정면 중앙계단은 삼도와 연결되어 있다. 중앙계단의 가운데 부분에 커다란 사각형의 넓은 돌, 즉 답도(踏道)가 있는데 그곳은 가마를 탄 임금이 지나는 길이다. 답도에는 두 마리의 봉황이 구름 속을 노니는 모습을 조각하여, 제후에 해당하던 조선의 국왕을 상징하였다. 답도의 좌우에는 문무관료들이 오르내리는 계단이 있었다. 그리고 계단 양쪽의 기둥에는 정의를 상징하는 해치와 유능한 인재를 상징하는 기린 등의 여러 동물을 조각하였다. 그 답도를 바라보던 한은 고개를 갸웃거렸다. 사진의 셔터를 누르고는 천천히 근정전을 살펴보았다.

상하 월대에는 난간을 둘렀는데, 곳곳에 있는 난간 기둥 머리에도 청룡, 백호, 주작, 현무의 사신(四神)을 사방으로 배열하고 12방위에 따라 십이지상(十二支像)을 조각하였으며 그 밖에도 여기저기에 여러 상상의 짐승들을 조각하였다. 또한 월대에는 왕권을 상징하는 정(鼎), 즉 세 발 달린 솥을 설치했고, 화재를 예방한다는 주술적 의미를 갖는 드므도 두었다.

근정전 건물은 정면 5칸, 측면 5칸에 팔작지붕을 한 건물이다. 자연스럽게 처마의 곡선을 처리하고 지붕의 네모서리를 살짝 치켜올려 곡선미를 살렸고, 처마 아래 기둥머리에는 정교한 공포로 한껏 치장을 하여 왕실의 위용을 더하고 있다. 뒤쪽의 북악산, 서쪽의 인왕산과 어울려 웅장하면서도 우아한 아름다움을 느끼게 했다.

한이 근정전의 아름다움과 신비로움에 빠져 있을 동안 건희는 관광객들을 구경하고 있었다. 봄이 되어 유난히 수학여행 온 일본 학생들이 많았다. 건희는 일본 여학생들의 치마가 몹시 짧은 것을 발견하고는 한에게로 다가오며 혼자 중얼거렸다.

"아니, 일본은 뭔 마음을 먹고 공부하는 애들 치마를 저렇게 짧게 만들었냐?"

그렇게 중얼거리며 근정전 주변의 기둥을 보던 건희는 또 큭큭거리고 있었다. 그곳에는 중국에서 온 관광객들이 있었는데 옷차림이 꼭 70년대 잡지에 나오는 여자들 옷차림 같았다. 한 여자가 기둥을 잡고 사진을 찍고 있었는데 그 포즈가 꼭 70년대 잡지에 나오는 포즈였다.

"세상에, 세상에. 어쩜 우리 그때 그 시절 나 잡아봐라 그 포즈랑 저렇게 똑같냐? 나도 한번 해볼까? 나 잡아봐염! 나 잡아봐염! 헤헤헤!"

그렇게 중얼거리며 건희는 또 우스워 죽는다고 큭큭거렸다. 한과 있어서 그런지 이상하게 기분이 한껏 들뜨는 것 같았다. 한은 그런 건희를 이상하다는 듯 바라보았다.

"뭐 해요?"

"응? 사람 구경한다지요."

그러자 한이 건희를 쫘악 흘겨보며 말했다.

"음, 내가 사전이며 문학작품들을 줄줄 외웠는데도 건희 씨 말은 종종 알 수가 없어요. 사람들 흉본 거죠? 그거 실례란 거 몰라요?"

그러자 건희는 입과 볼을 풍선처럼 부풀리며 말했다.

"실례는 무슨? 내가 뭘. 참내, 가끔 너 진짜 재수없다지요."

건희는 휘청거리며 앞서 걸었고 한도 그런 건희의 뒤를 따라 근정전 내부를 살펴보기 위해 갔다.

근정전의 내부는 상하층의 구분을 없이 하여 넓고 높다. 천장에는 두 마리의 용이 구름 속에서 여의주를 희롱하는 듯한 모양이 그려져 있었다. 정면 중앙에는 지붕 모양의 닫집 아래에 임금이 앉는 용상(龍床)이 있다. 용상의 뒤에는 해와 달, 다섯 개의 산봉우리, 소나무와 바다 등이 그려진 일월오악병풍(日月五岳屛風)이 있었다.

"건희 씨, 그 영화 봤어요? 중국 영화 마지막 황제."

"봤다지요."

"갑자기 그 영화가 생각나네요, 저기 어좌를 보니. 그 영화에서 마지막 황제가 늙고 초라해진 후에 그 자리에 가서 귀뚜라미가 들어 있던 통을 찾아내잖아요."

"그랬다지요."

"저 용상 근처에는 무엇이 숨겨져 있을까?"

한이 생각에 잠겨 중얼거리자 건희는 그런 한을 뚫어져라 바라보았다. 햇살에 한의 머리카락이 반짝이고 있었다. 그때 건희의 핸드폰이 울렸다. 건희는 뒤로 돌아서 핸드폰을 받았다. 주 감독의 급한 목소리가 들려왔다.

"어, 감독님?"

「건희 씨, 어디야?」

"왜요?"

「한 장면 다시 촬영할 게 있어. 저번에 촬영하던 홍대 앞 소극장 알지? 그리로 지금 바로 와. 알았어? 올 수 있지?」

"네, 네. 알겠습니다."

건희가 핸드폰을 끊자 한이 무슨 일이냐는 듯이 건희를 바라보았다. 건희는 얼렁뚱땅 거짓말을 하기 시작했다.

"같이 좀 가야겠어. 잘못된 장면 촬영할 게 생겼어. 일손이 부족할 거야. 가자!"

"그, 그렇지만……."

건희는 한의 손을 잡아끌고 주차장으로 가기 시작했다.

재촬영을 하기로 한 소극장은 긴장감이 감돌고 있었다. 영화 촬영이 모두 끝나 편집과 사운드 디자인 작업이 시작되었다. 능력있는 김민이 영화계에서 사운드 부문 정상에 있는 회사와 계약을 했으니 그쪽도 당연히 스케줄이라는 것이 있다. 화면에 필요한 모든 소리를 섞는 작업인 믹싱작업도 해야 했다. 영화를 찍으며 동시 녹음한 대사와 현장음, 배우의 동작에 필요한 모든 소리와 효과음, 그리고 영화 음악감독이 만든 배경음악과 주제가를 한곳에 몰아넣는 믹싱작업은 각각의 소리가 서로 간섭하지 않도록 세심한 주의를 기울여 섞어내는 영화의 마지막 작업이었다. 무사히 믹싱작업까지 마치려면 밤샘 작업을 해도 시간에 맞추기가 힘든데 편집 과정에서 촬영이 잘못된 것을 발견했으니 보통 일이 아니었다.

흔히 있는 재촬영이 아니었다. 소극장 전체를 하루 다시 빌려야 했고 조명이며 무대 설치며 모두 다시 해야 하니 추가 경비가 장난이 아니었다. 주 감독의 눈은 잔뜩 겁먹은 듯 보였다. 편집하는 과정에서 잘못된 것을 발견했으니 개봉 날짜를 못 맞추게 될까 봐 기획사 직원들과 스텝들도 모두 초비상이었다.

무대에는 유미리가 앉아 있었다. 무대 소품담당과 조명담당들이 일사불란하게 움직이고 있었다. 〈광필름〉 김민도 무대 앞에서 직접 무대장치들을 보고 있었다.

무대장치가 끝날 즈음 배급팀이 김민에게로 우르르 몰려왔다. 이제 개봉 날짜를 놓고 가열 찬 브리핑을 하며 이리저리 재고 각을 뜨고 째려보고 의견이 분분한 모양이었다. 사업 수완도 좋은 김민이고 보니 당연히 신중하게 모든 일이 진행되었다. 그런데 재촬영이라니…….

"절대로 쉽지 않겠어."

소극장에 도착한 건희가 무대로 뛰어올라 가며 고개를 흔들었다. 곁에서 따라 뛰던 한이 걱정스럽게 물었다.

"난 뭐 해요?"

"어, 저기 카메라 감독님 알지? 어제 그 박씨 아저씨. 가서 좀 도와줄래?"

"네, 그러죠. 침착하게 해요, 건희 씨. 알았죠?"

"그래. 근데 미안해서…….”

건희는 건영의 농간에 놀아나 괜스레 한을 고생시키는 것 같아서 미안해졌다. 김민이 건희를 보자 손을 흔들며 아는 척해 보였다.

"강건희!"

유미리가 부르는 소리에 뒤돌아보니 그녀가 빨리 와보라며 손짓하고 있었다.

"미리야!"

"강건희, 너 어떻게 된 거야? 어제는 하루 종일 안 보이고 아침에 집에 갔더니 일찍 나가고! 너 왜 따로 놀아?"

"왜? 네가 언제부터 날 그렇게 찾아 다녔어?"

건희가 조금 퉁명스럽게 묻자 유미리는 이상하다는 듯 건희를 바라보았다. 다른 때의 건희 같으면 힘들어서 어쩌느냐고 먼저 유미리를 챙기고 어디 있냐고 전화하고 했을 것이다. 그런데 어디 있다가 처음 보는 녀석이랑 딱 붙어서 나타난 것을 보니 은근히 심술이 나려고 하던 참이었는데 자신이 묻는 말에 대답조차 시큰둥했다.

"있지, 나 CF 잘렸어! 저 광필름이!"

유미리는 말을 끊고 거친 숨을 내쉬었다. 말을 끊은 유미리는 한동안 멀리 보이는 김민의 모습을 노려보았다.

"왜? 김지성 씨랑 함께 찍는다고 그러지 않았어?"

유미리는 분장을 했지만 까칠한 피부는 많이 상해 있고, 얼굴 살도 쏙 들어간 데다 창백하기까지 한 것이 어젯밤 한잠도 못 잔 얼굴이었다.

"어젯밤에 갑자기 모델로 희수가 결정됐다는 통보를 받았어. 광필름이 희수와 지성을 끼워 넘겼어. 희수가 신인이라 띄워야 되니까 그랬다고 하는데 그게 말이 되냐?"

"그래서 넌 뭐랬어?"

"아까 광필름하고 한바탕했지. 아니, 어제 같이 저녁까지 먹은 후 기분 좋게 헤어져 놓고 그런 결정을 했다는 걸 너 같으면 어떻게 받아들이겠냐?"

"그럼 어떻게 해, 네가 참아야지."

"아냐…… 할 땐 해야지."

유미리는 멍하니 중얼거리다가 또다시 화가 나는지 입을 다물었다. 건희는 유미리의 어깨를 주물러 주며 타일렀다.

"됐어, 너도 그렇다고 들이받냐? 사장이 아쉬울 게 뭐 있냐? 너만 아쉽지. 그리고 그건 이미 끝난 일이잖아. 그딴것 네가 이해해 버려."

"그래도 화나잖아."

"촬영 그러고 할 거야? 재촬영이잖아, 최선을 다해야지."

유미리는 건희가 긴장을 풀어주기 위해 어깨를 마사지해 주자 늘 그러는 것처럼 눈을 감았다. 그러나 막 유미리 쪽으로 걸어나오던 김민은 유미리의 어깨를 마사지하고 있는 건희를 발견하고는 불편한 심기를 드러냈다.

김민은 딱딱하게 굳은 얼굴을 하고는 건희와 유미리를 번갈아 바라보았다. 그리고는 다시 건희를 화난 눈으로 노려보며 말했다.

"건희 씨, 여기서 뭐 하는 거야? 콘티 안 맞춰!"

그런 김민을 보던 건희는 어이가 없어 마침 곁에 있던 생수통의 물 반 통을 단번에 비워 버렸다.

"어휴, 덥다!"

"유미리 씨, 저기 가서 대사 맞춰봐요."

"네."

조금 전까지 화를 내던 유미리는 어디 가고 김민을 바라보는 그녀의 얼굴엔 미소가 피어오르고 있었다. 건희는 겸연쩍어 이마에 주름을 잡으며 말했다.

"그, 그럼 난 저리 가볼게."

"참, 건희야, 저 친구는 누구야? 저 친구 어제 너네 집에서 잤다며? 아까 보니 꽤 친해 보이더라?"

김민은 조금 예민하게 물었고 건희는 별말없이 웃으며 난처하다는 듯 콘티 북으로 부채질을 했다. 유미리가 놀랐다는 듯 다시 물었다.

"어머, 어머, 세상에! 건희야, 저 사람이 어제 너네 집에서 잤어?"

"아, 아니야."

건희는 도망치듯 돌아서 걸으며 중얼거렸다. 머리가 지끈거리고 있었다. 건희는 인상을 찡그리며 관자놀이를 눌렀다.

"아휴, 내가 술을 끊어버려야지."

건희가 씩씩거리며 걸어가고 있을 때 주 감독이 손짓을 해 불렀다.

"건희 씨, 콘티 북 가져왔지? 좀 고쳐야겠는데?"

"네, 감독님, 가져왔어요. 늘 차에 싣고 다니는걸요."

건희가 감독 앞으로 달려가려다 우뚝 서고 말았다. 핸드폰이 요란하게 울리고 있었기 때문이다. 건희는 핸드폰 폴더를 열고 귀에 끼고는 감독에게 콘티 북을 건네주었다. 전화를 건 것은 건영이었다.

「누나, 어디야? 나, 경복궁에 왔는데!」

"아! 미안, 건영아. 여기 홍대 앞 소극장이야. 재촬영이 있어서."

「누나, 그 사람은? 그 사람은 어디 있어? 그 이한 말이야!」

"아, 이한! 가만있자, 한이 어디로 갔지?"

건영이 한을 찾자 건희는 그제야 한을 기억해 내고는 전화를 받으며 천천히 그 자리에서 빙빙 돌며 한을 찾고 있었다. 그런 건희를 김민은 이상하다는 듯 유심히 바라보고 있었다. 한은 막 카메라 감독 옆에 서서 카메라 설치를 도와주고 있었다. 그런데 곁에 선 무대감독이 한에게 무언가를 좀 도와달라고 하는 모양인지 이젠 무대감독과 무언가 이야기를 하고 있었다.

「누나, 그 친구 정말 중요하단 말야. 내가 말했잖아!」

"대체 쟤가 누군데 그래?"

「황손!」

"뭐? 황손? 그게 뭐야?"

「황손이라고, 누나! 대한제국 고종 광무태황제의 자손 말이야!」

"뭐어? 그 황손 말이야?"

흥분으로 얼굴이 시뻘게진 건희가 핸드폰 폴더를 닫으며 멍하게 한을 바라보았다. 그와 동시에 김민도 건희가 바라보는 한을 뚫어져라 바라보았다.

"강건희, 무슨 소리야, 그게?"

"그러게. 저, 저 한이라는 애가 황손이라는구만."

아직도 상황 파악을 못하고 멍하게 한을 바라보는 건희를 쳐다보던 김민은 빠르게 상황을 정리해 보려고 애썼다. 분명 눈앞에 보이는 그 한이라는 남자는 박 이사가 가지고 온 사진 속의 인물이었다.

'어제 그자가 사라져 버린 곳은 공항이었고, 그 시간 공항에서는 영화 촬영이 있었다. 그리고 그 친구 이름이 이한이라고 했지.'

김민은 갑자기 이마를 쳤다. 있을 수 없는 일이 벌어졌다. 가까스로 냉정을 되찾은 김민의 목소리가 가늘게 떨려 나왔다.

"저 친구 이름이 이한인가? 건희야, 저 친구 언제부터 우리 카메라팀에서 일했지?"

"아, 아니…… 그게, 어제 공항 촬영부터 좀 도와주고 있어."

그렇게 말하며 건희는 곧 우선 급한 촬영부터 하자고 생각하며 주 감독과 콘티 북을 수정하기 위해 갔고 잠시 콘티 수정하는 의견을 나누고 있었다. 그러다 다시 건희가 한을 바라보았을 때 한은 김민과 유미리가 있는 곳 근처에서 카메라를 설치하고 있었다. 건희는 별생각없이 무대 천장에 위치한 조명등을 보았는데 한과 김민의 바로 위에 매달려 있던 조명등이 떨어질 듯 흔들리고 있었다.

"앗! 위험해! 위험해!"

본능적으로 위험을 감지한 건희는 날듯이 무대 위로 올라가 몸을 날렸다. 건희가 달려오는 것을 보고 놀란 김민이 자리에서 벌떡 일어났을 때 조명등은 아슬아슬하게 김민을 빗겨 꽝장한 소리를 내며 떨어져 내렸다. 김민은 그 먼지 속에서 홀로 서 있었다. 조금 전에 달려·올라온 건희는 김민을 지나쳐 처음 보는 이상한 녀석을 부둥켜안고 누워 있었다. 김민은 황당한 얼굴로 건희와 부둥켜안고 무대 아래로 굴러 떨어진 한을 바라보고 서 있었다. 마음이 와르르 무너져 내렸다. 늘 자신만 바라보던 건희가 어떻게 위험한 자신을 구하지 않고 생전 처음 보는 저 녀석을 구할 수가 있지. 강건희가 갑자기 저런 녀석을 특별하게 생각하기라도 하는 건가? 김민은 그런 건희를 보며 기분이 야릇해졌다. 유미리도 그런 김민을 보았다. 늘 보는 김민의 익숙한 시선이었지만 하필 그가 건희를 그런 시선으로 보는 것에 약간의 섭섭함을 느끼고 있었다.

"내가 왜 이러지?"

김민은 신경을 쓰지 않아야지 하면서도 자꾸 건희와 한에게 눈길이 갔다. 뭔가 이상했다. 질투 비슷한 감정이 그를 사로잡아 더는 보고 있기가 힘들었다. 김민은 건희에게 그저 좋은 오빠 동생으로 지내자고 해놓고 이런 기분이 되는 자신이 우스웠다. 하지만 역시 저 두 사람에게 신경이 쓰이는 건 사실이었다.

본능적으로 위험을 감지한 건희는 날듯이 무대 위로 올라가 몸을 날렸다. 그 후론 아무것도 기억나지 않았다. 얼마나 지났을까. 눈을 떠보니 무대 아래였다. 건희는 한을 감싸 안고 무대

밖으로 몸을 날려 두 사람은 서로를 꼭 껴안은 채 무대 아래로 굴러 떨어졌다.

"무슨 일이죠?"

한은 욱신대는 머리를 힘겹게 들어 올리며 물었다. 그리고는 다시 머리가 아파와 건희를 가슴에 꼬옥 품어 안았다.

내가 당신을 향해 걸어가고 있을 때,

당신은 내게로 걸어오고 있었어.

긴 시간과 먼 공간을 뚫고,

우리가 만나야 하는 것은 100%의 운명이야.

어디서 온 것인지, 어디로 가야 할지 모르지만

당신을 안을 때 느끼는 심장의 파열…….

운명인가요, 당신이 나의 운명인가요…….

건희의 머리가 한의 가슴 위에 있었다. 순간 그녀의 가냘픈 몸이 부드럽고 매끈한 그의 몸과 가까이 밀착되었다. 햇볕에 그을린 튼실한 남자의 냄새가 확 밀려들어 왔다. 건희를 꼬옥 끌어 안은 한의 심장이 거칠게 뛰었다. 그런 한의 심장 소리를 건희는 똑똑히 들을 수 있었다. 갑자기 가슴이 두근거렸다. 가슴이 두근거리자 당황한 건희는 빨개진 얼굴로 숨을 몰아쉬었다. 건희는 너무 놀라 숨이 막힐 지경이었다. 건희는 얼른 몸을 일으키고 일어나 앉았다.

"괜찮아?"

건희가 멀어지자 그는 뭔가 소중한 것을 빼앗긴 듯한 느낌이 들었다. 안 된다고 소리치며 그녀를 다시 끌어당기고 싶었다. 처음부터 가슴이 서로 붙어 있었던 것 같았다. 하지만 건희는 자신이 한을 구하기 위해 몸을 날렸고, 그의 품에 안겼다는 사실에 스스로도 놀라 가까스로 제자리에 섰다. 핏기 없는 얼굴, 흐트러진 긴 머리카락. 한은 벌떡 일어서서 건희를 뚫어져라 쳐다보고 있었다. 처음부터 그런 눈으로 건희를 보고 있었던 듯 애절하고 각별한 시선이었다. 한이 건희에게로 천천히 걸어왔다. 그리고 두 손을 뻗어 건희의 얼굴에 갖다 댔다. 얼굴을 감싸는 한의 손은 따뜻했다. 건희의 가슴이 미친 듯 뛰고 있었다. 그러나 건희는 그 손을 피하지도, 뿌리치지도 못하고 그대로 서 있었다. 그대로 선 채 건희는 멍하게 텅 빈 것만 같은 얼굴로, 그녀와는 대조적으로 끓어오르는 듯한 한의 두 눈을 떨면서 쳐다보았다. 건희의 눈에서 거짓말처럼 눈물이 흘러내렸다. 이상하게 슬펐다. 순간 누군가가 그로부터 건희를 끌어내다시피 떼어냈다. 김민이었다.

"뭐야, 괜찮아?"

김민의 도전적인 질문에도 별로 놀라는 기색 없이 한이 건희를 물끄러미 보더니 건희 쪽으로 다가섰다. 김민이 언짢은 듯 건희 앞을 막아섰다.

"건희야, 이 친구 뭐야? 대체 누군데 너 왜 이래?"

김민이 한을 노려보고 있을 때 감독과 스텝들이 건희와 유미리에게 달려와 괜찮은지 물었다.

"건희 씨, 미리 씨, 괜찮아요? 다친 사람 없죠? 다 괜찮죠?"

"빨리 가서 좀 앉아. 다친 데 없지?"

김민이 다시 무대장치를 정리하고 수습하기 위해 무대 위로 올라가며 건희에게 소리쳤다.

건희는 부들부들 떨고 있었다. 차 안이었다. 차에 있던 카디건을 덧입고 있는데도 떨림은 멎지 않았다. 한이 뜨거운 코코아를 뽑아 들고 차 안으로 왔다. 그러나 건희는 마시지 못하고 도로 그에게 내밀었다. 한은 컵을 홀더에 놓고 건희를 의자에 편하게 앉힌 다음, 꼬옥 주먹을 쥔 그녀의 손가락을 하나하나 풀어주고, 다시 뜨거운 코코아를 마시게 했다. 그리곤 다 무사하니 아무 걱정 말라며 기분을 돋우어주었다. 건희는 퀭한 눈으로 한을 바라보며 잠자코 고개를 끄덕였다.

코코아를 마시고 나자 좀 나아진 모양이었다.

"많이 놀랐구나. 건희 씨…… 고마워요."

"뭘."

그렇게 말하는 한은 그 음성마저 떨려 나왔다. 그가 고마운 눈을 하고 건희를 바라보았다. 하지만 건희는 고개를 털어내듯 흔들었다.

"고마워요."

"그거야, 위험하니까…… 그래서 그랬을 거야."

그가 여전히 놀라서 떨고 있는 건희를 끌어당겨 안았다. 그의 가슴속에서 건희가 떠듬떠듬 울먹였다.

"몰라, 모르겠어. 그냥 너무 많이 무서웠어. 네가 다칠까 봐 무서웠어."

건희의 등을 그가 가볍게 토닥였다. 안았던 팔을 풀고 그가 건희의 얼굴을 들여다봤다.

"생명의 은인이네요?"

"생명의 은인은 무슨, 그 정도로 죽냐?"

"아까 건희 씨를 안았을 때 이상하게 포근하고 따뜻했어요."

"뭐야, 푹신하다는 거야? 나 살쪘다고 그러는 거야? 나 지방 많다고?"

"아니…… 나 한 번만 더 안아줄래요?"

"야, 너는 이 와중에도 헛소리를 하고 싶냐?"

"아무튼, 고마워요."

건희가 눈을 깜박이자 그제야 뺨으로 눈물이 주르륵 흘러내렸다. 한의 손이 건너와 그 눈물을 닦아주었다. 건희는 그제야 놀란 가슴을 진정하며 한숨을 내쉬고 서서히 쓰러지듯 그의 가슴에 얼굴을 기댔다. 눈을 감았다. 한의 가슴 안은 부드럽고 따뜻했다.

〈건희의 다이어리〉

내 몸에는 유난히 흉터가 많다. 체조선수가 되려고 정말 열심히 연습할 때 생긴 것들이었다. 만약 내가 체조선수로 금메달을 땄더라면 그 흉터들은 훈장이 되었겠지. 하지만 나는 체조선수로 실패했고 패자는 언제나 할 말이 없는 법이다.

체조를 하지 않게 되면서부터 나는 짧은 치마를 입을 때 드러나는 그 흉터들을 싫어하고 부끄러워했다. 그래서 여성스럽게 패인 옷들을 입지 않았다. 내 몸을 아름답게 하는 데 방해가 된다는 이유로 나는 그 흉터를 미워했다. 하지만 내가 정말 힘든 날은 그 흉터를 보면서 위로를 받는다.

내 몸에 흉터는 내 상처가 남긴 것이다.

상처에 대항했다는 뜻으로, 그 어느 날 내가 평균대 위에서 묵묵히 나의 길을 가기 위해 연습하다가, 혹은 시합을 하다가 넘어져 다친 상처들. 그 상처에 대항해서 몸부림친 흔적이었으니……

다쳐 보지 않은 사람보다야 다쳐 본 사람이, 죽을힘을 다해 그 상처와 싸워본 사람만이 더 맛난 삶을 살았다고 자신있게 말할 수 있겠지.

그래서 난 이제부터 내 상처들을 예뻐해 주기로 했다.

그랬더니, 난 오늘 또 넘어져 다쳤다. 제길슨!

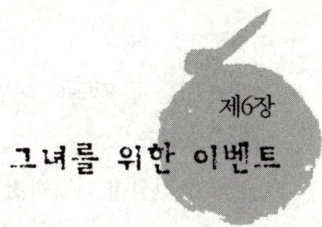

제6장
그녀를 위한 이벤트

"건희 씨, 괜찮아?"

"네, 괜찮은 것 같은데요."

주 감독이 건희의 차로 왔을 때는 건희가 막 촬영을 마치고 나오는 일행들을 보고 유미리의 짐을 들어주려고 다시 극장 안으로 들어가려고 할 때였다. 하지만 짐은 김민과 유미리가 매니저와 싣고 있었다.

"촬영 끝났어?"

"응, 겨우겨우."

"이따 아홉 시부터 한잔하면서 쫑파티할 건데 역삼동으로 올 거지?"

옆에 있던 주 감독이 물었다.

"네, 그러죠."

건희가 선선히 대답하자 주 감독은 한의 어깨를 툭 치며 말했다.

"자네도 같이 올 거지? 꼭 와, 아홉 시까지야."

"아, 네."

그러고 있는데 김민이 천천히 건희의 차로 왔다. 차로 다가갈수록 김민의 가슴은 답답해졌다. 건희가 그 이상한 녀석과 앉아 있는 것이 싫었다. 인정하긴 싫지만 아무래도 질투라는 치명적인 바이러스에 걸린 것이 분명했다. 김민은 건희의 차 운전석에 마치 주인처럼 앉아 있는 한을 보았다. 김민이 보기에도 그는 자신처럼 양복 차림은 아니었지만 매력있는 모습이었다. 조각 같은 얼굴과 기가 막히게 잘 어울리는 부드러운 갈색의 머리카락이 건희와 무대 아래를 뒹군 후유증으로 헝클어져 있었다. 한의 깊고 그윽한 눈빛이 다정스럽게 건희를 바라보고 있었다. 한의 그런 눈빛을 보자 김민은 울컥 뭔가 치밀었다.

"야, 강건희, 요즘 봄바람기가 풀풀 날리던데, 또 어디서 놀다가 들어왔던 거야? 데이트했냐?"

"경복궁, 좋더라. 오랜만에 갔더니."

"뭐? 경복궁?"

"응. 근데 어디 가?"

"미리가 아까 좀 놀란 것 같다고 같이 병원 가달라고 해서 말야. 기획사 사장으로서 그 정도는 해줘야겠지? 너 집에 일찍 들어가 있다가 종파티장으로 와. 알았지? 괜히 빨빨거리고 돌아다니지 말고."

"갑자기 무슨 참견이실까, 무척이나 바쁘신 분이?"

김민은 조금 전 건희가 자신이 아닌 이한이라는 녀석을 끌어안고 보호해 준 사건으로 인해 마음이 많이 상해 있었다. 한과 건희를 이상한 눈빛으로 한참 바라보던 김민은 고개를 흔들곤이내 미소까지 지으며 손을 흔들고 가버렸다.

김민이 황급히 자리를 피하자 건희가 짧게 한숨을 내쉬었다. 최대한 어색하지 않게 말하려고 노력했지만, 사실 건희 자신도 당황하고 있었다. 왜 김민과 한이 나란히 서 있는 그곳에서 자신은 한을 구한 것일까…….

"오빠가 아까 무대 사건으로 패닉 상태에서 쉽게 깨어나지 못하는 모양이다."

건희가 그렇게 중얼거리자 한이 웃으며 말했다.

"이쪽이 홍대 앞이죠? 나 여기 구경하고 싶었는데…….''

한의 말을 듣자 갑자기 건희는 건영과의 약속이 생각났다. 이쪽으로 오기로 했는데. 일단은 건영이 올 때까지 한을 붙잡고 있어야 할 것 같았다. 머리 속에 다시 노트북이 오락가락하기 시작했다.

"우리 여기 근처에서 놀자. 아직 시간 많으니까."

건희는 웃으며 한의 어깨에 손을 둘렀다. 장난스럽게 두 사람의 어깨가 부딪쳤다. 한이 가방은 차에 두고 다시 카메라 다리가 든 그 시커먼 가방을 멨다. 그 모습에 건희는 인상을 찌푸렸다.

"그거 차에 두고 가. 아까는 차에 두더니 왜 그렇게 메고 다니려 들어? 그게 무슨 신주 단지야?"

건희가 투덜거리자 한이 웃으며 말했다.

"이건 나한테는 몹시 중요한 겁니다."

"신주 단지 맞구나. 가자, 그럼!"

신주 단지. 한은 그 말을 마음속으로 되뇌었다. 그리고는 이내 한은 싱긋 웃어 보이며 건희의 어깨를 툭 하고 쳤다. 두 사람은 어깨를 나란히 하고 걸었다.

"근데 넌 어디서, 왜 온 거니?"

천천히 걷던 건희는 한에게 몹시 정중한 어조로 물었다. 한은 갑작스러운 건희의 질문에 마땅한 답이 생각나지 않아 순간 난처한 표정을 지었다.

"어…… 아니, 난 그냥 하루 정도 혼자서 여기저기 돌아볼까 하고요……."

"혼자서?"

"네."

"언제나 그렇게 혼자 여행을 하냐?"

"아뇨, 늘 혼자서 여행을 해보고 싶었지만 못 그랬어요."

"고독을 좋아해?"

그렇게 묻고는 우스운지 건희는 큭큭 웃었다.

"고독을 좋아하는 인간이란 없는 법이에요. 친구를 만들지 않을 뿐이지."

"물론 그렇겠지."

건희는 한의 대답에 조금은 빈정대는 듯한 어조로 말했다. 그러자 그가 날카로운 눈으로 그녀를 바라보았다. 사실, 한은 건희에게 뭐라고 딱 부러지게 설명할 말이 없었다. 등 뒤에 검이 당신에게 가까이 갈수록 격렬하게 울었기 때문이라고 한다면 미쳤다고 하겠지. 한은 잠시 생각에 잠겼다.

"뭐야, 무슨 생각 하니?"

"항상 서울을 샅샅이 구경하고 싶었어요. 만나보고 싶은 사람도 있고요. 그래서 이번에는 시간을 온전히 비웠던 거예요."

"너 집이 어딘데?"

"영국이요. 어제 영국에서 들어오는 길이었어요."

"뭐? 그럼 너 정말 카메라맨이 아니었어?"

한이 고개를 끄덕였다. 건희는 못 말리겠다는 듯 고개를 절레절레 저었다. 그러자 한은 흘러내리는 그녀의 머리칼을 뒤로 쓸어 넘겼다. 순간 건희는 재빨리 머리를 쳐들었다. 건희는 한의 손길을 지나치게 의식하고 있었다.

"하지 마. 나, 조금 화났거든……."

건희가 조금 무뚝뚝한 어조로 말했다. 그러자 한은 미안한 듯 정중하게 사과했다.

"미안해요. 말하려고 했는데 건희 씨가 그냥 그렇게 생각해 버려서……."

"그래도 말을 안 한 거야."

"그러니까, 미안하다고요."

건희는 한의 눈을 가만히 바라보았다. 깊고 따뜻한 그의 눈동 자가 너무 가까이 있었으므로 건희는 아주 자세히 볼 수 있었 다. 그는 아주 맑은 홍채와 까만 동공을 가지고 있었다. 건희는 그의 눈을 보는 순간 또다시 이상하게 익숙한 느낌을 받았다. 건희는 잠시 충격으로 얼어붙어서 아무 말도 할 수 없었다.

'도대체 내가 왜 이러는 것일까? 이렇게 입술이 바짝바짝 마 르는 건 아마도 건영의 부탁으로 이 녀석을 속이고 있기 때문일 거야. 그리고 현기증이 나는 것도 너무 오랜만에 햇볕을 쬐고 많이 걸어다녔기 때문일 거구.'

마치 마법에 걸린 듯 몽롱한 상태의 건희를 깨어나게 한 건 건영의 전화였다.

"어! 건영아!"

「누나, 여기 있었구나! 온 동네를 다 찾아 헤맸다고. 왜 그렇 게 사라진 거야? 어디 가면 간다고 말을 해야잖아! 소극장에 가 서 물었더니 주 감독이 누나가 금세 있는 걸 봤는데 어느새 없 어졌다고 모른다는 거야. 간이 콩알만해졌었어. 못 찾는 줄 알 았네.」

"어, 그냥 좀 걷는 중이었어. 너 어디야?"

「그건 몰라도 되니까 누난 그냥 지금처럼 자연스럽게 놀아. 내가 누나 따라 다니면서 사진 찍을 거니까. 알았지?」

"아냐, 아니, 나는……."

「그럼 누나, 끊어!」

건희는 안 된다고 말하려고 했지만 건영이 더욱 기세 좋게 건희의 말을 잘라먹고 전화를 끊어버렸다. 한숨을 쉰 건희가 한을 바라보자 그는 맞은편 기둥에 붙어 있는 포스터를 호기심 어린 시선으로 바라보고 있었다. 잠시 후 그의 눈이 휘둥그레졌다.

〈공연 아방가르드 재즈뮤지션 Jhon zorn이 프로듀싱하고 그의 레이블 Tzadik에서 1집이 발매되어 화제를 모았던 아방가르드펑크밴드 Limited Express가 새로운 앨범을 들고 왔다.

장소: club DB.

입장료: 15,000원 with 1drink(예매시 12,000원).

똑같은 공연은 거부한다!

그때 그때 달라요!

깜짝 공연

장소: 홍대 정문 앞 놀이터 프리마켓 공연장.

시간: 2004년 3월 5일 오후 6시.〉

"이거 재미있겠는데?"

"뭔데?"

"우리 이거 보러 가죠?"

"이, 이거?"

건희는 말을 더듬느라 제대로 말을 잇지 못했다. 한은 짓궂게 미소 지으면서 고개를 끄덕였다. 두 사람은 일단 표를 끊고 나서 고픈 배를 위해 햄버거 두 개와 커피를 사서는 프리마켓 공연장 휴게실로 들어갔다. 한이 얼른 건희에게 의자를 빼내주었다.

"자, 앉아서 드세요. 우리 먹으면서 기다리죠."

"고맙다."

사실 건희는 이런 시끄러운 공연은 질색이었다. 건희는 한에게 팔짱을 끼곤 시선을 주지 않은 채 의자에 앉았다. 한은 놀란 표정이 되어서 건희를 바라보았다.

"뭐, 마음에 안 드는 거 있어요?"

"난 이런 공연 싫어해."

건희는 얼굴을 찌푸렸다. 한은 웃음을 터뜨렸다.

"하핫! 영화 콘티 작가가?"

건희는 다시 얼굴을 찌푸렸다. 그리고는 얼른 바지 뒷주머니에서 빨간 모자를 찾아서 푹 눌러쓰며 말했다.

"농담할 기분 아냐."

한은 그런 건희의 모자 창을 둥그렇게 말아 고정시켜 주면서 다정하게 말했다.

"본인은 남들에게 자신을 보이기 싫어서 모자를 푹푹 눌러쓰는 모양이지만 내가 보기엔 아주 매력적인 것 같아요."

"욱!"

건희가 구역질하는 시늉을 하자 한은 다시 말했다.

"사실, 나도 이런 공연은 좋아하지 않아요. 클래식이나 재즈
를 좋아해요. 하지만 건희 씨랑 뭔가 특별한 일들을 해보고 싶
었어요."

"그러셔요?"

건희는 여전히 빈정거리며 커피를 들이키고 있었다. 그러는
사이 공연이 시작되었다. 언더그라운드의 공연답게 무대는 정
열적이고 즐거웠다. 객석에 젊은 연인들이 많아서인지 공연이
끝난 뒤에는 방청객을 위한 특별 이벤트도 있었다. 얼마 전에
끝난 로맨스 영화에서 주인공이 등에 업고 다녀서 화제가 되었
던 회색 곰. 그 영화를 위해 제작된 세상에 단 하나뿐이라는 커
다란 곰인형을 여자 친구에게 선물하는 남자들의 비장의 장기
를 발휘하는 이벤트였다.

공연장은 삽시간에 들뜨기 시작했다. 그 인형은 젊은 여자들
이라면 누구나 갖고 싶어할 만한 것이었다. 게다가 남자 친구가
자신의 연인을 위해서 이벤트에 참석해서 따주는 상품이라면
안 넘어갈 여자가 어디 있겠는가. 공연 내내 귀를 틀어막고 있
던 건희마저도 그 곰에게는 감탄의 눈빛을 보냈다. 무대에 올라
간 남자들은 노래를 부른다, 춤을 보여준다, 개그를 한다, 마술
을 한다. 그야말로 공연보다 더 멋진 공연을 보여주고 있었다.

그 곰은 제작비만 600만원이 들었다는 회색 빛의 멋진 곰으로 그 제작비보다도 더 멋진 이벤트의 주인공으로 앉아서 건희를 바라보고 있었다.

"저 인형 갖고 싶어요?"

한이 우스워 죽겠다는 듯 건희를 보며 물었다.

"당연하지. 나는 여자가 아닌 줄 아니?"

"흠, 그럼 내가 저 인형 갖게 해주면 내 부탁 하나 들어줄래요?"

"농담하냐? 애고! 저 곰 나한테 갖다 주기만 해봐라, 내가 뭔들 못해주나?"

"약속했어요. 이거 잘 가지고 있어요."

"알았어. 아, 그러게 그건 차에 두고 오라니까! 말도 억세게 안 들어요. 아, 저 남자애 너무 멋지다. 공연보다 이게 더 재미있다."

건희는 한의 카메라 다리 가방과 재킷을 무릎에 안고도 무대 위의 남자를 보느라 정신이 없어 곁에 한이 없어진 것도 모르고 있었다.

무대 위의 사회자가 또 다른 지원자를 소개하고 있었다.

"자, 어서 오세요. 이한 씨를 소개합니다."

무대 위로 올라가는 남자가 어쩐지 눈에 익었다. 그 사람은 조금 전까지 건희의 옆에 앉아 있던 한이었다. 한은 검은 티셔츠와 검은 바지 차림으로 무대의 조명을 한 몸에 받으며 멋진 포즈로 Ricky Martin의 'livin' la vida loca'를 열창하기 시작했다.

한 손으로 틀어쥔 마이크며 현란한 춤! 단연 그날 이벤트의 최고였다. 객석의 여자들은 일어서 열광하기 시작했다.

"She's into superstitions black cats and voodoo dolls I feel a premonition. That girls's gonna make me fall she's into new sensations new kicks in the candlelight she's got a new addiction for every day and night~"

"오빠! 오빠!"

여자 관객들은 정열적이고 현란한 춤동작과 함께 펼쳐지는 라틴계 음악에 열광했다. 모두 일어나 핸드폰을 꺼내 들고 동영상, 사진 등을 찍거나 함께 두 손을 쳐들고 춤을 추웠다.

넋이 나간 건희와 달리 건영은 이 장면을 동영상으로 고스란히 담느라 신이 나 있었다. 그는 이 대박 뉴스감에 흥분해 있었다. 잠시 뒤 사회자가 그 큰 회색 빛 곰인형을 들고 우승자를 호명하고 있었다.

"멋지고 커다란 곰 친구를 데리고 가실 오늘의 주인공은…… Ricky Martin의 'livin' la vida loca'를 열창해 주신 이한 씨!"

한이 올라가서 곰을 받아 들었다. 와아! 하고 관객들의 기립박수가 이어졌다.

"자, 이한 씨로부터 이 곰을 받으실 세상에서 가장 행복한 여자 친구는? 나와주세요!"

건희도 놀라서 다른 사람들처럼 벌떡 일어서서 보고 있었다. 그때 누군가가 사람들을 밀쳐 내고 모습을 드러냈다. 건희는 멍한 시선으로 한을 바라보고 있다가 그가 찾는 여자 친구가 자신임을 알고서 충격을 받아 숨을 몰아쉬기 시작했다.

"미쳤어, 미쳤어. 아, 쪽팔려."

건희는 의자 밑으로 숨으려고 버둥거렸다. 하지만 한이 다가와서 한쪽 팔로 그녀의 허리를 감고, 다른 한쪽 팔로는 무릎 밑에 넣어서 순식간에 건희를 들어 올렸다. 그리고는 씩씩하게 무대 위로 올라갔다.

"야, 죽을래? 내려놔! 내려놓으라니까?"

다시 박수 소리가 울려 퍼졌다.

"네, 정말 멋지군요! 저 곰 친구의 주인이 남자 친구에게 안겨서 올라오고 있습니다."

무대로 올라가는 동안에 사람들이 한을 가까이서 보기 위해 몰려들기 시작했다. 건희는 당황한 표정으로 그곳에 몰려든 사람들을 바라보다가 드디어 건영을 찾아냈다. 건영은 객석에서 신나게 손을 흔들고 있었다.

무대에 서자 곰인형이 건희의 품에 안겼다. 조명이 내리쬐고 있었지만 건희는 이상하게도 한기를 느꼈다. 이마에선 땀이 비 오듯 쏟아지고, 귓속은 윙윙 울려대고 있다. 그리고 사회자의 외침 소리는 아주 먼 곳에서 들려오는 것 같았다.

"소개합니다, 여러분! 세상에서 가장 행복한 연인입니다."

한이 건희의 귓불에 대고 속삭였다.

"내 부탁 하나 들어줘야 해요."

"너 내려가면 최소한 사망이야."

건희가 무뚝뚝하게 중얼거렸다.

모여든 사람들이 재미있는 구경거리를 만났다는 표정을 짓고 그들을 쳐다보았다. 사실 굉장한 구경거리기는 했다. 세상에 저렇게 멋진 남자가 안고 올라온 여자의 꼴이라니……! 금방 아파트 공사판에서 달려온 듯한 빈티지 스타일의 건희를 바라보며 거기 모인 여자들은 모두가 세상 참 불공평하다고 생각했을 것이다. 하긴 여기저기서 부러워하는 여자들의 소리가 들려왔다. 어머, 내가 저 여자였으면 부러워 죽었을 거야. 어머, 내가 저 여자였으면 저 남자 소원 열 개는 들어줬을 거야! 여기저기 터져 나오는 감탄 소리를 들으며 사실 건희조차도 도대체 자신에게 왜 이런 일이 일어났는지 궁금해서 견딜 수 없는 지경이었다.

"야, 제발! 제발 좀 빨리 가자. 세상에 너는 무슨 마음 먹고 사고를 치는 거야? 대체! 미쳤어, 미쳤어!"

건희는 들고 있던 한의 재킷과 카메라 다리 가방을 휙 던져주고는 그래도 그 회색 곰을 꼭 안고 앞서 가버렸다. 건희가 허둥지둥 가느라고 늘 바지 뒷주머니에 가지고 다니던 수첩을 떨어뜨렸다. 한은 간신히 그 수첩을 주워서 주머니에 넣곤 그곳을 빠져나왔다. 그가 건희와 차가 있는 곳까지 갔을 때 건희는 곰인형을 꼭 안고 툴툴거리고 있었다. 한은 그런 건희에게 이렇게 속삭였다.

"재미있지 않았어요? 난 아주 특별하고 좋은 선물이라고 생각했는데…… 근데 건희 씨 좀 무겁더라."

한은 잠시 갈색 머리를 갸웃한 채 미간에 주름을 잡아가며 심각하게 건희를 내려다보았다. 장난스럽게 내려다보는 한의 야릇한 시선을 보며 건희는 샐쭉해진 애들처럼 입술을 삐쭉 내밀었다. 하지만 이 감정 싫지 않았다. 스물하고도 아홉 해 만에 어떤 근사한 남자에게 특별한 여자가 되는 기분…… 참 좋았다. 그러자 한은 한술 더 떠 곰인형을 받아 차 뒷좌석에 앉히고 건희의 이마를 짚어보며 다시 능글맞게 중얼거렸다.

"어, 열이 많이 난다. 병원 가야 되겠다. 좀 전 그 일이 그렇게 쇼크였어요?"

"됐어. 의사에게 갈 필요까진 없어. 난 이제 괜찮아. 팔자에 없는 조명을 너무 많이 쐬었기 때문에 그래. 그리고 네가 안고 흔들어서 멀미도 조금 했고…… 너하고만 떨어져 있으면 괜찮을 것 같다."

하지만 건희는 말만 그렇게 퉁명스럽게 했지 얼굴이 빨갛게 상기되어 있었다. 참 살다 보니 이런 일도 다 있구나 싶었다. 한은 어깨를 으쓱해 보이고는 조수석 차 문을 열어주었다. 건희는 입을 뿌 내밀고 털썩 자리에 앉았다.

"그렇게 구박하지 않아도 이제 난 돌아가야 해요."

"뭐? 어디로?"

갑작스러운 한의 말에 건희는 눈을 동그랗게 뜨고 물었다.

"신라호텔에 머물고 있거든요. 어제는 고마웠어요."

"그, 그렇지만 쫑파티에 같이 오라고 했는데?"

갑자기 건희는 풀죽은 목소리로 아이처럼 중얼거렸다. 한은
그런 건희가 우스워 조금씩 삐죽거리며 웃음이 터져 나오려는
걸 참으려고 애쓰고 있었다. 강건희의 볼은 분홍빛이었고 슬그
머니 인형을 다시 쳐다보는 모습이 귀여웠다. 건희는 흘낏거리
며 한을 쳐다보며 말했다.

"호텔까지 태워다 줄게."

그러자 한은 핸들을 꺾으며 물었다.

"쫑파티 어디서 하죠? 어느 쪽이에요?"

"응? 갈 거야?"

"아까 그분과 약속했으니까 갑시다! 지금은 이 세상 그 무엇
보다 건희 씨와 그 파티에 가고 싶어요."

"그래, 좋아! 좌빵!"

한은 핸들을 좌회전 하고는 심심하단 생각에 오디오의 버튼
을 눌렀다. 트로트 음악이 아주 경쾌하게 울려 나오기 시작했
다.

—마주치는 눈길이 무엇을 말하는지 난 아직 몰라! 난 정

말 몰라! 가슴만 두근두근! 아아아~ 사랑인가 봐!

한은 눈을 동그랗게 뜨고는 어쩔 줄 몰라 하는 건희를 바라보았다. 건희는 고개를 숙여 자기가 듣고자 하는 음악 CD를 찾기 위해 플레이어 밑을 뒤적였다. 조심성이라고는 눈 씻고 찾아볼 수 없는 건희는 자동차 안에서도 이곳저곳 안 부딪치는 곳이 없었다. 그리고는 당황해서 중얼거렸다.

"아하, 이거 우리 엄마가 좋아하는 거라지요. 난 이런 거 안 좋아한다지요."

그리고는 이내 찾은 CD를 끼웠다. 그랬더니 이번에는……

—가슴속에 파고드는 그대. 이렇게 외면하고 있어.

"조금 전에 나오던 곡이 더 나은 것 같은데요?"

한은 그렇게 말하고는 웃으며 어깨를 으쓱해 보였다. 건희는 또다시 투덜거렸다.

"누가 뭐라고 그러냐고요!"

입에 미소를 머금고 있던 한은 운전하는 내내 끝까지 웃음을 멈추지 않았다.

"뭐가 그렇게 웃기신가?"

"그냥요. 건희 씨랑 함께 있으면 늘 웃으며 살 것 같아요."

"찾았다! 자, 찾았다지요."

—I don't know why but I'm feeling so sad. I long to try something I never had Never had no kissin'. Oh, what I've been missin' Lover man, oh, where can you

be?

간만에 건희가 고른 CD는 Billie Holiday의 음악 CD였다. 한도 재즈풍의 음악을 좋아했기 때문에 즐거워했다.

"좋아해요, Billie Holiday."

"나두."

"우린 소주 한 잔 말고도 참 많은 것들이 통하네요."

한은 쑥스러운 듯 미소를 짓는 건희의 볼을 한번 꼬집어보고 싶다는 충동을 느꼈다. 생각보다 귀여운 맛이 있는 이 여자……. 한은 건희를 보며 씽긋 웃었다.

"자자, 그동안 고생했으니 이제 본격적으로 놀아봐야지!"

"맞아, 우리 오늘밤 광란적으로 놀다 죽자!"

카페 하나를 통째로 전세 내서 쫑파티 장소로 꾸미느라 한창인데 김민은 한쪽에 노트북을 꺼내놓고 광고 기획을 짜고 있었다. 원래 영화배우로 데뷔했던 김민이 이 자리에 올라올 수 있었던 것은 그가 광고업계에 센세이션하게 데뷔했기 때문이다. 그가 처음으로 만든 자동차 CM은 그해의 〈시청자가 뽑은 CM 대상〉에 대상으로 뽑혔다. 특별히 획기적인 기획은 아니었다. 한 대의 차를 한 사람의 인간이 부수는 필름을 역회전해서 완성시켰다. 그렇지만 배경에 흐르는 음악을 재즈로를 선택하고, 전체의 톤을 청색으로 통일한 것이 시청자의 마음에 남았던 것이다. 카피가 〈당신을 위해서, 마음을 담아〉로 본래 대량생산되고 있는 자동차가 마치 수작업으로 만들어지는 듯한 인상을 주었다.

그는 하루도 거르지 않고 인기있는 TV 프로그램도 녹화해서 그날 안에 보고, 발매된 잡지 대부분을 훑어봤다. 그렇게 해서 광고 한 편의 구체적인 CM 콘티를 만들고, 카피의 선정, 포스터의 촬영 예정도 철저한 계획 아래 결정했다. 김민은 그렇게 CF 광고업계에서 발판을 쌓은 뒤 영화까지 기획하기 시작한 것이다. 일을 시작하고 그는 집에서 편안한 잠을 잔 적이 거의 없었다. 매일같이 회사에 틀어박히고, 비어 있는 시간에는 가능한 한 여러 사람이 모이는 장소로 발을 옮겼다. 그러니 연애 같은 건 할 틈도 없었다. 그는 꼭 성공해야만 했다. 아무리 좋은 것을 가져다 주고 호강시켜 드려도 꼬챙이처럼 말라가는 그의 어머니를 위해서……

그는 어느새 커피 세 잔과 칵테일 한 잔을 마셨다. 건희는 아직도 오지 않았다. 건희가 처음 용감하게 좋아하는 것 같다는 고백을 해왔을 때 김민은 조금도 망설임없이 아니라고 했다. 그때나 지금이나 사랑이라는 이름으로 소모적인 시간 낭비를 하고 싶지는 않았다. 사랑? 그건 조금 더 높이 올라가서, 그리고 사업이 좀 더 안정적인 시기에 해도 늦지 않다고 생각했다. 그리고 그때는 건희가 특별히 여자로 보이거나 애틋한 감정이 아니었던 탓도 있었을 것이다. 하지만 함께 일을 하면서 점점 더 편해지고 만만해지는 여자 강건희였다. 오늘 문득 김민은 만약 강건희가 남의 여자가 된다면? 이라는 가정을 해보게 되었다.

결론은 '끔찍하다' 였다.

"대체 어떻게 된 거야?"

담뱃갑에 되돌려 놓은 담배를 다시 꺼내 입에 물고 불을 붙였다. 힘껏 빨아들여 천장으로 하얀 연기를 뿜어냈다. 어쩐지 화가 치민 김민이 투덜거리고 있는데, 돌연 등 뒤에서 미리의 목소리가 들려왔다.

"뭐 해요? 일 그만 하고 같이 마셔요."

"응, 그래야지."

김민은 간단히 대답하면서도 눈은 노트북에 둔 채 글라스로 입으로 옮겼다. 김민은 안달하는 유미리를 개의치 않고 다시 가방에서 서류를 꺼내서 테이블에 놓았다. 그때였다. 건희와 한이 문을 열고 나란히 들어섰다. 두 사람을 본 김민의 가슴에 욱하고 뜨거운 것이 치밀어 올랐다. 김민은 자리에서 천천히 일어섰다. 그런 그의 기분을 눈치챘는지 김민의 팔짱을 끼고 유미리도 천천히 일어섰다. 그리고는 얼른 먼저 아는 척을 했다.

"어서 와, 건희야. 늦었네? 어머, 같이 오셨네요?"

"어, 먼저 와 있었구나, 미리야."

유미리가 한에게도 아는 척을 하자 한도 유미리와 김민에게 웃는 얼굴로 인사를 했다.

"안녕하세요."

하지만 김민은 그런 한은 싹 무시해 버리고 활짝 웃고 있는 건희에게 퉁명스럽게 물었다.

"뭐야! 이 친구 또 같이 온 거야?"

건희는 그런 김민에게 갑자기 약이 올랐다. 자신의 팔에 유미리를 달고 건희를 보며 그렇게 말하는 김민이 기가 막혔다.

"김민 씨, 나도 애인 키우거든!"

건희가 그렇게 휙 쏘아붙이자 옆에 서 있던 한은 그런 그녀가 귀여워 씽긋 웃었다. 하지만 당황한 김민은 놀란 듯 입을 딱 벌리며 바라보았다. 건희는 얼른 뒤돌아 한의 팔짱을 끼고 안으로 들어가 버렸다.

파티가 준비된 쪽으로 들어간 건희와 한은 깜짝 놀랐다.

"어머!"

이벤트 회사에 연락이라도 했었는지 어린아이들 생일파티라도 하는 것처럼 알록달록한 풍선들로 꾸며진 카페는 인상적이었다. 〈그동안 모두 고생했어요!〉 라고 적힌 커다란 플랜카드가 붙어 있었다. 그것을 보는 건희의 가슴도 뿌듯해졌다. 그동안 오늘 하루를 위해서 얼마나 고생을 했던가.

"우엑! 이게 뭔! 유치뽕짝! 이거 감독님 작품이죠?"

"괜찮았어? 크크. 자, 여러분, 케이크 자릅시다!"

김민과 유미리와 남자 주인공 김영이 나가서 케이크를 잘랐다. 유미리는 김민에게 팔짱까지 낀 채 아주 당당한 모습으로 곁에 서 있었다. 그런 두 사람을 건희는 물끄러미 바라보았다.

"저 두 사람 잘 어울리지."

건희가 혼자서 중얼거리듯 한에게 말했다. 한이 그런 건희의 어깨에 팔을 두르며 귀에 대고 속삭였다.

"우리가 더 잘 어울려요."

"또 또 기어오른다."

"애인 키운다면서요?"

"그거야 그냥…… 열받으니까 해본 소리지."

"그래요? 난 진짠데?"

쫑파티는 처음에는 아주아주 화기애애한 좋은 분위기로 시작되었다. 건희와 한은 딱 붙어앉아 오삼불고기와 밥을 먹기 시작했고, 김민과 유미리도 건희와 마주 앉은 자리에서 밥을 먹기 시작했다. 김민은 건희의 곁에 앉아 반찬을 챙겨주고 냅킨을 챙겨주고 하는 한을 못마땅한 듯 노려보고 있었다. 그러자 유미리도 김민의 앞으로 반찬을 가져다 챙겨주고 구워진 불고기도 가져다 놓느라 바빴다.

보다 못한 주 감독이 한마디 하며 술잔을 돌렸다.

"어! 뭡니까? 그쪽 팀들! 안주만 축내네. 술이나 한 잔씩 돌립시다!"

그러자 밥을 채 다 먹기도 전에 건희에게 술잔이 넘어오기 시작했다.

"자, 우리의 강건희! 한잔해!"

"아이, 나 술 끊었는데."

"야야, 해가 서쪽에서 뜨기를 바라라! 천하의 강건희가 어떻게 술을 끊어? 술 한잔하고 노래 한번 해! 우리 오늘 드럼 갖다 놓은 거 보이지? 반주 기계도 다 빌려왔잖아."

"자아, 먹고 죽자!"

"그래요, 고까이 거 먹고 죽읍시다."

그렇게 밥을 몇 숟갈 뜨기도 전에 스텝들이 건희에게 술을 권하기 시작했고 건희는 맥주 몇 잔쯤이야 하면서 넙죽넙죽 받아마셨다. 그것이 문제였다. 한이 그녀를 말려보았지만 이미 건희는 필받은 상태였고 여기저기서 오는 술잔을 감당하기 어려워졌다. 결국 한은 건희의 흑기사가 되어주었다.

"자, 한잔해!"

"건희 씨, 내가 마실게요!"

"자, 한잔해!"

"이리 줘요!"

이쯤 되자 건희는 또 필받은 김에 준비된 단란주점에서 빌려온 노래방 기기로 향했고 휘청거리는 건희를 부축하던 한은 노래방 기기 옆에 드럼이 세팅되어 있는 곳으로 올라갔다.

"사랑을 할 꼬야! 사랑을 할 꼬야!"

"야! 강건희 십팔번 또 나왔다."

"강건희! 제발 사랑해! 사랑하라니까!"

그리고는 술이 한껏 오른 채 건희의 광란의 노래에 맞춰 한은 드럼 앞에 앉아 왼쪽 검지에 물집이 생길 때까지 드럼을 두드렸다. 그 모습을 본 김민은 질투가 치솟았지만 날이 날인만큼 두고 볼 수밖에 없었다. 그러나 끝내 못 참고 화가 난 김민은 그런 건희가 보기 싫어 자리에서 일어섰다. 그러자 유미리도 냉큼 따라 일어섰다. 김민이 굳은 얼굴로 남아 있는 사람들에게 인사를 하고 나가자 유미리도 그 뒤를 바쁘게 따랐다.

"모두들 즐겁게 마시고 즐겁게 노세요. 저흰 먼저 들어갈게요."

나가 버린 김민을 쫓아 먼저 가겠다 급히 말한 미리가 총총걸음으로 나갔다. 그러자 건희도 따라서 일어섰다. 술을 얼마나 많이 마셨는지 건희의 걸음걸이가 흔들렸다.

"갈래요?"

한의 물음에 건희는 고개를 까딱해 보이며 다시 얼음이 잔뜩 든 물 컵을 집어 들어 남아 있던 얼음 조각을 입 안에 쏟아 넣고는 다시 내려놓았다. 그리고는 그곳을 나와 마구 뛰기 시작했다. 한은 영문도 모르고 건희의 뒤를 따라 뛰기 시작했다.

"천천히 가요!"

"바~리~ 와!"

입 안에 얼음을 잔뜩 물어서인지 건희의 발음이 새어나왔다.

늦은 밤 어느새 건희는 인적이 드문 빌딩 앞 화단에 높은 난간을 올라가 곡예 하듯 두 팔을 쫙 펴고 아슬아슬하게 걸어가고 있었다. 한이 아래서 두 팔을 쫙 펴며 건희를 불렀다.

"이리 내려와요! 위험해요!"

건희는 그런 한을 보고 쌩긋 웃더니 이어서 다리를 세차게 흔들어 반동이 붙자 난간 가장자리에서 몸을 날려 뛰어내렸다. 한이 받아줄 것을 믿고 하는 짓이었다. 그리고 한은 실제로 건희의 그 믿음처럼 앞으로 몸을 내밀어 허공에 뜬 건희를 가슴으로 받아 안았다. 땀내와 술 냄새가 뒤섞인 건희의 냄새가 말랑하고 부드러운 그녀의 몸과 함께 가슴을 파고들었다.

"다치면 어쩌려고!"

야단을 치려던 한의 눈은 눈도 보이지 않게 웃고 있는 건희의 얼굴과 보드라운 입술이 눈에 들어오자 자신도 모르게 자신의 입술로 그녀의 입술을 살짝 덮어버리고 말았다. 순간 너무 놀란 건희가 크게 떠진 눈을 따라 입도 벌어지자 이때를 놓치지 않고 한은 건희의 입 안에 있던 얼음을 혀로 낚아채 갔다. 키스를 한 것도, 얼음의 위치가 달라진 것도 정말이지 순식간이었다.

술 한잔한 기분 탓이었는지도 몰랐다. 그 두통을 유발하는 달콤함에 매료된 것은…… 그와의 입맞춤이 초콜릿처럼 달콤하고 쌉싸름하게 느껴진 것은. 건희의 가슴이 덜거럭거리기 시작했다. 구멍난 가슴을 몇 번이고 땜질하고 수리해 이젠 다시는 덜그럭거리지 않게 하고 싶었는데, 이젠 괜찮을 거야 하고 위로하며 다독거려 안심시켜 주었는데 그 가슴이 다시 덜그럭거리는 소리가 들려왔다.

"개, 개구쟁이."

"음…… 늘 생각했어요. 정말 좋아지는 여자를 만나 제일 처음 키스할 때는 이렇게 특별하게 해보고 싶다고."

"너도 늘 머리 속으로만 사랑을 꿈꾸는 '운명적 사랑주의자'

였구나?'

그렇게 진지하게 말하는 한이 당황스러워 건희는 한을 '운명적 사랑주의자'로 몰아대며 달아나 버렸다.

"거기 안 서요?"

건희가 까르르 웃으며 앞서 달려가자 한이 그 뒤를 따라 달렸다. 그리고 가슴속을 맴도는 그 느낌들을 까만 서울의 밤하늘을 향해 쏟아냈다.

알아요? 나 오늘 참 기분이 이상해요. 사랑하게 될 것 같은 여자를 만났어요. 운명처럼 여겨지는 인연을 만들기 시작했거든요. 처음엔 그녀가 어떤 인연으로 다가올지 몰랐지만 이젠 점점 뚜렷하게 느껴져요, 강건희…… 특별하게 느껴져요. 당신이…… 이제 알 것 같아요, 당신 곁에서 내 창포검이 왜 그렇게 울었는지를…….

서울의 밤거리에는 아직도 오가는 사람들이 몇 명 있었다. 그러나 두 사람은 전혀 신경 쓰지 않았다. 한이 건희를 따라 잡아 미끄러지듯이 그녀 앞을 막아섰다.

"어디로 갈 거예요?"

"야, 이한! 너 대한민국 서울에서 술 먹고 이차로 포장마차도 안 가면 술 마셨다고 명함도 못 내민다!"

"아, 그래요?"

"그럼, 인마! 그건 저 한강 다리에 밤새 불이 들어와 있는 것과 같은 이치야!"

건희는 한과 어깨동무를 하고는 영화팀들과 술을 마시고 난 뒤에 늘 하는 것처럼 입가심을 할 요량으로 근처에 서 있는 포장마차로 끌고 들어갔다. 들어갈 때의 명분은 시원한 우동 국물만 먹고 가자였다.

"아주머니, 여기 소주 한 병이랑 통집 하나, 닭발 하나 주세요! 닭발은 뼈 없는 걸로요!"

우동을 열심히 먹고 있던 건희가 국물을 마시더니 끝내는 소주를 시켰다.

"제가 먼저 한잔 드릴게요."

"아이고, 그랬겨요? 아고, 예뻐라! 그래도 귀하게 자란 이한 씨가 위아래는 확실히 안다지요!"

"그럼요, 누구시라고요."

"그럼 한 잔 따라봐라! 딸꾹! 딸꾹!"

"어, 건희 씨 딸꾹질하네? 딸꾹질하는데 빨리 그치게 물 한 컵 줄까요?"

"아니라지요, 이 몸은 그저 막 자라서 그냥 등 한 대 쳐주면 그친다지요."

"아아, 네에!"

한은 건희의 등을 따악! 소리나게 쳤고 건희의 딸꾹질은 그쳤다.

"아!"

"우와, 정말 그쳤다."

"너, 나한테 억하심정 있었지!"

"억하심정? 그런 건 잘 모르겠지만 건희 씨 내 마음에 새겨졌어요. 알아요?"

"헤! 너 이런 말 알아? 술은 입으로 들고 사랑은 눈으로 든다! 마시자!"

"사랑은 눈으로 든다, 멋지군요."

한은 그 멋진 얼굴에 미소를 띠며 건희의 두 눈을 뚫어져라 바라보았다.

"야, 왜 그래?"

"건희 씨랑 사랑 한번 만들어보려고요."

"뭐?"

"오늘은 내가 건희 씨 업고 갈게요. 걱정 말아요."

"정말? 그럴 수 있을까?"

"그럼 두고 봐요."

한은 정말 그럴 작정이었는지, 정신력으로 버틴 것인지 건희와 함께 똑같이 술을 마시고도 건희가 지쳐 쓰러질 때까지 버텼다. 그 뒤 포장마차 주인이 불러준 대리기사가 운전해 주는 건희 차를 타고 집으로 데려왔다. 그리고 집 앞에 내려서는 건희를 업고 올라갔다.

"아니, 우리 건희 씨는 무슨 속살이 이렇게 쪘냐? 아, 폭신하다."

"딸꾹, 딸꾹."

건희가 계속 딸꾹질을 해대자 건희를 업고 올라가던 한이 웃기 시작했다.

집엔 건영 없이 존과 패트릭만이 있었고, 건희의 어머니는 초저녁부터 잠이 든 상태였다. 한을 업고 온 건희를 보던 패트릭이 다시 두 사람을 쫙 째려보았다.

"우리 자주 보네요."

"네에, 건희 씨 방이?"

"저쪽입니다."

건희를 업고 들어가는 한을 보고 패트릭은 한마디 더 투덜거렸다.

"아이고! 건영이 형이 있었으면 또 저 빡센 인생이라고 노래를 불렀을 거다."

존과 패트릭은 한을 도와 건희를 방에 데려다 누이고 나가면서 쑥덕거렸다.

"건영이 형이 알면 기필코 오늘 끝장을 보고 말 건데?"

"맞아."

정신력으로 버텼다지만 집에 도착을 하자 긴장이 풀려 한도 금세 쓰러졌다. 존과 패트릭은 한을 건영의 방에 눕혀주곤 자신들의 방으로 돌아갔다.

존과 패트릭이 나가고 한참 후, 한은 화장실이 급해 새벽녘에 일어났다가 그만 방을 착각해 건희의 방으로 들어가고 말았다. 그리곤 이불 위로 쓰러져 누워 몸을 긁적거리다가 벌떡 일어나

셔츠 단추를 하나씩 끌러냈다. 셔츠 아래 하얀 면티가 나왔다. 그는 그마저도 훌러덩 벗어 던져 버렸다. 그리고는 마지막으로 바지도 벗어버리고 쓰러져 잠들어 버렸다. 이번에는 건희가 일어나 점퍼를 벗어 던지고 주렁주렁 무거운 바지를 벗어 버렸다. 그렇게 속옷만 간신히 입은 두 사람은 같은 이불 속으로 파고들어 달콤한 꿈나라로 가버렸다. 건희는 한의 팔을 베고 동그랗게 한의 가슴으로 들어가 있고, 한은 그런 건희를 감싸 안고 있었다.

잠시 후, 목이 말라 건희가 깼다. 건희는 일어서려다가 손에 무언가 물컹거리는 느낌이 들어 화들짝 놀라고 말았다.

"뭐, 뭐야?"

그리곤 이내 자신 곁에서 훌렁 벗은 채 잠든 한을 발견했다. 한은 정말 곤히 잠들어 있었다. 이번에도 역시나 그 멋진 근육을 모두 드러내 놓은 채. 건희는 곤한 잠에 빠져 있는 한의 등짝을 퍽퍽 두들겨 패며 소리쳤다.

"야! 이런 죽일 놈! 내가 아무리 좋기로 이런 몰골로 여기서 자면 어떻게 해!"

한은 벌떡 일어나 주변 상황을 살펴보고는 자신을 죽어라 때리는 건희를 바라보고는 피식 웃었다. 세상에 별 웃기는 놈도 다 있네. 저 능청이라니. 건희는 기가 막혔다.

"너, 이 상황에 왜 웃어?"

그러자 한이 얼른 바지부터 입으며 말했다.

"건희 씨, 지금 속옷만 입고 있어요. 다 봤어요, 나⋯⋯."

"엄마야! 내가 말짱한 애 하나 버려놨네. 처음엔 안 저랬던 거 같은데. 하여간 웃기고도 이상한 자식이네. 너 나 좋아하냐?"

"네."

한은 바지의 지퍼를 올리며 아무렇지도 않게 대답했다. 한의 대답에 건희는 갑자기 머리가 어질어질해지는 것 같았다.

"야! 강건희!"

"아이고, 이런 날도둑놈이!"

그때였다. 이제 막 들어온 건영이 시끄러운 소리에 문을 벌컥 열고 들어와 벌거벗고 있는 두 사람의 묘한 포즈를 보고 기절초풍하고 난리를 치기 시작한 것이었다. 그러자 온 집안 식구들이 다 일어나 달려나왔다.

건영과 엄마는 건희와 한을 잡아 흔들어 절규했다.

"쯧! 아주 이빨 빠진 동그라미와 그 한 조각 같군!"

곁에선 존이 패트릭에게 혀를 차며 말하자 건영은 존의 머리를 탁 소리나게 쳤다.

"너는 눕히려면 제대로 눕힐 것이지 이게 뭐야!"

건희의 모친이 빗자루를 가져와 한을 퍽퍽 소리나게 패기 시작하자 한은 벌떡 일어나 열심히 도망다녔다.

"엄마야!"

"정말 강건하다, 강건희! 내 사고칠 줄 알았다."

건영이 씩씩거리자 엄마는 다시 한을 향해 빗자루를 휘둘렀고 존과 패트릭이 그런 엄마를 간신히 말렸다.

한은 일단 옷을 챙겨 입고 무릎을 꿇고 앉아 용서를 빌었다.

"죄송합니다. 어머니, 잘못했습니다."

"엄마, 한이 무슨 마음을 먹고 잘못한 게 아니라 얘가 방을 잘못 찾은 거야."

"이놈에 기집애! 이제 하다 하다! 아이구, 내 팔자야!"

엄마는 건희가 그렇게 나오자 다시 한 번 피라도 토할 듯 소리를 지르며 절규했다. 그러나 건영은 꿈쩍도 하지 않았다. 속으로는 우스워 죽을 지경이었다. 그리고는 모른 척 한에게 이렇게 말했다.

"그래, 어쩔 작정이요? 잘못을 했으면 책임을 져야지, 잘못했다고만 하면 다요?"

"네에, 제가 잘못한 건 책임지겠습니다."

한이 무릎을 꿇고 앉아 심각하게 말하자 엄마도 내심 마음이 조금 풀어진 모양이었다.

"어서 가봐요. 술도 깬 것 같으니 다른 날 이야기합시다."

"네에, 다시 찾아뵙겠습니다."

한이 천천히 인사를 하고 일어서자 건희도 자동차 키를 들고 따라 내려왔다.

"넌 또 어딜 가?"

"얘 데려다 주고 올게."

한을 따라 차 앞까지 내려가자 한은 건희를 돌아보며 말했다.

"그렇게까지 고생할 필요 없어요. 버스 타고 돌아가면 돼요."

그렇게 말하며 한이 몸을 숙이고 손으로 건희의 얼굴을 붙잡아서 뒤로 젖힌 다음 찌푸린 얼굴로 내려다보았다. 한은 심각해 보이는 얼굴 표정과는 달리 눈은 빛나고 있었다.

"어제 난 그 곰을 말이죠, 꼭 받아서 주고 싶었어요. 사주는 것 말고 그렇게 말이에요. 그리고 건희 씨 대신 술 마셔주고 싶었고, 건희 씨 집에 다시 오고 싶었어요."

한이 자신의 입술을 내려다보고 있는 걸 느낀 건희는 숨이 막혀 비명이라도 지르고 싶은 심정이었다. 얼굴이 화끈거리고 머리가 혼란스러웠다. 하지만 건희는 아무런 말도 할 수 없었다. 건희는 그 멋쩍은 상황을 피하며 더듬더듬 말했다.

"해장국이나 먹고 가라. 운전은 네가 해."

건희는 곁눈질로 한이 얼굴을 찌푸리는 걸 보았다. 하지만 건희는 간신히 위기를 모면한 사람처럼 안도의 한숨을 내쉬며 그의 대답도 기다리지 않고 차의 조수석에 올라탔다. 한이 운전석에 앉아서 시동을 걸었다. 건희는 좌석에 몸을 깊숙이 묻은 채 눈을 감았다.

"밥 먹을 시간이 안 될 것 같아요. 어젯밤 호텔로 돌아가야 했는데 너무 늦었어요. 그리고 건희 씨도 빨리 들어가야죠. 자, 어느 쪽으로 가야 되죠?"

"쭉 가다가 첫 번째 신호에서 우빵!"

"네."

한은 정중하면서도 냉정하게 대답해 주었다. 하지만 건희는 한의 마음이 다른 곳에 가 있음을 알 수 있었다. 그녀는 운전대를 잡고 있는 그의 손을 흘끗 훔쳐보았다. 그의 손은 아주 자신만만하고 민첩하게 움직이고 있다. 엄청나게 길치인 건희는 초행길에서 저렇게 침착하게 핸들을 돌리는 그를 보며 감탄하고 있었다. 한의 그런 여유는 자신과 자신의 인생에 대해 확신을 가지고 있는 사람들이 보여주는 여유와 같았다. 건희는 늘 자신도 그런 자신만만함을 가질 수 있기를 바랐다. 하지만 길치인 건희에게는 불가능한 일처럼 여겨졌다. 그녀는 어쩌면 자신은 인생의 길도 길치라서 자신의 운명을 그대로 지나치는 것인지도 모른다는 생각이 들었다. 건희는 다시 한의 다른 부분을 슬쩍슬쩍 훑어보았다. 그는 아주 강인하면서도 우아한 체격을 가지고 있다. 단단한 가슴과 가는 허리, 그리고 긴 다리. 게다가 어젯밤 무대 위에서 보여준 열광적인 춤 솜씨와 노래 솜씨는 정말 매력적이었다. 건희는 자기가 한의 육체를 감상하고 있는 동안 그 역시 자기를 지켜보고 있었음을 깨닫고 황급히 얼굴을 붉혔다. 한이 그 짙은 눈썹을 치켜떴다.

"왜요? 나 괜찮아 보여요?"

한의 음성은 아주 작고 은밀하고 낮았다. 하지만 건희는 그의 말을 못 들은 척 무시해 버렸다. 그리고는 바보처럼 얼굴이 뜨겁게 달아올랐으므로 대답을 하지 않고 차창 밖으로 시선을 돌려 버렸다.

"장난치지 말고 저 끝에서 좌빵!"

"훗, 우리…… 사귈래요?"

"헛!"

순간 건희는 너무 긴장되어 머리가 쭈뼛쭈뼛 서는 듯했지만 티를 내지는 않았다.

"고마 해라! 쯧!"

"왜요? 내가 마음에 안 들어요? 애인 키우겠다고 한 건 건희 씨 아닌가?"

한은 무슨 생각을 하고 있는 것일까? 그리고 나는 또 무슨 상상을 하는 것일까, 세 살이나 어린 남자를 데리고…….

건희는 한을 바라보던 눈은 차창 밖으로 돌리곤 가만히 앉아 있었다. 다행히 몇 분 안 되어 한이 머문던 호텔이 보였다. 한은 차를 세웠다.

"나 운전 잘하죠? 솔직히 건희 씨 길 잘 못 찾죠?"

"뭐라고?"

"말해 봐요. 지금 나랑 헤어지기 싫죠? 솔직해 주세요. 사람은 정직해야 해요."

한이 짐짓 장난기를 섞어 나무라는 시늉을 했다. 하지만 건희는 웃지 않았다. 웃을 수가 없었다. 솔직하라고? 솔직히 헤어지기 서운하다고 말하라고? 건희는 입술을 깨물었다.

"너, 언제 가?"

"좀 오래 머물 예정이었지만 그래 봤자 일주일 정도밖에 못

있을 것 같아요."

일주일…… 건희는 안도감과 아득함을 동시에 가졌다. 내일
이라도 당장 가는 것인 줄만 알았다. 그러나 안도감도 잠시, 갑
자기 가슴 한쪽이 점점 허전해지려고 하는 느낌이었다. 스멀스
멀 찬기가 올라오는 것 같았다.

한 역시 어지러운 마음을 차갑게 눌러앉히려 노력 중이었다.
건희의 입에서 무슨 말이 나올지 몰라 심장이 다급하게 뛰었다.

"저, 저기…… 있잖아……."

"어제 난 그 곰을 말이죠, 꼭 받아서 주고 싶었어요. 사주는
것 말고 그렇게 말이에요."

아까 한이 했던 말이 자꾸만 생각이 났다. 건희는 이게 뭐야,
라고 웃기는 했지만 그 곰이 너무 소중하게 느껴져 함부로 다룰
수 없었다. 그래서 가슴에 꼭 품어 안았다가 그녀가 가장 좋아
하는 자동차 뒷자리에 앉혀놓은 것이다. 이 나이에 인형 선물
하나에 이토록 설레는 자신에게 놀라고 있었다. 특별한 것을 선
물하고 싶었다는 말을 벌써 두 번째 들었다. 장미꽃을 받았을
때, 그리고 저 곰을 선물 받았을 때……. 그의 그 말이 건희에게
는 한없이 고맙기도 하고 한편으론 또 한없는 거리감을 갖게도
만들었다. 만난 지 얼마나 되었다고. 나이도 세 살이나 많은 내
가, 미쳤어. 그런 복잡한 생각들이 들자 건희는 착잡하고 서글

떴다.

건희는 문득 고개를 돌려 한의 얼굴을 쳐다보았다. 참 편안하고 따뜻하다. 한은 건희를 같이 있는 내내 그렇게 느끼게 해줬다. 마치 건희의 마음속 어느 한 부분이 오랜 옛날부터 그와 알고 지내고 있었으며 재회가 반갑고 기뻐 울고 있는 것만 같았다. 마음 둘 데 없이 외롭게 떠돌다가 비로소 제자리를 찾아와 앉은 것 같은 눈물겨운 평화로움이 건희의 가슴을 그득하게 채웠다.

건희가 운전석으로 자리를 옮기기 위해 안전벨트를 풀었다.

"내 부탁 하나 들어준다고 했죠? 지금 들어줘요."

한의 눈에 언뜻 습기가 내비쳤다. 불빛이었을까. 건희는 고개를 끄덕이며 눈을 깜박여 보았다. 처음 보았던 것처럼 건희를 바라보는 깊은 눈과 곧게 뻗어 내린 콧날과 매력적인 입술이 변함없이 거기에 그대로 있었다. 차 안이 그다지 밝지는 않았으나 건희는 그의 얼굴을 섬세하게 하나하나 뜯어보았다. 한도 눈에다 가슴에다 건희를 사진처럼 정확하게 찍어놓기라도 하려는 듯 건희를 뚫어져라 쳐다보았다.

"이, 이제 그만! 이제 들어가라."

"건희 씨, 당신도 나와 같은 거죠? 당신도 나처럼 안타까운 거야. 그렇죠? 그리고 느끼죠? 우리가 꼭 만나야 할 이유가 있었다는 걸 느끼는 거죠?"

한은 간절한 시선으로 건희를 바라보다가 자신의 짐을 들고 차에서 내렸다. 얼음장같이 찬 공기가 얼굴과 목으로 와서 닿았다. 그런데도 가슴은 불에 덴 것처럼 뜨거웠다. 창포검도 건희와의 이별을 느꼈는지 우는 듯 가늘게 떨리고 있었다.

"아, 아니야. 즐거웠어. 그만 갈게!"

조금 딱딱한 어조로 말하고는 건희는 얼른 조수석에서 뛰어내려 한을 끌어 내린 후 운전석으로 올라가 운전대를 단단히 움켜잡았다. 그리고는 쫓기는 사람처럼 한을 버려두고 차를 돌려 돌아와 버렸다. 이상하게 한이 말을 걸면 웃는 얼굴이 된다. 건희도 알고 있었다.

뒤돌아 걸어 들어가는 그의 등을 볼 자신이 없었다. 붙잡을 것만 같았다. 건희는 자신이 몹시 지쳐서 이런 마음이 드는 것이라고 생각했다. 하지만 한을 내려주고 가는 지금 아무것도 똑바로 눈에 들어오지 않았다. 한에게서 조금이라도 빨리 멀어지고 싶었지만 아무리 달려도 돌아가는 길은 멀게 느껴지고, 룸미러에 비춰 보이던 돌아서던 한의 뒷모습을 보는 순간 오싹 소름이 끼칠 정도로 외로웠다.

2004년 3월 어느 해맑은 새벽, 건희는 아침이 밝아오는 서울의 거리에서 이한이라는 스물여섯의 어떤 남자와 만나게 된 운명의 경위 같은 것은 생각도 해보지 못한 채 엇갈려 달려가고 있었다. 하지만 건희의 차가 사라지는 뒷모습을 바라보는 이한은 그들이 만난 것은 틀림없이 운명이라고 믿었다. 그리고 그날 새벽 그 가능성이 더욱 세차게 그의 마음의 문을 두드렸다. 그녀와의 거리는 벌써 이렇게 많이 좁혀졌다. 자, 이제 그녀에게 내가 당신의 운명이란 걸 어떻게 알려주면 좋을까……. 한은 곰곰이 생각하며 호텔로 들어갔다.

신라호텔 로비에서 밤새 비밀클럽의 사람들과 회의를 하고 헤어진 이신율은 김 비서가 있는 방으로 올라갔다. 엘리베이터 안에서 이신율은 깊은 생각에 잠겨 있었다. 당연히 그럴 것이라고 생각했다. 그들은 이한이 황실의 정통성을 계승할 수 없음을 지적하고 있었다. 이신율이 참가하고 있는 비밀클럽은 상징적인 황실의 복원을 꿈꾸는 사람들의 모임이었다. 그동안 역사 속에서 잘못 알려진 황실의 위상을 바로세우고 황실에서 빼앗은 것들을 돌려주고 새롭게 통일된 대한민국을 위해서 정신적인 황실을 세워 21세기 국제무대에 새로운 위상으로 서야 한다는 생각이 젊은 층들 사이에서도 새롭게 대두되고 있었다. 이신율은 피폐되고 왜곡된 황실의 역사를 바로잡아 되돌려 주려는 학자들의 중심 인물이었다.

고종, 즉 대한제국 1대황제 고종광무태황제의 장자(長子)였던 순종황제와 황제비인 순명효황후와 순정효황후 사이에 자손이 없었다. 그러므로 조선왕조의 적통은 끊긴 셈이었다. 고종의 일곱 번째 아들로, 왕세제이자 황태자였던 영친왕과 비(妃)인 일본의 황족 이방자(마사코) 여사 사이에는 '진(晉)'과 '구(玖)' 두 명의 왕자가 있었지만 첫째 왕자 '진'은 막 돌을 넘기던 때 죽었고, 현재 둘째 왕자 '구'는 일본과 한국을 왕래하며 생활하고 있으며 한때 '줄리아 뮬럭'이라는 미국 여성과 결혼을 한 적이 있었지만, 이내 이혼하였고 슬하에 자식은 없었다.

고종이 사랑했고 기개가 높아 일본에 대항했던 고종의 다섯째 왕자였던 의친왕의 자손은 매우 많았다. 의친왕이 워낙 활달한 데다 일본에 볼모로 잡혀가지 않았고 미국으로 유학까지 가서 외국인과의 사이에도 낳은 자손까지 있었다. 의친왕은 부인을 여럿 거느리는 옛 왕가의 풍습도 풍습이지만, 남달리 수려한 용모 때문에 염문이 그칠 새가 없었다. 당호(堂號)가 내려진 부인만 일곱 명이었고, 도합 열네 명의 여성에게서 모두 13남 9녀의 소생을 보았다. 대한제국 황실황족 중 자손이 번성한 의친왕계는 이승만 정권 당시 황실의 복원을 완전 저지하고 강력한 정권을 유지하고 싶었던 이승만 정권의 잔인한 탄압을 받아 대부분 해외로 망명했다.

이종은 그 자손 중 하나였다. 이승만 정권은 황실의 모두 재산을 그냥 둔 채 몸만 나갈 것을 명령하고 강제로 내쫓아 버렸다. 어느 날 갑자기 길바닥으로 쫓겨난 그들은 나라를 망하게 한 황실이라는 낙인을 가지고 거리를 떠돌아야 했다. 어차피 황실의 적통은 끊어졌으니 이제 새로운 황실의 적통은 일제에 굴복하지 않은 의친왕의 후손을 양자를 들여 이을 수밖에 없었다. 그렇기에 한이 이종의 양자가 아닌 이종의 핏줄이며 또 황손 이상의 특별한 인물이라는 사실을 증명해야 했다.

엘리베이터의 문이 열리자 김 비서가 마중 나왔다.

"끝나셨습니까?"

"도련님은 어떻게 되었나?"

"아직……. 하지만 내일 아침 사장님께서 입국하시는 걸 알고 계시고, 내일 밤 BBS의 서울 지사 파티 있는 것도 알고 계시니 돌아오실 겁니다. 도련님께서는 사장님 말씀은 거역하지 않는 분이시니 말입니다."

이신율은 고개를 끄덕였다.

어느 날 이종은 이신율에게 이한이 모든 것에 능통하다고 말한 적이 있다. 한은 일도 잘하고 노는 것에도 유능하다고 했었다. 그것은 새로운 IT 산업에는 아주 유리한 CEO의 조건이었다. 사실 이종은 한이 매사에 너무 유능해서 두렵게 느껴지기까지 한다고 했었다. 황실의 상징적 황제로만 있기에는 재능이 너무 많다고도 했다. 내일 이종이 들어온다면 이종은 한을 자신의 새로운 파트너로 지명할 것이고 엄 여사와 이신율이 생각하는 한의 앞날과 의견 충돌이 있을지도 모른다. 이신율은 엄 여사를 불러야 할 것 같다는 결론을 내리고 있었다.

"엄 여사님께 전화를 해야겠군."

하지만 김 비서가 얼굴을 찌푸리면서 말했었다.

"사장님이 엄 여사님께 연락하지 말라고 하셨습니다."

"그러시겠지. 하지만 내가 미리 했다고 말씀드리면 돼."

이신율이 비서의 말을 받아 말하고는 앞서 걸었다.

"괜찮을까요?"

"사장님은 당신의 일을 엄 여사님이 반대하실까 봐 두려우신 거야."

김 비서는 잠자코 걸으며 고개를 끄덕였다. 이신율의 말이 옳았다. 이종이 이번에 갑자기 서울 지사의 창립파티에 이한을 데리고 참석하려는 이유를 알 수 있었다. 그러니 지금 이신율의 기분이 얼마나 당혹스러울지 그는 충분히 이해할 수 있었다. 사실 이종은 회사 직원들에게 인기있는 상관은 아니었다. 모두들 그를 존경하고 그의 능력을 경외하기까지 했지만 한편으로는 두려워했다. 그는 일과 자신의 신념에 있어서는 철두철미하고 냉철했다.

호텔방으로 들어서자 이신율은 그의 서류 가방을 열고 사진을 한 장 내밀었다.

"이분은 누구십니까?"

김 비서는 정중한 어조로 물었다.

"그런 것까지는 알 필요 없고 여기 그 여자 분에 대한 서류가 있으니 어디에 계신지 찾게."

이신율은 테이블 위에 서류를 올려놓고 김 비서의 손에 든 사진을 복잡미묘한 얼굴로 바라보았다. 사진 속에서는 중년의 여인이 단아하게 웃고 있었다.

〈건희의 다이어리〉

벌써 올해 봄은 그렇게까지 강한 긴장감으로 나를 가득 채워 주지 않는다.

그러나 먼지 섞인 봄바람과 해이하게 풀린 연한 하늘을 보면 어떤 먼 메아리처럼 취기의 여음이 가슴속을 뒤흔든다. 그래서 막연히 거리를 걷고 있는 나를 문득 발견할 때가 있다.

기분 심히 언짢다. 그냥 온 세상이 나를 비웃는 것 같다. 뭔가 소외된 듯한 기분. 소외되었지, 그것도 많이. 그래도 봄이라 하니 괜히 들뜨고. 내 혼자 실실 웃고. 그놈의 봄이 사람을 참 바보로 만드는군.

더 심한 바보가 되어도 좋다. 좋으니 이 찬란한 봄에 누군가를 만나고 싶다. 그래서 나는 요즈음 나의 먼 메아리 같은 이 광기를 가슴속 깊이 꽉꽉 닫아놓고 어떤 상실감에 앓고 있다. 더 심한 바보가 되어도 좋다. 그래도 좋으니 이 찬란한 봄에 누군가를 만나고 싶다.

없다고? 안 될 것이라고?

그래서 내 봄은 언제나 괴롭다. 29. 올해는 더구나 그렇다.

찬란했던 거울과 결별한 후 나에게는 지칠 듯한 회한과 약간의 취기의 뒷맛만이 남아 있다. 그것을 맛보면서 나는 또 아무 기대도 없이 끔찍한 여름을 향하고 있다.

그런데 제대로 가기는 가고 있는 건지……. 으헉!

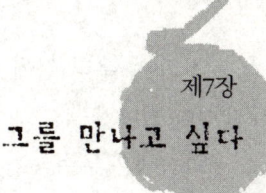
제7장
그를 만나고 싶다

"야, 강건희! 너, 왜 핸드폰 안 받아? 그럴 거 핸드폰은 왜 가지고 다니냐?"

현관문을 열자마자 김민이 먼저 뛰어나와 버럭 소리를 질렀다.

"아, 깜짝이야! 오빠는 왜 아침부터 사람을 보자마자 소리를 지르고 난리야!"

"너, 왜 전화 안 받느냐고? 그리고 새벽부터 어딜 그렇게 돌아다녀?"

김민의 말이 채 끝나기도 전에 이번엔 엄마와 존, 패트릭이 모두 뛰어나와 무슨 구경났다는 듯이 건희를 주목했다.

"건희야, 우리 집에 새로 들어올 그 하숙생은 어찌 됐냐? 잘 데려다 줬냐?"

"하숙생은 무슨."

건영이 셔츠와 반바지를 헐렁하게 걸치고 현관 앞에 모인 사람들에게도 다가왔다. 건희가 하던 말을 멈추고 놀라 건영을 바라보았다. 그리고 보니 아까 난리치느라고 건영의 일을 까맣게 잊고 있었던 것이다.

"어? 야, 너 그거 어떻게 했어?"

"얼른 들어와, 누나. 왜 현관에서 그러고 있어? 엄마, 좀 비켜 보세요! 누나, 얼른 들어와. 여러분, 잠깐만. 제가 누나랑 나눌 말이 있어서 실례."

건희가 얼른 들어서지 못하고 있자 상냥한 얼굴로 의미있는 웃음을 가득 띤 건영이 건희의 팔을 끌고 들어와 자기 방으로 데려갔다.

"야, 너 왜 이렇게 닭살을 떠는 거야?"

"누나, 한이랑 언제 그런 사이가 됐어?"

"뭘?"

"내가 다 봤는데 뭘 그러냐? 아까도 그렇고."

"뭐? 너 그럼 그 콘서트 다 봤어?"

"보기만 했겠어? 다 찍었지."

건영이 그렇게 나오자 창피해서 고개도 못 든 채 건희는 건영과 눈도 맞추지 않고 있었다. 건영은 당혹스러워하며 자기를 보지도 못하고 있는 건희의 모습이 우스워 죽을 지경이었다. 그리고 그 공연장에서 본 모습에 건영도 당황스러웠다. 그 대박 기삿거리의 중심에 건희가 있으니 무턱대고 기뻐할 수만도 없는 상황이었다.

"다 찍었어?"

"그럼 안 찍냐?"

"야아, 너 그거 올리면 죽을 줄 알아!"

"나도 누나 때문에 고민이야. 이런 대박 기삿거리를! 대신 누나가 내 부탁 하나만 들어주면 내가 이 동영상은 안 올린다."

"뭔데?"

"오늘 오후에 신라호텔에서 BBS 서울 지사 창립파티가 있어. 내가 취재 가고 싶은데, 기자는 출입금지야. 누나가 거기 좀 가줘. 유명 모델들과 연예인, 그리고 유명인사들도 모두 오는 모양이야. 존, 패트릭, 그리고 김민 형과 유미리 씨까지 초대를 받았더라고. 그러니까 누나는 존과 패트릭한테 묻혀서 들어가라."

건희는 눈을 동그랗게 뜨고 고개를 저었다.

"마, 말도 안 돼! 내가 그런 곳엘 어떻게 가!"

"그냥 가서 보고 와. 여기 이 소형카메라로 몇 장 찍어오고. 그리고 이야기 좀 해줘."

"그럼 그 황손이라는 것이 정확하게 뭔지 이야기 좀 해봐. 한이와 어떤 관계가 있는 거지? 네가 알고 있는 것들을 자세히 설명하지 않으면 나는 못 도와줘."

건희가 그렇게 심각하게 이야기하며 바닥에 주저앉자 건영도 자신의 책상 의자에 앉아 건희를 바라보았다.

"누나, 그 사람들의 생각은 이런 거야. 세계 역사상 유래가 없는 대제국을 건설했던 징기스칸의 나라가 그렇게 쉽게 사라져 버린 이유가 뭘까. 그리고 그렇게 그처럼 박해받는 유대인들이 아직까지 살아남아 지금도 굳건히 나라를 지키는 이유는 뭘까. 뭐, 이런 질문에서 출발하는 거지. 이 두 나라는 자신들의 역사를 잘 보존하고 그 역사를 중심으로 뭉쳤던 민족과 그렇지 못했던 민족의 차이를 잘 보여주는 예야. 그들의 생각은 여기서 출발하고 있어."

"그게 무슨 소리야?"

"나도 잘못된 역사 교육을 받아왔으니 할 말은 없지만 내가 여러 가지 역사 자료를 조사한 결과를 종합해 보면 이래. 당시 명성황후가 시해된 후, 광무황제는 나라를 되찾기 위해 여러 가지 시도를 하고 계셨지. 이미 죽음을 각오하신 채 마지막 저항을 하셨고 그 과정에서 일제가 식혜에 독을 넣어 독살한 것이라는 것은 이미 시집오기 전에 이방자 여사도 일본 궁궐 내에서 들었다고 밝혔어. 그 결과 의왕 전하의 은밀한 연락에 따라 칠일 뒤에 3.1 만세 사건이 일어난 거지. 손병희 선생의 격고문에서도 밝히듯이 말이야."

"되돌아보기도, 듣기도 아픈 역사야."

"하지만 우리가 분명하게 알고 짚고 넘어가야 할 역사야. 그리고 다시 생각해야 하고 잊지 말아야 할 역사지. 요즈음은 젊은이들도 많은 관심을 갖고 있어. 특히 이분 때문에 말이야. 이리 와봐, 누나. 신기한 거 보여줄게."

건영이 건희를 책상 위에 모니터 앞으로 불렀다. 그리고 한 인물을 보여주었는데 그 사진을 보고 건희는 깜짝 놀라고 말았다.

《최근 여성 네티즌들로부터 이른바 '얼짱왕자'라 불리우며 주목받은 사람이 있다. 조선의 황손, 이우 공(公)이다. 몰락한 왕조의 후손, 그의 서글픈 인생과 고뇌쯤이야 누구나 쉽게 짐작할 수 있는 바이지만 그는 영화배우 같은 외모에 걸맞게 참으로 영화 같은 인생을 사셨던 분이다.》

그 사진은 이우 공의 독사진과 이우 황손과 박찬주 여사가 의대를 갖추고 나란히 앉아 있는 사진이었다.

"어때, 이한과 많이 닮았지?"

"응, 한과 많이 닮았어."

"그런데 말야, 또 닮은 분이 계셔."

"누구?"

건영은 이번엔 정조대왕의 초상화를 보여주었다. 분명 기개 있어 보이는 날렵한 얼굴선이며 눈매가 많이 닮아 있었다.

"다른 것보다 매서운 눈매가 닮았다. 이우 공 정말 멋지게 생기셨다."

"이분이 살아 계셨다면 분명 우리 황실이 그대로 사라지지는 않았을 거라고 해. 그분은 다음 황제가 되실 수 있었던 재목이라는 거지."

"그럼 그 상징적 황실의 복원이라는 게 뭐야?"

"사실, 이들이 주장하는 건 이런 거야. 우리는 4.19 혁명 때 이승만 대통령을 국민의 손으로 하야시킨 것은 틀림없지만 우리 국민이 진정 국민의 뜻으로 황실을 없애 버리는 데 동의했는지는 모른다는 거지."

"그게 무슨 소리야?"

"이승만 대통령은 일본에 열한 살에 인질로 끌려가 있던 영왕을 친일파라는 죄목으로 귀국을 막았고, 모든 황족들은 일제 때에도 지니고 있던 모든 땅과 재산, 그리고 집기들을 빼앗고 거리로 나가게 했고 황실 전체를 친일파, 무능한 집단으로 몰아댔어. 자신은 스스로 권력을 유지하기 위해 아이들의 고무줄놀이에도 찬양의 노래를 하도록 만들면서 말이지. 황실의 그 많은 재산과 땅은 누가 가졌는지, 어떻게 된 것인지 이젠 알아봐야 한다는 거지. 박정희 대통령 때 다시 조금씩 예우를 해주긴 했는데……."

"이제 와서 황실의 복원을 꿈꾸는 그 사람들의 꿈이 실현 가능성이 있을까? 하긴 캄보디아도 삼십 년 만에 왕실을 되찾았더라."

"글쎄, 나는 그렇더라고. 그리고 왜 부시와 노무현 대통령이 서 있으면 미국의 역사나 우리 오천 년의 역사나 별 차이 없어 보이지만 그 왜 영국의 여왕이랑 부시가 나란히 서 있으면 확연히 역사가 보이지 않아? 나는 우리나라가 통일이 되었을 때 상징적인 황실이 복원되어 있었다면 그런 차이가 보였을 거라고 생각해."

"글쎄…… 나는 아직 한 번도 그런 생각을 해본 적이 없어."

"그들이 생각하는 것이 바로 그거야. 이제는 서서히 국민적인 논의가 필요하다고 생각하는 거지. 통일된 대한민국의 정신적인 구심점, 그리고 대외적인 국가의 위상을 위해서도 우리에게 황실의 복원이 필요한 것이 아닐까 하는……."

"휴우, 어려운 문제일 것 같다."

"나도 쉽지는 않을 거라고 생각하지만 벌써 관련 카페가 몇 개나 생겼어."

"그래?"

거기까지 이야기를 했을 때 더 이상 기다릴 수 없는지 김민이 노크하며 소리쳤다.

"나와라! 커피나 한 잔 하자!"

건희가 방으로 들어가 편한 셔츠와 바지를 갈아입고 나오자 건영은 어느새 나와서 토스트를 굽고 있었다. 존이 그런 건영을 도와 함께 아침 식사 준비를 하고 있었다. 소파에 앉아 있던 김민은 심통난 얼굴로 건희를 쳐다보며 물었다.

"어떻게 된 거야?"

"내가 묻고 싶은 거다. 오빠, 안 바빠? 왜 우리 집에 와서 이런 한가한 모습을 보이냐? 매일 바빠 죽는다며?"

"내가 요즈음 바빠서 못 와서 그렇지, 사실 어머니는 나를 더 좋아한다."

"글쎄올시다. 그것도 오빠가 바로 옆집에 같이 살 때 이야기지. 지금이야 오피스텔에 독립해 있는데 뭐. 건영아, 근데 엄마는 어디 가셨어?"

"응, 민이 형 어머니랑 새벽에 찜질방 가셨어. 엄마들끼리 뭉치시나 봐."

"그래."

그렇게 말하며 건희는 소파에 앉아 있는 김민을 돌아보았다. 김민은 불편함을 숨기지 못하고 자신의 시선을 외면하는 건희의 얼굴을 보며 왠지 그녀가 갑자기 아득하게 멀게 느껴졌다. 김민과 마주 앉기가 불편해서 건희는 커피를 내리기 위해 주방으로 들어가 정수기의 물을 받았다.

"우선 커피나 한 잔 마셔야겠다. 커피 마실 사람!"

"오랜만에 내가 만들어줄게."

김민이 커피 잔을 챙기자 건희는 멋쩍어서 웃으며 중얼거렸다.

"그럴래? 그래, 그럼 난 들어가서 좀 씻고 나와야겠어."

건희가 욕실로 들어가 버리자 김민은 괜스레 멋쩍어져 존과 패트릭을 쳐다보았다. 눈치 빠른 존이 물었다.

"두 사람 무슨 문제 있어요?"

"응? 으응."

건영의 눈치를 보던 존과 패트릭은 토스트와 커피를 반씩 덜어 작은 상에 담아서는 건영의 방으로 가지고 들어갔다. 건영도 피식 웃으며 두 사람의 뒤를 따라 들어가며 말했다.

"형, 그럼 누나랑 이야기를 좀 해봐. 문제가 있으면 대화로 풀어야지. 우리도 할 이야기가 좀 있어서 말야."

"물론 나도 그렇지만 말이야. 어째 건희가 좀 달라진 것 같아."

건희가 씻고 나오자 김민은 말없이 머그잔에 담긴 따뜻한 커피를 내밀었다. 하지만 갑자기 건희는 무슨 생각이 났는지 핸드폰을 들고 나와 바지 주머니 속에 넣었다. 집에서 입는 면바지 주머니가 핸드폰의 무게를 못 이겨 유난히 축 늘어졌다. 여전히 건희의 얼굴은 좀 심각해 보였다. 김민은 그런 건희가 철없이 보이기도 하고 당황스러웠다.

"저, 그 친구는 잘 갔니? 그러니까 그 카메라맨 말이야."

"이한?"

"응. 그 친구 이름이 이한이야?"

"응. 갔어."

김민의 물음에 건희는 '응, 갔어'라고 대답하며 기운없이 고개를 끄덕였다. 그런데 그렇게 대답하는 건희의 모습이 갑자기 몹시 허전하게 느껴졌다. 김민은 또다시 당황했다. 뭔지 모를 복잡한 감정이 건희에게 일어나고 있는 것이 틀림없었다. 그리고 그 감정이라는 것이 심각한 것이 틀림없었다. 갑자기 기분이 언짢게 꼬이기 시작했다.

"이리 내놔봐."

그러면서 대뜸 손부터 내미는 김민을 건희는 멀뚱히 쳐다보았다.

"핸드폰 말야."

"왜?"

"내가 전화 걸어줄게."

"뭘?"

"잘 들어갔는지 궁금해서 들고 나온 거잖아!"

"왜 소리를 지르고 그래?"

"내가 걸어준다고!"

"싫어."

"왜?"

"전화번호도 몰라."

"그럼, 그 녀석한테 전화라도 올까 봐 그걸 들고 나왔단 말야?"

김민은 서운해져서 입술까지 깨물며 건희를 노려보았다. 당연히 자신이 서운해할 일은 아니었다. 그런데도 마음속에서 반

란이 일듯 무언가가 발끈 치밀었다.

"그런 거 아냐."

"아니긴 뭐가 아냐? 너 웃겨!"

"알아, 나 웃긴 거."

말은 그래 놓고도 김민은 재빨리 건희가 앉은 소파로 옮겨와 그녀의 팔짱을 꼈다. 그리고는 언제 그랬느냐는 듯 멋쩍게 웃었다.

"좋아하는구나. 그렇지?"

"아냐."

"아니긴, 솔직히 말해 봐. 그 녀석이 싫진 않지?"

"……이상해. 오빠를 볼 때는 때론 아무리 빤히 쳐다보고 있어도 그 자리에 없는 듯한 기분이었거든. 근데 그 애는…… 이상해……."

"뭐가?"

"그 애는 웃는 얼굴이 너무도 환하게 빛나고 있어. 그리고 말야…… 그 분위기와 표정에 어떤 특유의 투명함을 지니고 있어서 보고 있으면 내가 꽉 차는 기분이 들었어. 그런 기분 느껴본 적 있어? 혹시 오빠도 미리를 보면 그래?"

"아니, 무슨 소린지 모르겠어. 그리고 내가 왜 유미리를 보면 그런 생각이 들어?"

"그런데 난…… 그랬어. 그런 기분이 들었다고……."

"좋아하는 거 맞구나."

건희는 대답하지 않았다. 김민에게 들킨 속내가 부끄럽기도 했지만, 그보다는 저렇게 서운한 표정으로 자신을 쳐다보고 있는 그가 이상해 보이기도 했다. 그리고 이렇게 누군가 핸드폰으로 전화를 했다가 못 받으면 어쩌나 걱정이 되어 핸드폰을 챙겨 들고 나온 자신을 이해할 수가 없어서 그 연유를 곰곰 헤아려 보는 참이었다. 이한에게는 전화번호를 가르쳐 준 적도, 가르쳐 달라고 말한 적도 없는데, 그런데도 왠지 그가 전화를 할 것 같은 생각이 드니 이상한 일이었다.

한을 태워주고 돌아오는 내내 이렇게 허망하고 허전하게 느껴지는 이유가 뭘까 하고 줄곧 생각하고 있었는데, 만약 그게 예감처럼 그 녀석에게 특별한 감정이 느껴지는 것이라면 이 얼마나 기막히고 애처로운 일인가. 첫사랑이라고 생각하던 김민에게 차이고 건희는 하늘이 노랗다 싶을 만큼 쪽팔려 죽을 뻔했다. 그런데 이상하게 한과 헤어져 돌아오면서부터 건희의 마음은 다른 공간으로 이동하여 좀처럼 제자리로 돌아오지 않는다. 마음이 불안정하게 떠올랐다가는 가라앉지를 않으니 침착하지 못하고 멍하기만 하다. 또다시 그런 쪽팔린 경험을 하게 된다면…… 건희는 고개를 저었다.

"나 같으면 벌써 열 번은 했겠다, 전화 말이야. 할 녀석 같으면 벌써 했지, 네가 들어왔을 때 곧바로!"

장황하게 늘어지는 김민의 말에 건희는 다시 마음이 흔들렸다.

'정말 그렇지. 내가 미친 거지. 이한이랑 내가 어울리기나 해. 게다가 황손이라는데…….'

"나 그만 가볼게."

단단히 삐쳐 버린 김민이 벌떡 일어서며 말했다. 건희는 불편한 그 자리를 한시라도 빨리 나가고 싶어 그를 잡지 않았다.

"어, 그래. 내가 바래다줄게. 근데 왜 왔어, 이 이른 아침부터?"

"CF 콘티 작업하는 거 이야기하러 왔지."

"아, 그거!"

"얘기는 내일 하자."

"그래…… 그럼."

김민이 무슨 말을 하려다 말을 삼켰다. 종일토록 붙어 다녀도 저녁에 헤어질 때는 좀 더 있다가 가라고 잡던 건희였다. 무대 사건 이후 하루 종일 김민을 잡고 있던 생각들이 결국 다시 가슴으로 내려앉고 있었다. 그런데 왜 이렇게 서운한 것일까. 김민은 갑자기 나타난 그 녀석이 미워서 죽을 것 같았다. 자신이 이기적이라는 것을 알면서도 왜 그러는 것인지 알 수가 없었다.

"됐어. 혼자 갈래."

"아니야, 나도 편의점에 잠깐 가야 돼."

건희는 그가 무엇에 그렇게 화가 났는지 알 수 없어 혼란스러워하며 김민을 달래듯 말하고는 얼른 신발을 신고 현관문을 열었다. 김민은 아무런 말 없이 현관문 쪽으로 몸을 돌려 걸어나갔다.

차라리 평소의 건희처럼 '삐돌이'라고 버럭 소리라도 지르고 '잘났다' 뭐 이런 한마디라도 내뱉길 바랐었다. 그러나 그런 건희의 저자세와 무심함이 김민에게는 더 더욱 수상쩍게 보이고 있었다.

"나 간다!"

돌아나가던 김민이 방에 있는 존과 패트릭, 그리고 건영에게 소리쳤다.

"벌써 가려고? 아침이라도 먹고 가지."

방문을 열고 건영이 놀란 듯이 말했다.

"아니야, 가야지. 돌아가서 옷 갈아입고 출근도 해야 하고."

"그래, 형. 잘 가."

건영과 김민과의 대화에는 아무런 관심도 없는 듯 딴생각에 잠겨 계단을 내려가는 건희를 보고 있던 김민은 결국 불쾌한 목소리를 그대로 드러내며 툴툴거렸다.

"뭐야, 아주 정신이 외출했어. 정말! 으이그! 강건희 뭐 하나에 빠지면 정신 휙까닥하는 버릇 또 나왔다. 그 녀석 언제 봤다고 저 모양이야? 순진하기는!"

김민이 건희를 따라 나가며 불편한 인사를 건넸다. 바로 옆집이 김민의 집이라 그의 차는 바로 건희 차 앞에 주차되어 있었다.

"이따 전화할게."

"그래, 그렇게 해."

그렇게 말하며 김민이 막 자신의 자동차 문을 열고 타려던 길이었다. 그런데 그 순간 우연히 눈길이 건희의 차에 머물렀고 건희의 차 뒷자리에 떡하니 타고 있는 사람 같은 것을 발견했다. 김민은 천천히 발길을 돌려 건희의 차 뒷자리를 가만히 들여다보았다. 어디선가 본 기억이 있는 큰 곰인형이었다. 그건 최근에 개봉한 영화의 여주인공이 등에 메고 다니던, 특수 제작해서 단 하나밖에 없다던 그 인형이었다. 그는 눈이 휘둥그레졌다.

"강건희, 저 곰이 왜 여기 앉아 있나?"

"그, 그게…… 그러니까…….."

건희는 멀뚱히 김민을 바라보고 뭐라고 딱 부러지게 대답하지 않았다. 그는 그런 건희의 표정과 처음 보는 건희의 애매모호한 태도가 가슴을 답답하게 짓눌러 금방이라도 숨이 막힐 듯했다.

"왜 저게 저기 앉아 있냐고?"

"이야기하자면 길어."

"그 녀석이 줬어?"

"말하자면 그래."

"갖다 줘!"

"……?"

"갖다 줄 거지?"

김민은 뭔가 단단히 못을 박아두듯이 물었다. 하지만 건희는 더욱 난처한 표정이 되어 대답했다.

"나 못 갖다 줄 것 같은데…… 근데 왜 그래? 나한테 너무 신경 쓰는 거 아냐? 이런 투의 말은 미리한테 해야 되는 거 아냐?"

"유미리한테 왜? 걔는 그냥 우리 기획사 소속 배우일 뿐이야!"

김민은 그렇게 버럭 소리를 지르고는 차에 올라타 문을 부서져라 쾅 닫고는 떠나 버렸다.

"왜 저래?"

건희는 기가 막힌다는 듯 고개를 갸웃거렸다.

그는 좋지 않은 예감이 들었지만 건희의 굳어 있는 얼굴에 대고 더 이상 다른 것은 묻지 않았다. 건희에게 끝까지 캐물어 두려운 말을 듣게 될까 봐 그를 더욱 두렵게 하고 있었다. 김민을 똑바로 바라보지 못하는 건희의 눈동자 속에서 한 번도 본 적 없는 깊이의 떨림을 보았다. 그 낯설음이 김민의 심장을 서늘하게 하고 있었다. 서운한 것인 줄 알았는데 속이 아팠다.

그가 돌아가고 나자 건희는 조금만 더 자자고 스스로를 달래며 침대에 누웠다. 하지만 한 가지 생각이 가득 차 도저히 잠 속에 빠져들지 못하고 뒤척이고 있었다. 이상하게 이한의 얼굴이 또렷이 떠올라 왔다.

'왜 이러는 거야, 강건희. 너 미쳤지.'

"Stand by!"

김민은 촬영감독의 큐 사인에 따라 포즈를 취했다. 마치 시원한 여름, 비치 색의 푸른 바다가 펼쳐진 듯한 배경 아래서 여름 신상품을 위한 의류 카탈로그 촬영이 진행되고 있었다.

"컷! 정신 차려, 민! 한두 번 하는 것도 아닌데 오늘 왜 그래? 그 표정 아니잖아?"

"죄송합니다. 다시 하겠습니다."

"자, 다시 갑시다! Stand by!"

감독은 자꾸만 생기없는 표정을 지어 보이는 김민을 잠시 못마땅하다는 듯이 질타하였고, 그는 어깨를 으쓱하곤 산뜻한 윙크를 지어 보이며 촬영감독에게 미안하다는 표시를 하였다. 그리고 김민은 다시 경쾌하게 터지는 카메라 플래시에 따라 포즈를 취했다. 그는 이미 알고 있었다. 카메라 앞에서 어떤 각도로 움직일 때 가장 돋보이는지, 그리고 무엇보다 자신이 어떤 모습으로 카메라 앞에 섰을 때 가장 멋있어 보이는지. 다만 오늘은 기분이 가라앉아 있었다. 그는 그 이유가 건희가 이곳에 없기 때문일 거라고 생각했다. 분명 건희는 변하고 있었다. 한결같이 자신만을 바라봐 주던 예전의 건희가 아니었다.

"OK!"

"좋아. 7호 의상으로 갑시다. 배경 교체하고!"

눈부시게 하얀 바탕에 파란 줄무늬가 들어간 셔츠의 단추를 몇 개 풀고 빛바랜 청바지를 입은 김민은 정말 산뜻했다. 비록 기획사 사장의 자리에 있어도 그는 현장 감각을 잃지 않기 위해 모델과 배우 생활도 충실히 하고 있었다. 그가 다시 포즈를 취하기 시작했고 플래시는 연달아 터지고 있었다. 오늘의 이 카탈로그 촬영을 취재하려는 각 방송국과 신문사의 연예가팀들의 취재가 이루어지고 있었다. 유미리와 함께 일 년째 계속해 오고 있는 의류 CF였다. 오늘의 촬영은 함께 작업하는 감독의 아주 커다랗고 멋진 스튜디오 내에서 진행되고 있었다. 아침부터 취재진들은 이 멋진 스튜디오에서 진행되고 있는 카탈로그 촬영을 취재하려고 진을 치고 있었고 김민은 다른 스케줄과 겹쳐 있는 유미리를 기다리는 동안 미리 몇 가지 촬영을 하며 취재진에게 포토 서비스를 제공하고 있었다.

"사장님, 전화예요!"

"누구?"

"건희 씨 같은데요?"

코디네이터가 김민에게 핸드폰을 건네주었다. 그는 금세 팡터져 버릴 것처럼 맑고 환한 웃음 띤 얼굴로 핸드폰을 건네받았다.

「오빠, 잘돼가?」

"강건희! 너 어디야?"

「안 가르쳐 주지!」

"어딘데?"

「알면 놀라 자빠질 것이라지요!」

"우리 언제 만나?"

「우리? 윽! 웬 닭살 멘트! 그렇게 은근한 목소리로 그런 멘트 날리는 거 그거 방화죄에 속하는 거 알고 있나요?」

"야, 장난치지 말고 안 오냐?"

「Just a moment! 김민 씨, 기대하고 고대하시라! 내 곧 나 강건희의 변모된 모습을 보여줄 것이니.」

"야! 강건희! 강건희! 이게!"

건희는 실없는 소리만 하더니 전화를 끊어버렸고 그 뒤로 쭉 김민은 건희의 말이 무슨 뜻인지 궁금해 죽을 지경이었다.

"아, 유미리 씨가 도착했군요. 준비합시다."

스텝 중 한 명이 유미리의 도착을 알렸다. 취재진들과 스텝들은 유미리를 취재하기 위해 달려나갔다. 유미리는 요즈음 그만큼 잘나가는 배우였다. 게다가 박찬수 감독의 새로운 영화의 여주인공의 캐스팅 1위에 오르고 있었다. 새하얀 섬광과 같은 카메라 플래시는 정신없이 유미리를 향해 터졌다. 유미리의 하얀 벤의 문이 열리며 빨간 바바리를 입은 유미리가 늦은 것이 미안하다는 표정으로 차에서 내렸다. 김민은 유미리를 향해 다가가 미소를 지어 보였다. 스튜디오 안으로 들어가자 유미리가 김민에게 대뜸 물었다.

"처음부터 알고 있었어요?"

"엉?"

"이 사람 말이에요, 처음부터 알고 있었냐고요?"

유미리는 손에 든 신문을 테이블 위에 툭 던져 놓고는 언짢은 표정으로 옷을 갈아입으러 가버렸다. 김민은 테이블 위에 던져진 신문을 집어 들었다.

〈BBS의 감춰진 비밀 병기, 이한! 황손 이종의 아들로 알려진 이한이 오늘 공식적인 행사에 그 모습을 드러낸다.

BBS의 창립파티에 나타날 이한에게 모든 언론사의 시선이 집중되어 있다. 세련되고 터프한 미남자, 거기다 성격 좋고 리더십이 강한 이한. 영국의 같은 학교 동문들이 말하는 이한의 이미지이다. 그는 유니세프(UNICEF)의 회원이기도 하며 얼마 전 '아프리카 백혈병 어린이 돌보기' 봉사활동에 다녀오기도 했었다. 그런 그가 오늘 서울 신라호텔에서 그 모습을 드러낸다.〉

김민은 테이블 위로 신문을 툭 집어 던졌다. 그 신문기사에 실린 사진에서 그 녀석은 연회복 차림으로 아주 환하게 웃고 있었다. 연회복을 입은 그의 모습은 남자인 자신이 보기에도 매력적이고 품위있어 보였다.

"도대체 그런 녀석이 왜 강건희와 그렇게 붙어 다니는 거지?"

김민은 잠시 생각에 잠겨 멍하게 서 있었다. 코디네이터가 불러서 들어가는 길에도 정신이 없기는 마찬가지였다.

촬영이 끝나고 김민은 오피스텔에 옷을 갈아입으러 돌아왔다가 잠시 눈을 붙였다. 몸이 아팠다. 온몸이 떨리고 목이 아팠다. 그는 아스피린을 한 알 삼키고 쉬다가 깜빡 잠이 든 것이다. 〈광필름〉 김민에게 단 한 번도 해보지 않은 일들이 일어나고 있었다. 누군가 때문에 마음이 아프고 누군가로 인해 고통스러워 자신 스스로 중병을 앓는 것……

김민이 간신히 가운을 걸치고 거실로 걸어나왔을 때 유미리는 거실 소파에 앉아 커피를 마시고 있었다. 너무 놀라 김민은 그 자리에 멈춰 서고 말았다. 하지만 미리는 커피 잔을 테이블 위에 내려놓으며 고개를 들어 그를 향해 환하게 웃어 보였다. 여자들은 항상 그런 식으로 김민에게 미소를 지었다. 스토커들도 많이 보았지만 지금처럼 자신의 집 안 거실에 앉아 있던 여자는 없었다. 하지만 그는 노련한 고수였다.

"웬일이야? 아까 촬영장에서 보지 않았나. 그리고 여긴 어떻게 들어왔지?"

그는 아무렇지도 않은 듯 말했다.

"김 비서님이랑 같이 들어왔는데 피곤한 것 같아서 깨우지 않았어요."

"그래. 김 비서는?"

"전화드린다고 하더군요."

유미리의 대답에 김민은 어깨를 으쓱해 보이고 일 인용 소파에 걸터앉았다.

"드레스 아주 예쁜데? 새 드레스인가?"

유미리는 밝은 핑크빛 이브닝드레스를 입고 있었다. 유미리의 의도가 무엇인가를 알아내려는 듯 탐색하는 눈으로 그녀의 몸을 훑어보며 그가 물었다.

"그 색깔은 미리에게 완벽하게 어울려. 그런 색깔의 옷을 더 자주 입어야겠는걸."

유미리는 진심으로 얼굴을 붉혔다. 그가 웃어주자 유미리의 얼굴에 떠오른 홍조가 더욱 짙어졌다.

"고마워요."

그러나 김민이 여자에게 이런 칭찬을 하는 것은 일상적인 일이다. 그는 속눈썹 사이로 그녀를 훔쳐보며 몰래 한숨을 내쉬었다. 유미리의 눈빛은 이미 자신에게 푹 빠져 있는 것 같았다. 매몰차게 내치고도 싶었지만 지금 자신에게는 그녀가 필요했다. 그는 단지 명석한 정도가 아닌 면도날처럼 날카로운 사업 감각의 소유자였다. 그러니 김민이 지금의 분야에서 그렇게나 성공한 것도 하나도 놀랄 게 못 된다. 짙은 갈색 머리에 182㎝가 훨씬 넘는 키와 군살 한 점 붙어 있지 않은 탄탄한 몸매의 소유자인 김민은 마음만 먹으면 어떤 여성이라도 녹일 만한 따스한 매력의 소유자였다. 그는 자신의 이익을 위해서 지금 이 여자가 원하는 것을 받아줄 필요가 있었다. 하지만 그는 잠시 망설였다. 머리 속에 지나가는 건희의 얼굴 때문이었다. 마치 그의 솔 메이트(soul mate) 같은…… 지난 생에서 어쩌면 자신과 건희가 같은 영혼을 가졌던 것이 아닐까 싶을 정도로 김민은 건희를 바라보는 일에 익숙해져 있었다. 그 느낌은 아주 어린 시절부터였었다. 김민은 자신이 유미리를 좋아하고 좋아하지 않고 그런 것은 상관없었지만, 그런 자신의 행동을 건희가 오해하지 않을까 걱정이 되었다.

"커피를 내린 모양인데 나도 한 잔 주지?"

"그러죠."

유미리가 커피를 가지러 들어가자 전화벨이 울렸다. 그는 서둘러 전화기의 스위치 하나를 내렸다.

「여보세요? 사장님!」

"응, 듣고 있어. 말해요."

「오늘 저녁 BBS의 창립파티에 참석하시려면 지금 준비하셔야 합니다.」

비서가 사무적인 목소리로 말했다.

"그래, 알았어. 그동안 전화 온 것 없어?"

「예, 없었습니다.」

"알았어. 난 여기서 준비해서 나갈게. 차를 보내줘."

「그렇게 준비하겠습니다.」

전화를 끄고 김민은 유미리가 건네주는 커피 잔을 받아 들었다.

"그 파티에 파트너로 가려고 왔어요."

김민은 놀라서 입에 문 커피를 커피 잔에 도로 뱉었다. 유미리가 입은 이브닝드레스의 의미가 짐작이 되었기 때문이다. 그렇게 말하는 유미리의 목소리는 아주 사무적이었고, 얼굴빛조차 전혀 변하지 않았다. 어쩌면 그토록 초연할 수가 있는지 김민은 도무지 이해가 가지 않았다. 들여다보면 볼수록 묘한 여자였다. 그리고 꼭 필요한 여자였다.

"커피 다시 가지고 올게요."

김민은 커피 잔을 들고 가는 유미리의 뒷모습을 멍하게 응시했다. 그녀의 긴 다리가 우아하면서도 육감적으로 움직였다.

"왜 내 파트너로 갈 생각을 한 거지?"

김민이 결심한 듯 스틸 담배케이스에서 담배를 꺼내 물며 물었다. 유미리가 천천히 돌아섰다. 그리고는 빠르게 다시 김민에게로 다가와 들고 있던 커피 잔을 테이블 위에 내려놓았다. 그녀에게서 전해져 오는 묘한 향기가 방 안을 가득 채웠다. 유미리는 김민의 무릎 위에 천천히 올라앉더니 그의 목에 팔을 둘러 감았다. 김민이 손에 든 담배를 떨어뜨리며 깜짝 놀라서 다시 고개를 들었다. 그녀의 입술이 숨죽인 웃음으로 커다랗게 벌어졌다.

"같이 가려고 기다렸어요."

김민이 놀란 표정을 지었다. 그의 숨결이 약간 거칠어졌다. 유미리의 창백한 얼굴이 봄날의 햇빛을 받아 찬란하게 빛났고 가볍게 웨이브진 머리카락은 우아하고 섬세한 얼굴 주위를 부드럽게 감싸고 있었다.

"좋은 건 알겠는데 그래도 좀 내려오지?"

김민이 얼굴을 찡그렸다. 그는 유미리의 눈빛이 무엇을 원하
는지 너무 잘 알고 있었지만 마음이 내키지 않는 일은 하지 않
는 것이 그의 철칙이었다. 하지만 그는 아차 했다. 방금 그녀가
자신을 만지는 걸 멈추게 하지 말았어야 했다. 그녀는 상처받은
눈빛을 하고 있었다.

"자, 그만 하고…… 차가 오기로 했어. 이제부터 샤워하고 파
티에 갈 준비를 해야겠어. 참, 오늘 유미리 씨 생일이지? 저기
책상 위에 목걸이 하나 사뒀는데 걸어봐. 안 그래도 파티에서
만나면 주려고 했는데 잘됐군."

"어머, 고마워요. 샤워할 동안 샌드위치 좀 준비해 놓을게
요."

유미리가 돌아서는 김민의 목에 매달려 코끝에 키스했다. 순
간 김민은 그녀가 애처롭게 느껴졌다. 결코 천박하거나 미워할
수 없는 무언가가 그녀에게 있었다. 묘한 기분에 유미리를 밀어
내며 그는 샤워실로 들어갔다.

〈건희의 다이어리〉

누구나 한때는 쿨하게 살고 싶다고 생각한다.

나 역시 그때는 그러했다. 확실한 이유는 잊어버렸으나 아마
도 김민에게 차인 후유증이 아니었을까 싶다……

나는 몇 년 동안 몹시 쿨하게 살려고 노력했었다. 하지만 시
간이 갈수록 그 쿨하게 산다는 것과 허전하게 산다는 것의 차이
를 모르겠다.

나는 쿨하게 산다고 열심히 가고 있었는데 어느 날 갑자기 나
를 보니 이상하게 허전하다.

이런! 이거 뭔가 잘못되어 가고 있는 거 아냐?

그렇다고 사랑을 시작해 본다 치자, 언제나 시작이 있는 것처
럼 끝도 있는 거 아냐?

아, 사랑이 끝났을 때……? 관두자, 관둬.

그래도 사랑이 무서워 시작도 못한다면 그것도 그렇지?

그럼 사랑을 해봐?

하지만 사랑이 쉽게 오나? 것도 스물아홉, 간당간당한 나이
에?

"**오,** 마이 가뜨!"

"심하다!"

"내가 봐도 좀 심하다."

건희는 스물아홉이다. 유미리를 따라다니기 전까지는 체조를 하느라 예쁜 여자들 사이에서 나름대로 몸을 가꾸며 시간을 보냈다. 하지만 부상을 입고 체조를 그만둔 뒤로 유미리의 보디가드를 한답시고 옷가방을 들고 쫓아다니느라 도무지 몸을 가꾸거나 화장을 하는 따위는 할 시간도, 마음도 없었다. 건희를 끌고 나와 피부관리실부터 들어간 존과 패트릭은 그녀를 찬찬히 훑어보며 혀를 내둘렀다.

다행히 지금은 일할 때 착용하는 두꺼운 안경을 벗어버려 그나마 조금 낫지만 갸름하고 조그만 얼굴은 거칠어 보였고 지나치게 창백해 보여 섹시미라고는 찾아볼 수가 없었다. 풍성한 검은 머리채에서 이리저리 빠져나온 머리는 오늘도 여전히 빨간 야구모자에 억눌려 있었고, 그 볼썽사나운 미키마우스가 그려진 검은색 스판 티셔츠에 주머니가 주렁주렁 달린 하얀 바지는 역시 주머니의 무게를 못 이겨 아래로 좀 내려와 있었다. 존이 한숨을 내쉬고 고개를 절레절레 저으며 물었다.

"누나, 대체 그런 건빵바지는 몇 개나 되냐?"

"좀 많지, 왜?"

"그 건빵바지 회사는 누나한테 감사패 전달해야 돼."

존이 그렇게 투덜대자 패트릭은 한술 더 떠서 이렇게 말했다.

"난 정말 건빵바지가 젤 싫어. 저 바지는 여자들의 적이야. 여자는 절대 입으면 안 된다고 봐."

"맞아, 법으로 금지해야 돼."

"그리고 이제부터 강건희를 없애 버려야 돼."

"맞아, 지난 강건희는 없애 버려! 아자!"

"아자!"

존과 패트릭이 거의 성토 분위기로 아자를 외치자 강건희가 눈을 동그랗게 뜨고 물었다.

"그러니까 대략 이쯤에서 나도 동조해야 되는 거냐? 아자!"

새벽부터 끌려나와 꼬박 몇 시간을 피부관리실에서 때 빼고

광을 낸 후에 건희는 미용실로 갔다. 처음부터 자기를 버려야 한다는 말에 동조하기는 했지만 지금의 자신을 보니 기가 찼다. 머리를 다 만지고 메이크업까지 끝났을 때 거울 속에 비친 자신의 얼굴을 보며 건희는 깜짝 놀라 눈을 비비려는 것을 곁에 선 존이 잽싸게 두 손을 잡는 바람에 실패하고 말았다.

"신이여! 정녕 이것이 강건희란 말입니까?"

커다란 두 눈을 깜빡거리며 건희가 떠들어대자 방금 머리와 메이크업을 마친 섹시하고 멋진 존과 패트릭의 모습이 거울 속에 비쳐 두 눈으로 선명하게 들어왔다. 180㎝를 훌쩍 넘은 키, 셔츠에 리바이스 진을 입었어도 드러나는 조각 같은 체격과 스타일. 그것은 지나치게 잘생긴 그들의 얼굴과 어우러져 완전 환상이었다. 그들은 한심하다는 듯 건희를 내려다보며 혀를 찼다.

"누나, 웬만한 사람은 그 정도 시간 들여 꾸미면 우리 정도는 되거든. 쯧!"

환상이 깨어지는 그 순간 건희는 꿈에서 깨어난 웃음으로 존에게 말했다.

"잘났어, 정말. 다음 코스로 가자. 에구, 힘들어서, 원."

"하하핫! 장난이야, 누나. 진짜 죽이게 멋지다."

"정말?"

"응, 멋지다!"

"그렇지? 내가 좀 되지? 헤헤헷!"

건희도 특유의 넘어갈 듯한 웃음으로 대답하였다.

"말도 안 돼!"

"말이 안 되긴 뭐가 안 돼? 허구한 날 집에서는 벌거벗고 사는데 우리가 같이 봐야 돼."

존과 패트릭은 건희가 드레스를 고르는 드레스 룸에 들어오겠다고 야단이었다.

"맞아, 봐야 돼. 건영이가 보랬어."

"맞아, 형이 봐도 된다고 했어."

"하여간 건영이 녀석이 애들은 다 버려놔요. 너희들, 건영이 말 따라 하면 안 돼. 걔가 쓰는 말 진짜 나빠! 다 벌금 물어야 되는 흉포한 말이야."

"피이! 거짓말!"

"그래, 거짓말이야. 이제 빨리 해! 늦겠어!"

존과 패트릭이 데리고 간 의상실에서 세 사람의 옷을 빌리기로 하고 건희는 자신의 옷을 고르기 위해 드레스 룸으로 갔다. 의상실의 아가씨가 드레스 룸 도어를 잡아당겼다.

"어머나!"

"Oh, my god! 이거야!"

존이 달려가 옷걸이 하나를 집어 들었다. 옷걸이에는 간결한 디자인이지만 섹시해 보이는 크림 색의 셀린느 드레스가 걸려 있었다. 간결한 목선의 처리가 우아해 보였다. 게다가 드레스는 마치 건희에게 피팅을 한 것처럼 너무나도 딱 맞았다.

"너무 멋져!"

"자, 목걸이와 귀걸이!"

구두와 손가방까지 맞춰 신고 마침내 전신거울 앞에 서는 순간 건희는 놀라 날아갈 것만 같았다. 그런데 한 가지 문제가 생겼다.

"있지, 얘들아, 난 구두는 펌프스로 신으면 안 될까?"

"말도 안 돼! 지금이 딱 좋아, 딱!"

"그렇긴 하지만 운동화만 신던 내 발이 이 높은 힐을 감당할 수 있을지……."

"누나?"

"엉?"

"참아."

"자, 나가자, 누나."

멋진 양복을 입은 존과 패트릭이 마치 모나코왕비 그레이스 켈리처럼 우아한 크림 색 드레스를 입은 건희의 팔짱을 하나씩 끼며 말했다. 건희는 존을 바라보며 쑥스럽게 말했다.

"지금 이대로 나가면 추울 텐데……."

"그럴 줄 알고 준비했어."

존이 건희의 어깨에 모피 재킷을 둘러주었다. 바디라인에서 물결치는 셀린느 원피스와 너무나 잘 어울리는 부드러운 핑크 색 모피 재킷이었다.

"자, 이젠 됐지? 가자, 누나. 늦겠어. 오늘은 멋진 우리 두 남자가 강건희 씨의 보디가드가 되겠습니다."

"우와!"

영국 출신의 조각 같은 두 남자 모델을 보디가드로 거느린 건희는 마치 여왕 같았다.

의상실 디자이너가 와서 정중하게 인사했다.

"생각대로 잘 어울리시네요. 그리고 세 분 정말 너무 멋져요."

"감사합니다."

건희는 존과 패트릭의 팔짱을 끼고 걸어나오다 의상실 앞에 대기해 있는 리무진을 보고 입이 딱 벌어졌다.

"자, 도착했습니다, 건희 씨."

드디어 리무진이 신라호텔 앞에 도착했다. 바로 그때 강건희는 뜬금없이 지금 자신이 쓰는 이 많은 경비를 누가 다 감당하는지 궁금해졌다.

"존, 그런데 이 경비는 다 누가 내는 거냐?"

"건영이 형."

"뭐! 건영이? 자식 총 맞았구나!"

안내원 중 덩치가 큰 남자가 리무진 도어를 열었다.

"내리시죠."

"네."

건희는 존, 패트릭과 함께 파티장 입장이 금지된 기자와 취재진으로 뒤섞인 인파를 젖히며 파티장으로 걸어 들어갔다. 카메라 플래시는 존과 패트릭을 향해 터져 들어오고, 건희는 그 기자들 속에서 가볍게 손을 흔드는 건영을 보았다. 카메라 플래시 섬광으로 깜빡 눈물이 났다.

"애고, 저 총 맞은 놈을 봐서라도 잘해야 할 텐데……."

건희가 그런 생각을 하고 있을 때 비명에 가까운 소리가 들려왔다.

"건희야!"

"아, 오빠?"

"너! 너, 너!"

김민은 흰 줄무늬의 감색 양복을 입고 핑크빛 드레스를 입은 유미리와 함께 서 있었다. 김민은 건희의 아름다운 모습에 얼마나 놀랐는지 입을 다물지 못하고 있었다.

"오빠, 입 찢어지겠다."

"야, 강건희, 너 여기 웬일이야?"

"응, 초대장이 와서. 근데 나 좀 웃기지?"

"알긴 아는구나. 옷차림이 이게 뭐야?"

김민은 말은 그렇게 했지만 건희가 더할 나위 없이 사랑스러워 보였다. 강건희에게 이런 모습이 있었는지 정말 그녀 말처럼 놀라 뒤로 자빠질 지경이었다. 유미리도 멈칫 멈춰 섰다. 김민은 유미리를 흘깃 바라보았다. 겨우 냉정을 유지하며 차갑게 존의 팔짱을 끼고 있는 건희를 노려보긴 했지만 와인 잔을 든 손이 부들부들 떨리고 있는 것이 보였다. 이곳에 강건희가 저런 모습으로 나타나리라고는 상상도 못했다. 그리고 그런 건희를 그처럼 감탄의 눈빛으로 바라보는 김민을 보니 여자의 육감이 경고를 보냈다. 그런 유미리를 바라보던 김민은 고개를 갸웃거리며 유미리를 불렀다.

"유미리 씨?"

김민이 살짝 유미리를 흔들며 붙잡았다.

건희는 한쪽 손을 부채 삼아 귀엽게 흔들며 걸어왔다. 그들에게로 점점 다가오는 건희는 장난스럽게 김민을 위아래로 바라보며 어깨를 으쓱 올렸다.

"와, 모델이라서 확실히 다르긴 다르구나. 오늘따라 더 근사해 보이는걸."

"강건희 진짜 몰라보겠다."

그 팔에 매달린 금발의 존은 화려한 파티가 마냥 마음에 드는지, 아니면 팔짱을 낀 건희가 마음에 드는 것인지 미소를 흘리고 있었다. 샐쭉한 표정으로 김민의 옆에 붙어 있던 유미리는 순간적으로 다가오는 건희를 노려보았다.

"아, 나 화장실 좀 다녀올게요."

"그, 그래?"

"야, 유미리, 너 왜 그래? 어디 아파?"

"아, 아니야. 금방 올게."

유미리가 급히 화장실로 도망치다시피 사라졌지만 김민은 미리는 뒷전인 채 건희에게 다가가며 감탄 어린 찬사를 아끼지 않

았다. 건희의 곁에 따라와 서 있던 존과 패트릭도 건희에게만
정신이 팔려 있었다.

화장실에 간 유미리는 거울을 보며 마음을 가라앉히고 있었
다. 오늘은 정말 김민과 잘해보려고 했는데 저렇게 나타난 건희
를 보니 어쩐지 일이 틀어지는 것 같았다. 뭔가 느낌이 좋지 않
았다.

"기집애! 여긴 왜 온 거야?"

유미리는 차분하게 냉정을 찾으려 애쓰며 작은 손가방에서
립밤을 꺼내 화장을 고쳤다. 그리고 유미리는 다시 천천히 조심
스럽게 김민의 곁으로 다가갔다. 건희가 유미리를 바라보았다.

"근데 이 구두 불편해 죽겠다. 야, 유미리, 예쁘네."

"강건희, 정말 예쁘다. 몰라보겠어."

생글거리며 유미리가 말했지만 그녀의 마음속에서는 서서히
건희에 대한 질투가 고개를 들기 시작했다.

"내가 살면서 언제 이런 파티에 끌려올 줄 알았냐고요."

건희는 발이 아파 코에 주름이 잡히도록 얼굴을 찌푸렸다.

"근데 그 사람은 왜 안 나타나는 거야?"

"누구?"

"이한."

김민의 입에서 이한이라는 말이 나오자 건희가 무슨 뜻이냐
는 눈빛으로 물었다. 그러자 유미리가 빈정거리듯이 말했다.

"어머, 건희 넌 몰랐어? 가까운 사이라며?"

생뚱맞게 웃으며 던진 유미리의 농담에 건희는 가볍게 웃어 넘겼다. 하지만 이한도 이곳에 나타날 것이라는 말을 들은 후로 다른 것에 신경 쓸 수가 없었다. 또다시 그 바이러스가 활동을 시작한 듯했다.

"야, 강건희, 너 오늘이 내 생일인 거 몰랐지? 넌 친구란 게 어떻게 그럴 수 있냐?"

멍하니 허공을 바라본 채 열심히 한을 생각 중이던 건희는 툭 치며 말하는 미리로 인해 그 생각에서 헤어나왔다. 그러고 보니 유미리의 목에는 못 보던 다이아가 박힌 목걸이가 눈이 부시도록 반짝이고 있었다.

"아, 맞다. 생일 축하해."

"말로만? 선물은 없어?"

"미안, 깜박하고 선물을 준비 못했네."

"괜찮아. 이번에 작업료 받으면 그때 사줘도 돼. 근데 이 목걸이 예쁘지? 이거 사장님이 사준 거야."

"오빠는 언제 이런 선물을 준비했어? 나한테는 생일 선물 한 번 사준 적이 없더니."

건희가 농담 반 진담 반으로 투덜대자 그 말이 떨어지기가 무섭게 미리가 말했다.

"어머, 얘는. 너하고 내가 같냐?"

유미리가 김민의 팔짱을 끼며 짐짓 행복하게 웃어 보였다. 그러자 김민이 어색한 듯 팔을 빼며 말했다.

"강건희, 오해할 것 없어. 기획사 사장이 소속 배우 생일 챙겨준 것뿐이야."

김민이 정색을 하며 말하자 유미리는 얼굴이 굳어버렸고, 그런 그녀의 모습이 고소해서 건희는 웃으며 말했다.

"어휴, 천하의 김민께서 어련하시겠어?"

"어머, 사장님은 농담도 잘하셔."

아무래도 분위기가 묘하게 돌아갔다. 유미리는 그 어느 때보다도 생글생글 웃고 있었지만 이상한 느낌이 들었다. 존과 패트릭이 가서 마실 음료를 들고 왔다. 파티는 아직 시작되지 않았다. 사람들은 하나둘 모여들고 있었다. 건희와 김민은 웃고 있었지만 유미리는 존이 권하는 샴페인조차 그다지 맛을 느낄 수 없었다. 어쩐지 북극에서 마시고 있는 것 같았다. 기분이 점점 싸늘해졌다.

호텔의 커다란 홀에 모인 수백 인의 참석자 사이를 뚫고, 쇼팽의 피아노 곡이 흐른다. BBS의 신사업을 축하하기 위해 모인 사람들로 경제계의 대가도 다수 볼 수 있는, 호화롭고 다채로운 파티였다. 그렇지만 오늘밤의 모임은 어디까지나 영국에서 활약하는 사업가 이종과 이한 부자, 그들을 소개하기 위한 파티였다. 그렇기 때문에 전통있는 서울의 최고급 호텔들 회장부터 평소에 정계 관계자와의 접촉을 표면적으로 극력 피하려고 노력하는 재계 거물들까지 모두 나타났다.

사치스럽게까지 장식된 생화의 그늘에 파묻히듯 서 있는 건희는 존이 가져다 준 익숙하지 않은 샴페인을 손에 들고 있었다. 글라스에 가만히 혀를 대본 후 생각보다 독특함이 없는 투명한 발포주를 한 모금 마셨다. 차가운 느낌이 인후를 내려가는 동안에도 머리 속을 온통 차지하고 있는 건 앞으로 만나게 될 이한에 대한 생각뿐이었다. 분명 자신을 보면 놀랄 것이 틀림없다. 포근하고, 부드러우며, 따뜻한 이미지. 부드러운 머리카락과 자애로 가득 찬 웃는 얼굴. 한의 친밀한 모습을 생각하는 것만으로도 웃음이 났다.

'그는 어디 있을까, 그 녀석이 보고 싶다. 이상하지.'

생각은 꼬리에 꼬리를 물고 끝도 없이 이어졌다. 건희는 잔을 들고 서성거렸다. 그러다가 사람들 사이로 건너다보이는 입구 쪽으로 눈길이 갔다. 그곳엔 아무도 없었다. 이제 저 입구에서 그가 나타날 것이라는 생각이 들자 건희의 마음은 다급하게 소용돌이쳤다.

'그는 어디쯤 오고 있을까.'

건희는 누군가를 기다리는 것은 질색이었다. 그렇게 초조하게 그를 기다리는 시간을 참아낸 스스로를 대견스러워하며 건희는 걸음을 떼었다. 순간 파티장이 술렁거렸다. 사람들이 수군거리며 바라보는 쪽으로 자연스레 시선을 돌린 건희는 놀라고 말았다.

그였다. 이한, 그와 아주 잘 어울리는 검은 양복을 입고 누구라도 반할 만한 매력적인 웃음을 띤 얼굴로 옆에는 BBS의 사장인 이종과 함께 파티장에 나타난 것이다.

"나타났다. 이한 맞지?"

"하여간 못 말린다니까. 우리 집엔 어떻게 데려온 거야?"

존과 패트릭이 건희의 귀에 대고 작게 속삭였다.

지루하던 파티가 갑자기 흥미진진한 드라마를 연출하자 유미리와 김민도 재미있다는 표정을 지으며 앞으로 다가갔다.

긴장된 건희는 김민에게 다가가 툭 치며 깔깔거리고 웃었다. 옆에 선 존과 패트릭이 입을 막아버리고 싶을 정도의 커다란 웃음이었다. 인상을 쓰는 존을 보고서야 강건희는 겨우 웃음을 멈췄다. 사실 지금 자신이 신경을 써야 할 사람은 김민이 아니라 이한이었던 것이다. 이한은 아버지 이종과 함께 사람들과 인사를 나누고 있었다.

"너무 멋있지 않니?"

건희는 이한을 취한 듯 바라보며 유미리에게 다정하게 팔짱을 꼈다. 유미리는 그런 건희를 바라보다 순간 눈빛이 번쩍했다. 건희의 눈빛이 반짝이고 있었고, 그 시선 끝에는 그 이한이라는 남자가 있었다. 유미리는 그런 건희를 가만히 바라보았다.

"왜 그래?"

건희가 자신을 이상하게 빤히 바라보는 유미리를 보며 물었다.

"건희 너, 저 이한이라는 사람 좋아하니?"

"응?"

건희가 놀란 듯 눈을 동그랗게 뜨자 김민이 건희에게 조용하게 속삭였다.

"우리하고는 다른 사람이야, 헛물켜지 마……."

"뭐?"

유미리도 이한을 빤히 쳐다보곤 입꼬리를 비틀며 묘한 웃음을 웃어 보였다. 그리고는 천천히 눈을 돌려 이종과 그 곁에 선 그의 아들 이한을 유심히 바라보았다.

"여러분, 잠깐 주목해 주십시오. 저희 BBS의 창립 기념파티에 참석해 주신 귀빈 여러분께 감사드립니다. 저희 BBS의 이종 사장님과 새로운 이한 이사님을 소개합니다. 여러분, 두 분을 환영해 주십시오."

사회자의 소개가 있었고 이종 사장의 간단한 인사가 있었다. 그리고 파티는 무르익어 갔다.

"안녕하세요, 회장님. 제 아들입니다."

"안녕하세요, 이한이라고 합니다. 평소 회장님의 경영철학에 관심이 많았습니다."

"이한 씨, 그러지 않아도 한번 만나고 싶었습니다. 우리 삼우가 여주 쪽에 조그만 골프장을 하나 가지고 있습니다. 언제 한번 가시지요."

"네, 영광입니다, 회장님."

삼우그룹의 김 회장은 미소를 지으며 이한에게 관심을 보였다. 볼수록 마음에 드는 눈빛을 가진 청년이었다. 게다가 이 두 부자는 한국 사람으로는 드물게 영국의 다섯 손가락 안에 드는 글로벌 그룹 BBS의 핵심세력이었다. 더 흥미로운 것은 BBS의 연구소의 차기 소장이 저 이한이라는 젊은 청년이라는 사실이었다. 그 연구소는 BBS의 최정예들뿐만 아니라 세계 각국의 유능한 인재들을 모으고 있다는 소문이었다. 정확하게 무엇을 연구하고 있는지는 극비였으나 대강 짐작은 할 수 있었다. 그 연구소는 영국의 지원을 받고 있을 뿐만 아니라 BBS의 투자 부문 중 가장 많은 투자액이 책정되어 있다는 보고를 받고 있었다. 게다가 BBS는 영국 제일의 무기 생산업체이며 곧 미국 제일업체를 능가하는 무기를 개발할 것이라는 보고도 받았다. 그런 BBS의 연구소의 소장이 차기 BBS의 CEO인 저 이한이라는 것이었다. 게다가 그는 황손의 아들이었다. 오늘 이 파티에 정치와 경제계의 모든 거물들이 총출동을 한 것만 봐도 이들 부자가 얼마나 중요한 인물로 부각되고 있는지를 짐작할 수 있었다.

이한은 이런 파티에 참석하는 것을 별로 즐기지 않는 편이었다. 아버지도 오고 하셨으니 잠깐 얼굴만 비추고 돌아갈 생각이었다. 그때 유독 왁자지껄 떠들고 있는 한 무리의 사람들이 눈에 띄었다. 한껏 치장한 여자들과 멋지게 생긴 남자들. 이런 파티라면 늘 볼 수 있는 그런 사람들이었다. 갑자기 빨간 모자를 푹 눌러쓴 채 늘어진 건빵바지 차림으로 부지런히 움직이던 건희가 생각났다.

어젯밤에 호텔방 침대에 누워 우연히 주운 건희의 수첩을 천천히 다 읽었다. 그리고 강건희라는 여자에 대해 더 많은 것을 알게 되었다. 수첩 뒤에 전화번호를 보고는 전화를 걸고 싶은 마음이 간절했지만 이 파티를 마치고 잠시라도 만날 생각으로 참았다. 그 탓에 밤새 잠을 자지 못했다. 여자들에게 별 흥미를 못 느끼던 그였는데 이상하게 헝클어진 건희의 머리카락이 자꾸만 생각났다.

아버지 이종의 소개로 파티에 참석한 각계의 인사들과 돌아가며 인사는 하고 겨우 뭔가를 마시려던 참이었다. 그는 큰 소리로 웃고 있는 아름다운 여자와 눈이 마주쳤다. 그리고 그 다음 순간 그는 자신의 눈을 의심했다. 그녀는 바로 그가 지난밤에도, 그리고 바로 이 순간까지도 그처럼 그리워하던 그녀였다. 그는 자신도 모르게 빙그레 웃었다. 그녀의 가녀린 목선을 드러내 보여주는 우아한 크림 색의 드레스를 입은 강건희는 사랑스러워 보였다.

'당신 정말 못 말리는 여자로군요. 알아요? 지금 내가 얼마나 놀라고 있는지…….'

한은 마음 같아선 앞뒤 생각 않고 한달음에 달려가 인사하고 싶었지만 인내심을 발휘해 천천히 그녀를 향해 걸어갔다. 그런 한의 뒤를 그의 보디가드인 김 비서가 천천히 뒤따라 갔다. 그러자 서울 BBS의 지사장이 안내를 자청했다.

"누나, 저기 좀 봐!"

"뭔데?"

건희는 몸을 돌려 존이 가리킨 곳을 바라보았다. 한이 그의 일행과 함께 천천히 다가오고 있었다. 멀리서도 카리스마가 느껴졌다. 한이 그처럼 빛나 보이는 건 BBS의 이사라는 직함 때문도, 그의 균형 잡힌 근육질의 몸을 감싸고 있는 값비싼 양복 때문도 아니었다. 멀리서도 한눈에 알아볼 수 있는 건 건희를 향해 빛나는 눈, 그 눈 때문이었다. 건희는 자기도 모르게 그 무리에서 빠져나와 슬금슬금 뒷걸음질치며 도망가려 하고 있었다.

하지만 이한은 뚫어져라 건희를 바라보며 단호하게 고개를 저었다. 하는 수 없이 건희는 그 자리에 멈춰 서 있었다. 지사장이 이한에게 김민을 소개했다.

"이사님, 이쪽은 CM기획의 김민 사장님이십니다. 이번에 저희 회사의 CF를 맡게 되었습니다."

"안녕하세요, 이사님. CM기획의 김민입니다. 우리 구면인 것 같습니다만."

"네, 그렇군요. 안녕하세요, 이한입니다."

이한이 웃으며 김민을 향해 손을 내밀었다. 김민의 눈썹이 가볍게 떨리고 있었다. 강건희의 마음을 흔들어놓는 이 사람. 김민은 사업적인 감정이 아닌 사적인 반감이 자꾸만 일어나는 것을 느꼈다. 건희 일행도 이한을 알고 있었으므로 이한과 김민을 주목하고 있었다. 김민도 이한이 악수를 청하며 내미는 손을 받아 쥐었다.

"잘 부탁합니다, 이사님."

"네, 반갑습니다."

김민과 인사를 나눈 이한은 건희를 막아서며 곁에 따라와 서 있는 지사장에게 말했다.

"지사장님, 저는 이분들과 잠시 이야기를 나누고 싶습니다."

"네, 그러시죠."

이한이 건희를 바라보는 눈빛이 예사롭지 않자 김민의 이마가 찡그려졌다. 유미리는 그런 김민을 유심히 바라보았다. 김민은 지금 이런 자신의 감정을 스스로 받아들이지 못하는 모양인지 물끄러미 건희의 얼굴을 바라보았다. 그런 김민의 기분을 눈치채고 유미리가 김민에게 다가가 팔짱을 끼며 말했다.

"우리도 다른 분들과 인사를 나눠야죠. 잠시 저쪽으로 가봐요."

"그, 그러지."

김민이 가볍게 고개를 끄덕였다.

지사장과 김 비서도 다른 곳으로 가고 건희와 단둘만이 마주보고 서게 되자 한은 건희를 바라보며 빙그레 웃으며 말했다.

"몸매가 예술입니다."

"어머, 얘는. 예술은 무슨."

"근데 여긴 어쩐 일이십니까?"

"그, 그러니까, 그게, 음…… 기획사 식구들이랑 같이 초대받았지."

"네에, 스토리보드 작가께서도?"

"응, 그렇지. 콘티 작가는 뭐 이런 파티에 오면 안 되나?"

"아뇨, 잘 오셨습니다."

"그런데 너야말로 죽인다. 너 왜 말 안 했냐? 네가 이렇게 대단한 인물이라고."

강건희가 인상을 쓰며 묻자 한은 또다시 그 특유의 환한 미소를 지으며 대답했다.

"묻지 않았잖아요."

"뭐라고?"

"안 물어보기에 난 굳이 이야기하지 않았죠. 뭐, 대단한 일은 아니잖아요?"

"칫!"

무언가 할 말이 남은 듯한 잠깐의 모호한 침묵이 흘러가자 한은 획 돌아서서 건희에게 머뭇거리며 말했다.

"혹시 뭐 잃어버린 것 없어요?"

"뭘?"

"내가 뭘 하나 주운 것 같은데, 그게 누구 다이어리 같더라고요. 겉이 낡은 통가죽으로 된 것이 낡고 닳아서 손에 닿는 감촉이 좋던데……."

한은 다른 곳을 둘러보며 중얼대듯 건희에게 시선을 두지 않은 채 말끝을 슬쩍 흐렸다. 건희가 눈이 동그랗게 되어서는 휙 돌아섰다.

"너, 너 죽을래? 이리 줘! 어디 있어, 내 다이어리?"

그간 한이 알아온 그녀 같지 않은 조심스러운 행동에 조금 전까지 내심 갸웃하며 자칫 어색해질 수 있는 분위기를 쇄신하려고 부러 가볍고 경쾌하게 응대했더니 건희는 바로 본색을 드러내고야 말았다.

"내 방에 있는데, 잠깐 들렀다 갈래요?"

"뭐?"

한이 가볍게 던진 말에 건희는 당황한 기색이 역력했다. 건희는 한을 노려보았다.

"올라가요. 재미있을 것 같지 않아요?"

농담처럼 말하지만 굵으면서 안정감을 주는 목소리였다. 그 목소리는 은연중에 건희에게 또 다른 믿음을 주고 있었다. 건희는 건영에게 부탁을 받은 상태이니 그에게 기삿거리를 좀 더 제공해 주는 차원에서 가는 것도 괜찮을 것이라며 스스로를 합리화시켰다. 그의 방으로 가기 위해선 이 많은 사람들을 뚫고 나가는 수밖에 없었다. 건희는 한을 바라보았다. 한은 고개를 끄덕이며 건희에게 이만 나가자는 신호를 했다. 한은 건희에게로 더 가까이 다가갔다. 한을 발견했을 때 설레던 가슴속이 이젠 마구 떨려오기 시작했다.

사람들 사이를 지나 객실로 올라가는 엘리베이터 앞으로 달려갔다. 건희는 너무 정신없어서 엘리베이터를 어떻게 탔는지조차 기억나지 않았다. 엘리베이터에 타자 한이 말없이 건희의 손을 꼭 쥐었다. 건희는 한의 눈을 바라보았다.

"나 보고 싶었어요?"

라고 한이 물었다. 건희가 고개를 젓자 한은 밝게 웃으며 말했다.

"거짓말."

한이 그렇게 말하자 건희는 그를 빤히, 빤히 위에서 아래로 죽 훑어보고는 신기하다는 듯이 아주 작게 속삭였다.

"맞아, 거짓말이야."

정말 이상한 일이었다. 한의 사소한 표정 변화에도, 그리고 웃음에도, 속삭임에도…… 건희는 심장이 멎을 것 같았다. 스스로도 자신 안에 일어나는 이런 기분을 믿을 수가 없었다. 한이 이끄는 대로 방에 들어설 때까지도 건희는 마치 무엇에 홀린 것처럼 그에게서 눈을 떼지 못했다. 방에 들어서자 한이 건희를 등 뒤에서 가볍게 껴안았다. 건희의 심장이 뛰고 있었다. 건희의 귓가에 한이 나지막이 속삭였다.

"내 심장이 터질 것 같아요. 느껴져요?"

건희는 말없이 고개를 끄덕였다. 한이 천천히 건희를 돌려 세웠다. 건희는 그 자리에 얼어붙은 사람처럼 굳어져 서 있었다. 불빛을 받아 반짝이는 그녀의 머리카락은 부드럽게 곱실거리며 섬세한 얼굴을 감쌌고, 붉게 달아오른 꽃잎처럼 부드럽고 촉촉했다. 풍만한 입술은 부드러운 곡선을 그리며 핑크빛으로 반짝였다. 그러나 그의 시선이 머문 곳은 떨고 있는 건희의 눈동자였다.

"제길슨."

건희는 그런 상황에서 갑자기 도망치기라도 하듯 짜증스럽게 한숨을 쉬고 자신을 내려다보고 있는 한의 눈을 쳐다보았다. 사람을 혼란스럽게 만드는 그의 타는 듯 빛나는 눈동자는 길고 풍성한 속눈썹과 함께 너무나 강렬하게 건희의 눈을 붙잡고 있어서 다른 아무것도 생각할 수가 없었다. 한의 부드러우면서도 육감적인 입술이 천천히 다가왔다. 숨 막힐 듯한 침묵이 흘렀다. 그녀의 입술은 바싹 말랐고 심장은 심하게 두 방망이질 쳤다. 머리가 어찔어찔하고 기운이 쭉 빠지는 것 같아 울고 싶었다. 건희는 스르륵 눈을 감아버렸다. 바로 그 순간이었다.

"이게 지금 무슨 일이니?"

굵고 괄괄한 노부인의 음성이 쩌렁쩌렁 울려왔다.

건희와 한이 놀라 바라보니 그곳에는 이신율과 노여운 빛이 역력한 엄 여사가 서 있었다. 한은 잠시 당황했으나 곧 침착하게 건희를 소개했다.

"할머니, 오신다는 말씀 없으셨잖아요?"

"지금 공항에서 오는 길이다. 근데 이 아가씨는 누구지?"

어딘지 모르게 품위와 위엄이 있어 보이는 엄 여사가 건희를

유심히 훑어보았다. 영국에 있을 때 여자 친구를 집에 데려온
적이 단 한 번도 없던 한이다. 엄 여사는 심상치 않은 기분을 느
꼈다. 한이 웃으며 건희의 손을 끌어당기며 말했다.

"할머니, 건희 씨예요."

그리고 한은 건희에게 말했다.

"건희 씨, 우리 할머니예요. 멋진 분이죠. 잘됐어요. 할머니와
아버지께 소개하고 싶었는데…… 이분은 제 스승님이신 이신율
박사님."

건희는 당황했지만 허리를 깊이 숙여 단정하게 인사했다. 엄
여사와 이신율은 예상치 못한 이 상황에 당황하여 건희와 한을
번갈아 쳐다보았다. 엄 여사가 소파에 앉으며 건희에게 자리를
권했다.

"어쨌든 앉아요."

"네. 그것이……."

건희는 난처해서 도움이라도 청하듯 한을 바라보았다. 한이
건희의 손을 잡으며 말했다.

"할머니, 건희 씨는 파티장으로 내려가 봐야 돼요. 아직 파티
가 끝나지 않았어요."

"그럼 가봐야지. 다음에 봐요, 아가씨. 한이는 빨리 올라와라,
할 이야기가 있으니."

"네, 그럼 가보겠습니다."

간신히 방에서 나온 건희는 숨을 몰아쉬며 가슴을 쓸어 내렸다.

"큰일날 뻔했네."

"큰일은 무슨 큰일?"

한이 능청을 떨자 건희는 아직도 떨리는지 가느다란 목소리로 물었다.

"내 다이어리는?"

"애개, 뭐야. 지금 이 순간에 꼭 다이어리를 찾아야겠어요? 난 두 번째로 키스할 수 있는 기회를 놓쳐서 아쉬워 죽겠는데…… 아, 이런 걸 짝사랑이라고 하나? 하하하."

한이 호쾌한 웃음을 터뜨렸다.

"야아!"

"알아요, 건희 씨 무척 사랑스러운 여자라는 거?"

멋쩍음을 참기 위해 건희는 입술을 꼭 깨물었다. 사랑스런 여자. 그 두 마디에 한이 전하고 싶은 모든 것들이 다 담겨 있는 것 같았다.

"정신없어서 못 가지고 나왔어요. 다음에 줄게요."

"언제?"

"내일 아침에 다시 만날 수 있어요? 전화할게요. 시간은 가고 있는데 건희 씨와 같이 있을 시간은 없네요. 부탁이에요. 내일 아침에 만나줘요."

"좋아. 그럼 내일 아침에 내 수첩 꼭 돌려줘."

한과 건희가 나가고 나자 이신율은 조용히 길쭉한 서류 뭉치에서 커다란 사진 한 장을 꺼냈다.

"한의 생모입니다. 며칠 뒤에 클럽에서 큰 어른들의 모임이 있을 예정이니까 어떻게 해서든 그전에 찾아야 합니다. 찾아서 한이 입양아가 아니라 이종님의 친아들이라는 것을 증명해야 합니다."

단아한 얼굴에 조금 마른 듯한 체구의 조그만 여자가 웃고 있는 여인을 보자 엄 여사는 문득 옛 생각이 떠올랐다. 그때 사진 속의 여자는 너무나 단아하고 연약해 보여서 대리모를 승낙했다는 사실이 믿어지지 않았다. 명망 높은 민씨 집안의 딸이라서 탐을 내던 여인이었다. 아이를 낳고도 대리모 계약을 한 여인이 자신의 아이의 친권을 주장하기라도 할까 봐 속을 태웠었다.

어느덧 방 안에는 팽팽한 긴장감이 떠돌았다. 엄 여사는 사진을 한 번 더 들여다보곤 얼굴을 찡그렸다.

"괜히 잘 지내는 사람을 찾아서 한을 만나게 하는 것이 좋지 않을지도 모르겠습니다. 영국의 며느리가 어찌 생각할지도 걱정되고……."

"이제 와서 문제를 일으키지는 않겠지요. 돈이 필요해서 대리모를 승낙한 거니까요."

"하지만 그때는 그 절망적인 상황 때문에 순간적으로 이성적인 판단을 내리지 못했을 수도 있습니다."

엄 여사가 냉랭한 말투로 대답했다.

"하지만 어쩔 수가 없습니다. 조만간 찾아낼 겁니다. 찾으면 그분의 뒷조사를 철저하게 해두도록 조치했습니다."

"그렇게 하세요. 전 잠시 제 방으로 건너가 쉬어야겠습니다."

엄 여사가 건너가자 이신율은 잠깐 창밖을 바라보다가 우울한 표정으로 한의 생모 김 여사를 처음 만났던 때를 회상했다. 당시 이신율은 교수로 있었는데 엄 여사의 부탁으로 그녀를 만났다. 마치 자그맣고 섬세한 도자기 인형 같은 그녀는 연약해 보이면서도 눈이 뜨일 만큼 아름다웠다. 그녀는 매우 용감하고 강직했다. 게다가 성품도 무척 곧아 보였다. 그녀는 부도난 자기 회사 직원들의 월급조차 주지 못했고 어린 아들을 굶기고 있다는 것을 가슴 아프게 생각하고 있었다. 그녀를 처음 본 순간 훌륭한 아들을 낳을 여인에게 꼭 필요한 요소를 갖추고 있다는 생각이 들었다. 이신율은 한 눈에 그녀의 외유내강의 침착한 성격을 꿰뚫어 볼 수 있었다.

"잠깐만. 존, 건희 씨 좀 빌려줘. 작별인사는 해야지?"

"뭐야, 두 사람? 수상해."

파티가 끝나고 건희가 존과 패트릭과 함께 돌아가려고 연회장을 나갈 때였다. 한은 문득 돌아서는 건희의 뒷모습을 지켜보는 것이 안타까워졌다. 자신은 호텔방으로 올라가 영국에서 갑자기 날아온 엄 여사를 만나 앞으로의 이야기도 해야 했고, 아버지 이종과 함께 서울 역삼동에 있는 서울 BBS도 둘러봐야 했다. 해야 할 일도 많고, 시간도 촉박한 것을 알면서도 건희의 돌아서는 뒷모습에 가슴이 텅 비는 것 같았다. 그처럼 한순간에 저 건희라는 여자에게 몰입하는 자신이 신기했다. 창포검이 울었기 때문이라고만 말하기에는 건희를 향한 자신의 마음을 모두 설명하기가 어려웠다. 한은 잠시 다가가 건희의 손을 낚아채고는 그나마 조금 한적하다 싶은 화장실 옆 휴게실로 데리고 가서 간이 의자에 앉았다.

"이사님, 무슨 일이야? 또 이런 곳에서 나 같은 여자를 아는 척하면 난처할걸?"

"왜요?"

"너도 스캔들이라는 것이 날 만한 위치에 있는 거 아냐?"

"글쎄요? 그렇더라도 지금 내가 그런 스캔들이 두렵겠어요?"

"그럼 네가 무서운 건 뭔데?"

"내 눈앞에 앉아 있는 당신."

"뭐어? 피이."

한은 빙그레 웃으며 얼굴을 찡그리며 아래를 바라보는 건희를 보았다. 건희는 처음 신어보는 구두 때문에 발이 꽤나 아팠던지 신발을 벗고 발가락을 꼼지락거리고 있었다.

"왜 그래요?"

"제길슨! 이렇게 높은 구두를 처음 신거든. 발이 퉁퉁 부었어."

한은 주저하지 않고 무릎을 꿇었다. 그리곤 건희의 발을 자신의 무릎 위에 올려놓고 꼭꼭 주무르기 시작했다. 건희가 화들짝 놀라 발을 빼며 소리쳤다.

"야, 이사님! 뭐 하는 짓이야?"

"가만있어 봐요. 발 아프다면서요? 근데 갑자기 그 이사님은 왜 붙여요?"

한은 태연하게 건희의 발을 다시 잡아당겨 무릎 위에 올려놓으며 말했다.

"이사님이라며."

"갑자기 그렇게 부르지 말아요."

"그럴 수야 있나? 이사님은 이사님이지. 그것도 무지 무서운 할머니를 둔 이사님. 야, 이사님아, 냄새 나."

"괜찮아요. 발 아픈 게 문제지. 난 발이 아프면 온몸이 붓는 것 같더라고요. 음, 냄새는 좀 심한데?"

"야아, 이사님아. 그런데 발이 아프니까 온몸에 근육이 뭉친 것 같다."

"이럴 때는 수영장에서 수영이라도 하면 금세 몸이 풀리는데…… 서울에도 이 시간에 수영장이 문을 여는 곳이 있나요?"

"있어, 우리 헬스클럽. VIP 회원들에게는 24시간 열려 있지. 게다가 난 언제나 자유롭게 들어가거든. 가다가 들러서 몸이나 풀어야겠다."

"나도 가요."

"응? 제정신으로 하는 소리야? 지금 네가 어떻게 가?"

건희가 말도 안 된다는 듯 소리를 버럭 질렀다. 한은 태연하게 어깨를 으쓱이며 말했다.

"안 될 건 또 뭐예요. 잠깐만 갔다 오지 뭐."

한은 일어나 사람들 눈을 피해 건희의 손을 잡고 뛰며 말했다.

"택시로 가요. 존에게는 먼저 가라고 전화하죠 뭐."

"나도 참 엽기지만 너도 진짜 깬다."

하지만 한은 그렇게 투덜대는 건희의 말이 들리는지 안 들리는지 무작정 달리기 시작했다.

보디가드들과 사람들의 눈을 피해 달리기 바빴기 때문이다. 겨우 대기하고 있던 모범택시를 탔을 때에야 한은 숨을 몰아쉬며 건희를 바라보았다. 건희는 숨이 턱에 차서 더듬거리며 말했다.

"아저씨! 충정로 벽산빌딩요."

"예에."

택시기사가 차를 출발시킨 뒤에야 건희는 아직까지도 자신의 손을 꼭 쥐고 있는 한을 바라보았다.

"이사님아, 손 아파."

한참 후에야 한이 마른침을 삼키며 두 사람 간의 무겁게 내려앉은 분위기를 깨뜨리며 대답했다.

"싫어요."

"왜?"

"대신에."

"대신에? 대신에 뭔데?"

건희는 은근히 한이 꺼낼 조건이 뭔지 궁금하기도 했다. 한은 급히 달려오느라 흐트러진 갈색머리를 뒤적거리듯 뒤로 쓸어넘기며 말했다.

"내 이름 이한이에요."

"알아."

"앞으로 다시는 나를 다른 호칭으로 부르지 말아요."

"왜?"

"그냥요."

"그냥?"

"네, 그냥 그쪽이 이한이라고 불러주는 게 좋아요."

"왜 그런데?"

"그냥요. 건희 씨만은 나를 그냥 이한이라고 불러주길 원해요."

건희는 그렇게 착한 눈으로 선선하게 대답하는 한을 바라보며 갑자기 가슴속에서 뭔가 단단하게 응어리가 생기는 것 같았다. 갑자기 울컥 목이 메는 느낌이었다. 자신도 고집이 세다고 생각했지만 한도 보통내기가 아니었다. 건희가 조용히 고개를 끄덕였을 때야 간신히 손을 놓았다.

"존에게 전화해야겠다. 기다리다가 화났겠어."

건희는 쑥스러운 듯 작은 손가방에서 핸드폰을 꺼내 존에게 전화를 걸었다.

"이런, 제길슨!"

건희는 자신도 모르게 가슴을 움츠리고 고개를 숙였다. 수영장에서 원피스 수영복을 입고 쑥스러워하기는 처음이었다. 헬스클럽에는 밤늦게 운동을 즐기는 몇 명의 사람들만이 보였다. 건희는 친한 수영강사에게 야참과 간식을 시켜주고 겨우 한의 수영장 입장을 허락받았다. 그리고 그 수영강사의 수영복 하나를 빌려 한에게 주었다. 건희는 미리 물속에 들어가 수영복 입은 건희를 재미있다는 듯 바라보고 있는 한과 눈이 마주쳤다. 건희는 무엇 때문인지 심장이 마구 벌렁거려 지금 이대로 입수를 했다가는 심장마비로 죽을 것 같았다. 그런 건희를 한은 빙그레 웃으며 바라보았다.

"안 들어오고 그렇게 계속 패션쇼를 할 건가요? 그럼 나야 뭐 좋지만."

건희는 눈을 하얗게 흘겨 보이며 풍덩 물속으로 뛰어들었고 유유히 헤엄치기 시작했다. 한이 곁에 바짝 다가와 헤엄치며 물었다.

"공부 못했죠?"

"왜?"

"운동은 모두 잘하잖아요."

"그래, 나 공부 못했어. 나 체조하느라고 공부 못했다, 왜!"

거품을 무는 건희를 보며 한은 킥킥거리며 웃었다. 건희는 화가 나는지 바로 한을 공격하기 시작했다.

"머리 완존히 집어넣어!"

건희는 배영을 하며 고개를 들고 있는 한의 머리를 인정사정 없이 물속으로 밀어 넣었다.

"뭐야? 갑자기 장난하면 어떻게 해요?"

"너는 수영도 잘하냐?"

"네, 체력은 기본이죠."

"너, 겁나게 잘난 척하는 제길슨이지!"

건희는 다시 한의 머리를 사정없이 물속으로 밀어 넣었다. 건 희는 신비롭고 묘하게 베일에 가려져 있는 BBS의 이사보다는 이런 자상하고 잘 웃는 남자인 한이 좋았다.

건희는 그다지 오래 수영을 한 것도 아니었는데 숨이 차 올라 물속에서 나왔다. 하지만 한이 물속에서 떠오르지를 않고 있었 다. 깜짝 놀라 건희가 다시 물속으로 뛰어들었을 때, 한은 물속 으로 뛰어든 건희를 낚아채 키스했다. 한의 혀는 물속에서 미끄 럼 치는 물고기처럼 건희의 입술을 열고 돌진해 왔다. 그리고는 마치 흡판을 가진 것처럼 건희의 혀를 그의 입 안에 가두어 버 렸다. 차갑고 달콤한 뜻밖에 키스가 건희를 당황하게 했다. 물 속을 유영하며 떠오르는 물방울 속에서 두 사람은 천천히 수면 위로 올라왔다. 한은 두 손으로 건희의 얼굴을 감싸 안고 다시 천천히 그녀의 입술에 키스했다. 한의 부드러운 입술이 다가와 건희의 입술을 덮었다. 보드라운 한의 입술이 닿는 순간 마법처 럼 모든 것이 멈추었다. 건희는 숨이 멎는 것 같았다. 한의 가슴으로 뻐근한 통증이 느껴져 왔다. 그의 혀는 부드럽고 힘차게 건희의 입 안 구석구석을 맴돌아 다녔고 점점 더 강렬하고 거칠게 키스했다. 그리고는 천천히 건희의 목덜미를 입술로 더듬다가 어깨를 따라 차례로 드러나는 맨살에 키스하는 동안 그녀는 눈을 감고 있었다. 묘하게 황홀한 기분이었다. 건희는 놀라 커다란 눈을 동그랗게 뜨고 한의 매력적인 얼굴을 응시했다

"제발…… 잠깐만…… 이대로 있어요."

그는 두 손으로 건희의 얼굴을 감싸 안고 다시 그녀의 입술에 거칠게 키스했다. 건희는 젖은 온몸을 축 늘어뜨린 채 한에게 안겨 있었고, 그는 긴 손가락으로 그녀의 머리카락을 매만졌다. 건희는 지금 이런 자신의 모습에 깜짝 놀라서 한을 쳐다보았다. 한은 그런 건희가 귀여운지 멋쩍게 말했다.

"또 머리를 밀어 넣어봐요. 난 숨을 참는 대신에 건희 씨에게 키스를 백 번쯤 할 거니까……."

건희는 쑥스러워 한의 가슴을 쿵쿵 쳤다.

"유치해. 이런 장면 늘 콘티 북에나 그렸지."

한이 그런 건희를 껴안으며 건희의 온몸에 잔 입맞춤을 했다. 간지럽다는 듯이 건희가 깔깔거리고 웃었다.

"건희야!"

어디선가 처참하게 무너지듯 건희를 다급하게 부르는 소리가 들려왔다. 두 사람은 소스라치게 놀라 싸늘한 목소리의 주인공을 돌아다봤다. 바로 옆에까지 김민이 다가와 서 있는 줄도 모

르고 있었다.

파티 때 입은 양복 차림 그대로였던 김민은 자신의 눈앞에서 벌어진 광경을 창백하고 상처 입은 짐승의 얼굴을 하고 바라보고 서 있었다.

김민은 건희가 만나는 사람과 거의 아는 사이였다. 어렸을 때부터 같은 동네에 살아 같은 학교를 나와 대부분의 친구들을 알았고, 직장에서도 매번 만나니 김민은 건희에 대해서는 모든 면에서 자신만만해했다. 또한 건희가 자신을 좋아한다 고백까지 했기에 자기 외의 이성에게는 전혀 관심없을 것이라 생각했다. 그러니 지금 건희가 다른 남자의 품에 안겨 키스하는 모습을 보는 것은 그에게 끔찍한 고통이었다.

머리 속이 다 뒤엉키는 기분이었다. 두 사람이 나가는 모습이 수상쩍어 뒤쫓아올 때부터 김민은 스스로에게 이것이 질투임을 인정하고 있었다. 싫었다. 정말 싫었다. 건희가 저 녀석을 쳐다보는 것도 싫다.

김민의 눈빛을 본 순간 건희의 온몸에도 소름이 돋으며 식은 땀이 흘렀다. 두 주먹을 꼭 쥐고 입술을 깨물고 서 있는 김민의 표정으로 봐서는 금방이라도 무슨 일을 저지를 것이 분명했다. 건희는 자신의 아랫입술을 깨물었다.

"이런! 이걸 어떻게 해!"

김민은 수영장 앞으로 다가와 두 사람을 꼼짝도 않고 노려보고 있었다. 그의 검은 눈은 불빛을 등지고 있어서 어둠 때문에 확실하게 보이지는 않았지만 불꽃이 튀고 있는 것이 분명했다.

"나와, 강건희!"

버럭 소리를 지르는 김민 때문에 두 사람은 천천히 물 밖으로 나갔다.

"아, 저기…… 그게 있잖아, 오빠."

"가자!"

김민은 다짜고짜 건희의 손목을 낚아채고 끌었다. 놀란 건희의 눈이 동그랗게 되었다.

"왜 그래? 오빠, 이거 좀 오버야."

그때였다. 한이 그녀의 다른 한쪽 손을 잡아챘다.

"가지 말아요, 건희 씨."

"어? 너까지 왜 그래?"

한은 재빨리 김민 앞을 막아서며 말했다. 한의 벗은 넓은 가슴도 분노로 거칠게 움직여 물이 뚝뚝 떨어지고 있었다.

"김민 씨, 너무 무례하시군요. 지금 건희 씨와 나는 수영 중이었습니다."

"내가 보기에는 그런 것 같지 않더군요."

"무슨 말이죠?"

"건희를 데리고 노는 것 같더군요."

김민이 입술꼬리를 비틀며 피식 웃었다. 수영장에 들어서 건희와 한이 키스를 하는 장면을 보면서부터 가슴속에 분노가 번지면서 계속 그렇게 웃음이 새어나오고 있었다. 한의 짙은 눈썹이 활처럼 휘며 치켜 올라갔다.

"말씀이 지나치시군요. 건희 씨는 성인입니다."

"오빠, 왜 그래?"

"김민 씨!"

한이 다시 한 번 힘주어 김민을 불렀다. 건희가 걱정스러운
듯 한을 말렸다.

"야아, 너도 하지 마! 그만둬. 그리고 두 사람 다 이 손 좀
놔!"

"너 검도 했다며! 선수라며! 한번 해보자는 거냐. 검을 들어야
겠는데 어쩌시나? 무기가 없습니다!"

김민은 여전히 한에게 빈정거리듯 말했다. 한은 낮은 목소리
로 담담하게 말했다.

"함부로 말하지 말아요. 나는 절대로 건희 씨를 데리고 노는
게 아닙니다."

"아니면! 아니면 뭔데?"

한은 진지한 눈빛으로 건희를 똑바로 바라보며 말했다.

"나는 건희 씨를 사랑하게 된 것 같습니다."

"사랑? 만난 지 얼마나 되었다고? 게다가 한참 어린 동생 같
은 녀석이!"

김민이 질투로 타는 듯한 눈으로 한을 노려보며 말하자 한 역
시 지지 않고 받아쳤다.

"건희 씨를 두고 저와 싸우고 싶으십니까?"

"홋, 그렇다면?"

"그렇다면, 검은 필요없습니다. 건희 씨를 사랑하는 제 마음도 홀륭한 무기입니다."

"그래? 그렇다면 건희를 사랑하는 내 마음은 네게 위험한 무기가 되겠군! 고마워, 덕분에 건희를 사랑하고 있는 내 마음을 분명히 알게 해줘서!"

김민의 말에 놀란 건희의 입에서 탄식처럼 한마디가 흘러나왔다.

"제길슨!"

김민이 건희의 손목을 꼭 잡고 문 쪽으로 몸을 돌려 나가려 하자 한이 다급히 건희를 불렀다. 그러나 돌아서 자신을 보는 건희에게 정작 아무 말도 하지 못하고 있었다.

"건희 씨!"

건희는 그 와중에도 웃으며 말했다.

"내 손목 오늘 고생 좀 하겠다! 나 복 터졌다. 무슨 복이 많아서 오늘 내 손목이 이렇게 비까번쩍한 남자들에게 잡혀서 끌려다니나 글쎄! 제길슨! 야, 내일 아침에 보자! 내 다이어리 줘라!"

"그래요, 건희 씨!"

한은 큰 소리로 활짝 웃으며 대답했지만 건희의 손목을 끌며 나가는 김민은 이렇게 버럭 소리를 질렀다.

"꿈도 꾸지 마라!"

건희는 정신을 차릴 수가 없었다. 갑자기 김민이 이러는 이유

도, 그리고 갑자기 다가온 한의 사랑도 자신에게는 어림없는 일
이 아닌가. 만약 또 한 번 사랑을 하고, 그리고 그 사랑을 자칫
잃게 된다면 건희는 틀림없이 혼란에 빠질 것 같았다. 그럴 경
우 건희는 그 쇼크에서 두 번 다시 회복될 수 없을지도 모른단
생각이 들었다. 벌써 스물아홉, 결국 나이를 먹는다는 건 그런
것이 아닐까. 이젠 사랑을 하기가 조금씩 겁이 나는 나이.

〈건희의 다이어리〉

그깟 추억의 기억 따위는 내겐 필요없어!

다 기억한다. 기억해! 모두 다 기억한다고! 그렇게 큰일날 것처럼 가슴 아프게 외쳐 대곤 했는데?

하지만 어느 날 내게 새로운 기억들이 모이기 시작하면서 난 그동안 모두 기억하던 그것들이 그저 추억이 되기를 바랐다.

나는 물건에 집착이 많은 편도 아니고 수집벽 같은 것도 없는 편이었다.

그런데 언제부터 내 건빵바지 주머니에는 이것저것 버리지 못한 물건들이 들어가 불룩하게 쌓이게 되었던 것일까?

아마도 왠지 버리고 난 뒤에 그것이 너무 소중한 것이라는 것을 깨닫게 될까 봐 두려웠던 모양이다. 그런데 버리지 않고 그냥 놔두던 여러 가지 물건들이 점점 더 쌓인다.

어떤 것들은 그 나름대로의 필연성에 의해 늘어나고, 어떤 것들은 필연성도 없이 늘어난다.

그러나 필연성이 있고 없음에 관계없이 그것들은 자동적으로 증가하고 이젠 나의 공간을 모두 차지하고 있어 아무도 들일 수 없을 것 같은 느낌이 든다.

갑자기 버리는 것이야말로 진정 무엇인가를 얻을 수 있는 것이 아닐까 하는 생각이 든다.

수많은 기억의 잡동사니들을 버린 후에야 비로소 새로운 기억을 들여놓을 넉넉한 나의 공간을 얻을 수 있을 것 같다. 이제는 아픈 기억으로 나의 공간을 차지하고 있던 것들을 내다 버리고 싶다. 그래서 그 기억들은 이제 그저 스쳐 가는 추억들로 남겨 두고 싶다.

그래서 넉넉해진 그 빈공간에 내 머리 속에도, 그리고 내 가슴속에도 결코 사라지지 않는 내 주민등록번호처럼 중요한 기억을 들여다놓고 싶다.

제9장

너는 나의 것이 아니라 처음부터 나였어

"**강**건희!"

"왜? 오빠 오늘 내 이름 굉장히 열심히 부른다."

"너도 저 자식 사랑해?"

"사, 사랑?"

건희는 잠시 생각에 잠겼다.

'그 녀석을 몇 번이나 봤지? 그리고 나보다 한참 어리고! 아무래도 내가 뭔가에 홀린 거야. 미쳤지, 미쳤어! 그런데 왜 그 녀석을 보는데 왜 이렇게 심장이 벌렁거리냐?'

건희는 고개를 흔들었다.

"뭐야, 그럼?"

"그, 그게…… 사랑이라니…… 나보다 세 살이나 어리고, 만난 지 며칠이나 됐다고. 말도 안 돼!"

"그럼 아까 그건 뭐야? 그리고 네가 오늘 파티에 나타난 것도 이상하고."

"그럴 일이 좀 있었어. 건영이의 부탁을 들어주다 보니까 그렇게 됐어."

"건영의 부탁?"

"응. 오빠도 알잖아, 나 건영이한테 약한 거. 어렸을 때부터 엄마가 일하러 가면 내가 돌봐서 그런지 건영이가 부탁하면 마음이 약해져."

"건영이가 뭘 부탁했는데?"

"그런 게 있어."

"너, 뭔가 숨기는 게 있어. 분명해."

김민은 건희를 태워 집에까지 오면서도 꼬치꼬치 캐묻더니 이젠 아예 단정을 내린 어조였다. 건희는 김민의 시선을 굳이 피하려 들진 않았으나 불편한 건 사실이었다. 또 자신도 모르게 건영의 일을 흘리고는 내심 당황해하고 있었다.

"어서 말해 보라니까? 건영이가 뭘 부탁했는데?"

"됐어! 오빠가 왜 내 모든 것을 다 알아야 해? 그러는 오빠는 그렇게 오랜 시간 같이 있던 내게 오빠에 대해 시시콜콜 다 알려줬어?"

"내가 이야기하지 않은 게 뭐가 있어?"

"어이가 없다."

건희는 웃었다. 김민은 참 자상한 성격이었지만 때때로 지나치게 예민하고 날카로웠다. 같이 다니는 건희에 대해 늘 자신이 다 알고 있어야 한다고 생각하는 모양이었다. 그것이 좋은 감정으로인지 아닌지 알 수는 없지만 이럴 땐 정말이지 건희를 질리게 만들었다. 그래도 건희는 김민의 그러한 부분을 잘 이해해 주는 편이었다. 김민이 그러는 건 아마도 그의 어머니가 어려서부터 하나뿐인 아들이라고 아이를 너무 감싸고 벌벌 떨며 키워서인 것을 알고 있었으니까.

"비밀 지킬게."

김민이 궁금해서 더는 못 견디겠다는 듯 '비밀'이란 표현까지 썼다.

"뭘?"

"건영이가 뭘 부탁했냐고. 말 안 하면 오늘 집에 안 보내고 잡아둘 거야."

"무슨 이유에서 알고 싶은 건지 말하지 않는다면…… 나도 말할 수 없어."

건희가 조심스럽게 말문을 열었다.

"그럼 하나만 묻자. 건영이가 취재를 부탁한 거야?"

"그런 셈이지."

"그래?"

김민의 눈에 생기가 돌았다.

"단지 그거라면 다행이거. 네가 너보다 세 살이나 어린 동생 같은 녀석이랑 불장난할 나이는 아니니까. 그리고 상대가 그렇게 녹록한 녀석도 아니고."

"오빠 말대로 난 한이보다 세 살이나 많아. 알아, 그러니까 이젠 한이 이야긴 그만 해."

"내 그럴 줄 알았어. 설마 강건희가 그럴 리가 있겠어? 그렇지만 너 말끝마다 한이, 한이 그런다. 그거 되게 다정하게 들려, 너. 하지만 그것까진 용서해 주마."

김민은 마치 자기에게 희망이 생기기라도 한 것처럼 눈을 반짝였다.

"그런데 이상한 건 말야……."

건희는 말끝을 흐리며 차창에 머리를 기댔다.

"이상한 거?"

"응, 이상해."

건희는 쓸쓸하게 피식 웃으며 고개를 끄덕였다. 조금 전 새파랗게 화를 내며 자기를 사랑한다고 말하던 한의 얼굴이 마치 건희의 눈 속에 사진을 찍은 것처럼 선명하게 떠올랐다.

"뭐가?"

"뭐랄까…… 오래 전에 우린 이미 만났던 적이 있었던 것 같아."

"그게 무슨 소리야. 우리? 그 녀석과 너를 말하는 거야, 그 우리라는 게?"

내친김이었으므로 건희는 그 이상한 느낌을 김민에게 털어놓았다.

"오빠, 왜 어디를 가다 보면 언젠가 와봤던 것 같은 느낌이 드는 곳을 본 적이 있어?"

건희의 말을 듣고 난 김민은 자못 심각한 표정으로 생각에 잠겼다.

"글쎄다……."

건희는 말끄러미 김민을 쳐다보았다.

"사람들은 그런 걸 전생의 기억이라고들 말하지."

"나도 들어본 것 같다. 그런데 네가 그래?"

김민도 부정하진 않았다.

"응, 나 어렸을 때 자주 그랬어. 그런데 지금 또 그래."

"그래, 언제?"

김민은 그게 무슨 소리냐는 듯이 건희를 의아한 눈빛으로 바라보았다.

"그게 어느 순간인가부터 한이를 보면 그래."

"허참! 그게 말이 되는 이야기야?"

말해 놓고도 김민이 킬킬대며 웃었다. 그리고는 건희를 향해 눈을 흘겼다.

"걱정 마. 더 이상 그 녀석 이야기는 안 할 거니까, 그러니까 너도 그 녀석 만나지 마."

"그렇지만…… 마음이 이상해……."

건희가 말끝을 흐리며 의자에 기대 스르르 눈을 감았다. 말없이 앞만 보며 운전을 하던 김민이 다시 건희를 바라봤을 땐 건희는 작게 코를 골며 의자 깊숙이 몸을 웅크리고 잠들어 있었다.

집 앞에 차를 세우고 자신의 재킷을 벗어 건희에게 펴서 덮어준 김민은 조용히 잠든 건희의 얼굴을 내려다보며 중얼거렸다.

"너한테 왜 화가 났는지 모르겠어. 모르겠지만 화가 나서 견딜 수가 없었어. 그 녀석이랑 그러고 있는 너를 보면 참을 수 없을 만큼 화가 나. 그동안 항상 다른 사람과 그러고 있었던 나를 오랫동안 지켜본 네 마음 몰라준 거 미안하다. 네가 늘 나에게 시원한 그늘을 만들어주고 있었던 걸 여태껏 왜 몰랐는지 모르겠어. 내가 너무 늦지 않았으면 좋겠다."

김민이 그렇게 말하곤 한숨을 쉬자 눈을 감은 채 건희가 대답했다.

"오빠, 어려서부터 나 오빠에게 잘했지?"

"안 잤어?"

"오빠, 나 오빠한테 좋은 애였어?"

"응, 넌 마치 누나 같고 동생 같고, 그리고 늘 나를 다 이해하고 지켜주는 형제 같은 친구였어."

"그래서 말야, 오빠…… 나는 이제 오빠가 그냥 추억이었으면 좋겠어. 그래서 새로운 기억들에게 즐겁게 자리를 내주고 싶어."

건희는 눈을 뜨지 않고 중얼거렸다. 건희의 말에 멍해진 김민
은 다급하게 되물었다.

"너, 지금 무슨 소리를 하는 거야?"

"그냥, 그러면 안 될까?"

"설마 너, 나를 내쫓으려는 거야? 네 마음속에서?"

건희는 아무 말도 하지 않고 천천히 일어나 차 문을 열고 내
렸다. 김민이 뭐라 말을 하기도 전에 건희는 계단을 올라갔다.
몇 발자국 걸음을 뗀 후 건희는 아직도 그 자리에 서 있는 김민
을 돌아보았다. 그리고 멍하게 자신을 바라보는 김민에게 손을
흔들며 다시 집으로 가는 계단을 올라갔다. 김민은 그런 건희를
바라보며 입술을 깨물었다. 이성을 잃을 정도로 화가 치밀었다.
건희가 집 안으로 사라지자 김민은 핸드폰을 꺼내 들고 건영의
전화번호를 찾아 전화를 걸었다.

「여보세요?」

"건영이냐?"

「웬일이야, 형? 전화를 다 하고?」

"너한테 물어볼 게 있어서 말인데……."

「뭔데?」

"건희에게 들으니 네가 이한에 대해 취재 중이라면서?"

「응. 들었어?」

"근데 너 그거 빨리 안 쓰면 다른 기자들에게 빼앗길 거 같더
라."

「뭐야? 벌써 눈치들을 챘대?」

"그럼~ 야, 그 세계가 얼마나 빠른데."

「그래? 안 그래도 국장님이 빨리 싣자고 하는데, 누나 때문에 망설이고 있었더니⋯⋯. 다른 곳에서 내보내는 것보다 내가 싣는 게 정확할 거야. 내일 아침 기사로 내보내야겠다.」

"그래, 나도 어차피 실릴 거면 정확하게 실리는 게 좋을 것 같아서 연락했다."

「고마워, 형.」

"그래, 수고해."

김민은 전화를 끊고 시동을 걸었다. 기사가 보도되고 나면 이한의 이미지도 타격을 입을 것이고, 그러면 자신이 투자자인 이의원, 그리고 박은수 이사의 부탁도 들어주는 것도 될 것이다. BBS 측에서도 그런 기사가 실리도록 만든 건희를 좋아하지 않을 것이 분명했다. 김민은 자신에게 강건희가 꼭 필요하다는 것을 깨달은 이상 절대로 놓치지 않을 생각이었다. 다만 저만큼 가 있는 건희의 마음을 어떻게 돌려놓아야 할지 그것이 문제였다.

건희와 헤어진 한은 곧바로 호텔로 돌아갔다. 물론 호텔에서는 한이 없어져서 비상이었다.

"대체 어디를 갔다가 오는 거냐!"

이종은 노여운 듯 버럭 화를 내었다.

"저는 이제 아이가 아닙니다. 그리고 그럴 만한 일이 있었습니다. 죄송합니다, 아버지."

화난 눈빛을 누그러뜨리지 않으며 이종이 말했다.

"어서 들어가자. 할머니께서 기다리고 계신다."

방으로 들어가니 이신율이 창밖을 바라보고 있다가 한이 들어오는 소리를 듣고 굳은 표정으로 돌아봤다. 그리고 정중하게 허리를 숙였다.

"어서 오세요, 도련님. 할머니께서 심기가 많이 불편하십니다."

엄 여사도 이미 한이 공항에서 탈출했던 사건의 전말을 김 비서에게서 전해 들은 모양이었다.

"네가 지금 정신이 있는 게냐, 없는 게냐? 서울에 와서 처음 만나는 아가씨를 이 방까지 끌어들이다니 도대체 이게 무슨 일이야!"

엄 여사는 격앙된 목소리로 한에게 버럭 소리를 질렀다.

"처음 만났을 때 많은 도움을 받았는데 오늘 우연히 파티에서 다시 만났습니다."

"만난 지 며칠이나 되었다고 호텔방까지 따라 올라온다는 게 야!"

"할머니, 절 나무라시는 건 괜찮습니다. 하지만 그 아가씨만은 나쁘게 말하지 말아주세요. 제가 돌려줄 게 있어서 함께 올라온 것뿐입니다."

한은 엄 여사를 향해 고개를 숙인 채 말했다. 그렇게 말하는 한의 목소리가 너무도 진지하여 이신율과 엄 여사는 한을 다시 바라보았다.

"뭐? 네가 지금 그 아가씨 역성을 드느라 이 할미에게 꼬박꼬박 말대답을 하는 게냐?"

엄 여사가 흥분하여 언성을 높였지만 이신율과 뒤따라 들어온 이종이 말렸다.

"어머니, 흥분하시지 마세요. 한이가 그 아가씨를 좋아하는군요. 그렇지 않고서야 한이가 서울까지 와서 이런 행동을 할 아이는 아니지 않습니까?"

"괘씸한 녀석!"

"의논해 보겠습니다."

한이 짤막하게 대답했다. 그러나 엄 여사는 그런 아들이 못마땅하다는 듯 말했다.

"나는 조신한 집안의 자손을 손부로 맞이하고 싶구나."

엄 여사의 말이 끝나자 한은 고개를 숙이고 말했다.

"그런 뜻은 전혀 없었지만 심려를 끼쳐 드려서 죄송합니다, 할머니."

"그 애는 내 마음에는 안 드는구나. 앞으로 만나지 않았으면 좋겠구나."

잠시 고민하던 한은 곤혹스런 표정으로 대답했다.

"그럴 수는 없습니다, 할머니. 전 그 아가씨를 좋아하고 있어요."

"어느 집안의 여식인지도 모르는 데다 나는 그 아이가 싫다!"

엄 여사가 버럭 화를 내자 이종이 다시 말했다.

"어머니, 제가 건희 씨를 한번 만나보겠습니다. 그리고 그 집안에 대해서도 알아보고 난 뒤에 결정하시는게 어떨까요. 한이 처음으로 좋다고 하는 여자 친군데……."

"여자 친구는 무슨! 내가 볼 땐 그 애가 한참 누나 같더구먼! 어디서 붙여시 같은 것이 우리 귀한 손자를 꼬여내서는! 그러게 김 비서는 뭘 한 게야! 한이에게 딱 붙어 있으라니까!"

엄 여사는 못마땅한 듯 혀를 차면서 나가 버렸다.

"할머니께서 저렇게 싫다고 하시는데 다시 생각해 보면 안 되겠니?"

"건희 씨를 사랑합니다, 아버지."

"만난 지 며칠이나 되었다고 그렇게 쉽게 사랑을 말하는 게냐."

"만난 시간이 그렇게 중요한가요?"

"그럼, 젊은 애들 말로 한눈에 느낌이 왔다는 게냐?"

"건희 씨를 처음 본 그 순간, 제가 찾고 있던 그 여자라는 것을 느꼈습니다. 아버지, 아버지는 그런 적 없으세요? 저는 지난 72시간 내내 머리 속에서 건희 씨 생각이 떠나지 않고 있어요. 머리 속에 있는 방들이 온통 건희 씨로 가득 차 있습니다."

한의 의지는 이미 바윗돌보다 더 단단했다. 이종은 한을 설득하기란 쉽지 않음을 느꼈다. 사랑이 거부할 새도 없이 갑자기 찾아온다는 것을 알고 있는 그였다. 그런 진지한 한의 얼굴을 보며 이종은 이십육 년 전 만났던 그 여인을 떠올리고 있었다. 이종은 다시 한의 어깨를 툭 쳐주며 말했다.

"한아, 네 생각이 그렇게 확고하다면 아버지가 만나보겠다. 그리고 다시 이야기하자. 어때?"

"네, 아버지."

"한아, 나는 네가 언제나 2004년을 사는 다른 평범한 젊은이들처럼 건강하고 활기차게 살기를 바라고 사랑도 그렇게 하기를 바란다. 그리고 아버진 언제나 네 편이야."

"네. 감사합니다, 아버지."

한은 자신의 방으로 들어와 창가에 서서 셔츠의 단추를 풀며 서울의 야경을 내려다보았다. 서울의 거리는 불빛들로 인해 생기가 넘치고 있어 내일을 걱정하기에는 너무나 아름다운 모습이었다.

한은 조금 전 키스했을 때 건희의 수줍은 표정을 떠올리며 행복한 미소를 지었다. 하지만 유리창에 비친 자신의 모습을 바라보다 한은 돌연, 꿈처럼 지나 버린 하루가 무너져 내리고, 다시 현실로 되돌아왔다. 사랑의 기쁨으로 밝게 빛나는 자기의 모습. 자신의 격렬한 키스를 받은 건희의 촉촉이 젖은 입술과 김민의 갈색 눈동자에 서렸던 질투에 찬 표정이 이제는 조금 걱정스럽게 다가왔다. 강건희는 김민을 어떻게 생각하고 있는 것일까?

그때 김민은 새삼 그녀의 소중함을 깨달은 듯 보였는데, 그녀의 수첩 속 이야기처럼 강건희는 이제 김민은 잊은 걸까……?

오늘도 또 귀중한 시간을 보낸 후 두 사람은 헤어졌다. 돌아갈 날이 또 하루 다가오는 것이기도 했다. 거기까지 생각하자 한은 불현듯 자신이 건희를 만나는 바람에 서울에서 해야 할 일을 아직 하지 못했음을 떠올렸다.

어머니……. 한은 자신의 노트북을 열고 메일을 확인했다. 그동안 새로운 메일이 몇 통 들어와 있었다. 메일 속에는 자신의 생모에 대한 새로운 자료가 들어 있었고 그곳에서 한은 자신의 생모가 살고 있는 주소를 확인했다.

한은 그리운 생모의 주소를 한참 동안 들여다보았다.

"인사동 269번지…… 인사동이면, 건희 씨 집이 있는 곳인데……."

한은 내일 아침 생모의 집을 찾아가 먼발치에서라도 생모의 모습을 한번 봐야겠다고 생각했다.

새벽부터 비가 내렸다. 차창에 부딪치는 낮은 빗소리 때문에 한은 출발할 생각도 않은 채 이런저런 생각에 잠겼다. 한은 지금 서울 지사에서 빌려준 차에 앉아 있었다. 빗줄기는 그리 거세지 않아서 차 유리창엔 빗방울들이 앙증맞게 매달려 있었다. 어찌 된 일인지 마음이 어수선하게 흔들렸다. 어린 시절, 넓은 강에 갔을 때였다. 강바닥이 훤하게 내려다보이는 줄다리 위를 걸어간 적이 있었는데, 바람이 불면 다리가 약하게 흔들거렸다. 나무를 잇대어 만든 그 다리는 한에게 본능적인 불안감을 안겨 주었고, 한은 깊지도 않은 아래쪽의 물결을 바라보며 공포를 느꼈다. 지금의 마음이 그때와 비슷했다. 막연하지만 아득한 불안이 한의 마음을 침식해 들어왔다. 지금 생모의 집 주소를 들고 그곳을 향해 출발하려는 한의 마음은 그렇게 불안했다.

지금은 새벽이었다. 그것도 봄비가 오는 어정쩡하게 어두운 도시의 회색 빛 새벽이었다. 차창 밖으로 손을 내밀면 손가락이 회색 빛으로 물들어 버릴 것같이 축축하게 젖은 서울은 모든 것이 회색 빛이었다. 밤새 뒤척이며 잠을 이루지 못했다. 이른 새벽, 한은 침대에서 빠져나와 샤워를 하며 자신이 그처럼 불안한 것은 잠이 부족한 탓일 거라며 스스로를 토닥였었다.

한은 지도를 찾아보며 서울의 거리를 천천히 달렸다. 결국 신라호텔에서 멀지 않은 인사동의 그 주소를 찾아낼 수 있었고, 한은 자신이 이틀이나 잤던 강건희라는 여자가 사는 집과 담을 함께 나누어 쓰는 한옥집 앞에 서 있었다.

은행나무가 한 그루 보였다. 건희와 드나들 때는 미처 보지 못했지만 두 집 사이에 걸쳐 자라고 있는 은행나무…… 깊고 어두운 땅속 가장 아래쪽에 화석인 양 파묻혀 있다가 어느 날 갑자기 생생하게 살아 불쑥 솟아오른 은행나무 한 그루를 발견한다면 이런 느낌이 들까. 거짓말 같은, 전설 같은. 이한은 운전대에 머리를 기대고 피식 웃었다. 가슴이 뻐근하게 아파왔다. 맑은 그의 눈에 한 방울 이슬이 맺혔다.

아홉 살의 그 봄날 이후로 한은 한 번도 엄마를 떠올려 본 적이 없었다. 그때는 자신이 한국에서 입양된 아이라고 생각했었다. 자신이 대리모를 통해 태어난 것을 안 것은 아주 최근이었다. 입양이란 단어는 어느 정도 버림받았다는 느낌을 가지게 했다. 하지만 대리모를 통해 낳은 아이라는 것을 알았을 때는 기분이 묘했다.

갑자기 문이 열리며 그 집에서 건희 어머니보다 호리호리해보이는 여인이 쓰레기 봉투를 들고 나와 자신의 차가 서 있는 담장에 기대 세우고 들어갔다. 찰나에 불과한 그 순간, 그 따스했던 느낌이 스쳐 지나갔다. 한이 탄 차를 향해 쓰레기 봉투를 들고 성큼성큼 걸어왔던 여인은 그렇게 사라졌다. 한이 지금 기억할 수 있는 것은 따뜻하게 느껴졌던 그 여인의 뒷모습 실루엣뿐이었다. 얼굴의 생김새라든지 하는 것들은 전혀 기억에 남아 있지 않았다. 그런데도 마치 만나서 무슨 이야기를 한참이라도 나눈 것처럼 마음이 뻐근했다.

건희가 눈을 떴을 때는 새벽이었다. 비가 오는데도 새들은 청량한 소리로 울어댔다. 오래 잔 것 같지 않은데도 몸은 가벼웠다. 건희는 밖이 내다보이는 유리 앞으로 가 섰다. 쏟아진 비로 인해 땅도, 나무들도 깨끗하게 젖어 있었다.

머리를 쓸어 올리다 말고 건희는 잠시 숨을 멈추었다. 크고 작은 나무들 뒤로 길이 시작되는 지점에 승용차가 한 대 서 있는 것이 보였다. 은색 중형차.

누굴까? 한이 아침에 수첩을 주겠다며 전화한다더니 벌써 온 걸까? 짧은 순간 건희의 머리 속에서 의문 부호가 팡팡 터졌다. 건희는 이렇게 이른 새벽에 그럴 리가 없다고 머리를 흔들었다. 커피를 마시고, 책을 90페이지쯤 읽고, 머리를 감은 뒤 드라이어로 손질을 마치고 나자 한에게서 핸드폰이 왔다. 만나기에는 정말 이른 시각이었다.

"아까 그 차가 맞는 모양이네."

우산을 받쳐 든 건희는 밖으로 달려나갔다. 그리고는 대문 앞에 가랑비를 맞으며 서 있는 한을 보곤 맑은 날의 햇빛처럼 투명하게 웃었다. 강건희의 웃음은 그녀의 트레이드 마크라 할 정도로 한에게 충분히 익숙했다.

"잘 잤어요?"

한은 잔잔한 미소로 건희의 반가운 미소에 대답했다. 골목 입구의 차까지 그와 한 우산을 받쳐 쓰고 걸어가면서 건희는 새벽녘까지 한을 두고 가졌던 여러 가지 갈등을 미련없이 빗속에 내던져 버렸다. 이른 새벽의 싱싱하고 차가운 공기가 가슴으로 스며들었다. 천천히 걸어 차로 다가갔다. 그리고 두 사람은 차에 나란히 앉았다.

"어떻게 된 거야? 언제 왔어?"

다짜고짜 캐묻는 건희를 멀뚱히 쳐다보던 한이 부시시 웃었다.

"너 내가 아무리 좋아도 그렇지, 도대체 이게 무슨 짓이야. 잠도 안 자고 이렇게 새벽부터 오다니."

"그만 좀 해요. 잠도 덜 깼는데 어린애 나무라듯이."

"나무라는 게 아니라……."

"새벽에 갑자기 엄청나게 비가 오잖아요. 그래서 건희 씨랑 비가 오는 거리를 달려봐야지 했어요."

"정말?"

"새벽에 비 오는 거 못 봤어요? 많이 왔는데."

"얼굴이 부었어."

건희는 아무래도 이상해 보이는 한을 바라보며 반사적으로 손을 볼에 갖다 댔다. 한은 말없이 건희를 바라보았다. 그 눈빛이 한없이 슬퍼 보였다. 이윽고 숨소리도 거칠어져 갔다. 그러나 그 숨소리에는 슬픔이 섞여 있었다.

"한……."

건희가 조용히 불렀지만 한은 대답하지 않고 대신 그녀의 이름을 불렀다.

"건희 씨……."

"응, 왜?"

"건희 씨……."

거듭 부르는 한의 목소리에는 어느덧 울음이 섞여들고 있었다. 그러나 건희는 무슨 일인지 몰라서 멍하니 바라보고 있을 뿐이었다.

"화났어? 나한테 뭔가 화가 났어?"

한은 천천히 고개를 돌려 건희의 옆얼굴을 바라보았다. 체념이랄 수도, 자조랄 수도 있는 묘한 웃음이 얼굴 가득 번지고 있었다.

"건희 씨, 오늘 나랑 같이 비 오는 길을 좀 달려요."

"그래, 무슨 일인지 모르지만 우선 커피부터 마시자."

건희는 눈으로 길 건너편에 있는 편의점을 가리키면서 대답했다. 두 사람은 차를 세우고 곧바로 편의점으로 걸음을 옮겼다. 건희는 원두커피 두 잔을 사서 편의점 앞에 있는 파라솔에 마주 앉았다.

"그나저나 어젠 아무 일도 없었어? 어른들이 화내지 않으셨어?"

"어제? 아, 별로."

한의 덤덤한 말에 건희는 고개를 끄덕이며 말을 이었다.

"나는 그게 몹시 궁금했었거든."

"여기 있어요. 건희 씨 수첩⋯⋯."

한은 주머니에서 건희의 수첩을 꺼내었다.

"읽어보지는 않았겠지? 나한테는 중요한 수첩이야. 해마다 하나씩 이 작은 수첩들을 적어."

한은 따뜻한 커피를 마시면서 그런 건희를 말없이 바라보았다. 그녀는 왼 손가락으로 편의점 안에서 들려오는 음악에 박자를 맞춰가며 종이에 무엇인가를 쓰기 시작했다. 몇 개의 단어가

순서없이 나열되었다.

"뭐 해요?"

"그냥 생각나는 것들을 적어두는 거야."

"내 이야길 적기도 하겠네요."

"아마도."

잠시 수첩에 무언가를 적던 건희는 생각이 막혀 버려 글쓰기를 멈추고 고개를 들었다. 그녀는 입을 뾰족히 내민 채, 한을 바라보았다. 심각한 얼굴로 생각에 잠겨 수첩을 뚫어지게 바라보고 있는 한은 테이블에 앉은 지 십 분이 지나도록 아무런 말 없이 앉아 있었다. 건희는 한이 먼저 이야기를 털어놓을 때까지, 하고 싶은 이야기를 꺼낼 때까지 그렇게 앉아서 기다려 주기로 했다. 한참이 지난 뒤에야 한이 비로소 입을 열어 말했다.

"누구를 좀 봤어요. 그래서 마음이 좀 혼란스러워요."

건희는 고개를 끄덕였다.

"그랬구나 무슨 일이 있는 것 같았어."

한이 더 이상 아무 말도 하지 않자 건희가 다시 물었다.

"괜찮아?"

건희의 말에 한은 말없이 웃었다. 그리고 말했다.

"가요."

"어딜?"

"어디든……."

나뭇가지에 붙어 있던 이파리들이 우수수 떨어져 내렸는데

바람 때문이었을까, 떨어지던 이파리들은 잠시 허공에서 두둥
실 춤을 추는 듯이 보였다.

"그냥 어딘가에 앉아 잠시 쉬는 게 좋지 않을까?"

"그냥 서울 거리를 조금만 달리고 나서요."

왜 그랬는지 처음과 조금 달라 보이는 한을 건희는 미처 말리
지 못했다.

한참을 달리던 한은 자신이 어디쯤 달리고 있는지 몰라 조금
불안해졌다. 방향도, 위치도 모든 게 다 불분명했다. 오가는 차
량도 거의 없었고, 그 흔한 표시판 하나 보이지 않았다. 길을 잘
못 든 게 확실했다. 별생각없이 건희를 태우고 서울의 외곽으로
나왔는데 그쳤던 비가 갑자기 쏟아져 내리기 시작했다. 그때 한
이 달리고 있던 곳은 비포장도로였고, 길이 뱀처럼 구불구불해
서 까딱 잘못하면 길 아래쪽 논두렁으로 곤두박질할 염려도 있
었다.

"미안해요. 괜히 나 때문에……."

"아냐, 괜찮아."

한은 길을 찾으려고 앞쪽을 뚫어져라 바라보았다. 논 건너편
에 포장도로인 듯한 직선의 길이 희미하게 보였다. 겨우 길을
찾았다 싶어 한은 한숨을 길게 쉬며 액셀러레이터를 힘껏 밟았
다.

라이트 정면에 어떤 사람이 뛰어든 것은 그 포장도로에 막 들
어섰을 때였다. 그 사람이 회색 옷을 입은 남자라는 것을 확실

히 알아차리고, 남자를 피하기 위해 브레이크를 힘껏 밟기까지
는 단 일 초도 걸리지 않았을 터이지만 브레이크를 밟는 순간
모든 상황은 끝났다는 걸 한은 깨달았다.

퉁 하는 둔탁한 마찰음이 빗소리에 섞여 들려온 순간, 자동차
가 날카로운 소리를 지르며 앞으로 미끄러졌다. 한이 핸들을 꽉
쥔 채 죽어라고 브레이크를 밟자 자동차는 가로수를 들이받고
서는 심하게 흔들리다가 멈추었다. 그때 한 대의 자동차가 전방
에서 크게 커브를 틀어 두 사람이 탄 차를 가까스로 비켜갔다.
한이 황급히 핸들을 꺾자 차는 미끄러져서 길 옆으로 떨어져 처
박히고 말았다.

"아악!"

비는 마치 양동이로 쏟아 붓듯이 내리고 있었다. 자동차는 거
의 50m 정도는 미끄러졌다. 본능적으로 한을 꽉 껴안은 건희는
그만 앞 유리창에 머리를 부딪치고 정신을 잃었다. 의식을 잃어
가는 건희의 눈앞으로 서서히 떠오르는 장면이 있었다.

"여봐라! 무얼 하느냐? 어의를, 어의를 들라 하라!"

"산…… 이제 곁에서…… 더 이상 지켜 드리지 못하는 연을……
용서하여 주소서……."

"아니 된다, 연아. 이렇게 너를 보낼 수 없다, 연아!"

"산…… 마음은…… 여기 두고 가겠사옵니다……. 몸은 우리 아
기…… 내 아기…… 홀로 있을 아기 곁으로 가게…… 허락해 주소
서……."

"함께 가겠다. 네가 없으면 나도 없다……."

"산…… 이 몸은 언제나…… 마마를 위해 죽을 수도 있었사옵니다……. 이제 마마께서는…… 이 몸을 위해 살아주소서."

"내가 너와 같이 가겠다. 그곳이 어디든……."

"알고 있답니다, 마마……. 저 없이 살아갈 날들이 한없이 어렵다는 거……. 그러하더라도…… 이 몸을 위해 살아주소서……. 마마, 꿈꾸는 태산이 되소서……."

건희는 눈을 감은 채 그 장면을 떠올리며 힘없이 웃었다. 건희의 입술이 웃고 있었다. 그 웃고 있는 입술 사이로 힘없이 한마디가 흘러나왔다.

"산…… 당신이었군요."

산, 알고 계셨나요, 제가 연임을…… 산…… 그 오랜 세월 당신을 만나기 위해 몇 번이고 몇 번이고 연은 당신을 따라 거듭 거듭 태어났습니다. 바람이 되기도 하고, 들꽃이 되기도 하고, 그리고 작은 새가 되어 당신 곁을 맴돌았죠. 누에는 죽어서야 비단실 뽑기를 그만두고, 초는 다 타 없어져야 눈물 흘리지 않듯이 산을 향한 연의 그리움은 끝나지 않습니다. 산을 두고는 죽어도 끝나는 것이 아니기에…… 연은 언제나 어디에 무엇으로 태어나든 산을 기다리고 있었습니다.

산…… 그리웠습니다.

산, 연이랍니다. 연이 여기 있사옵니다. 내가 맞아요, 산!

이제 나를 향해 당신의 영혼의 방아쇠를 당겨주세요, 산!

안도한 듯이 고개를 끄덕인 한은 건희를 가슴에 꼬옥 껴안은
채 서서히 기억을 잃어갔다.

그러나 차의 바퀴는 공허하게 헛돌기만 할 뿐이었다.

〈건희의 다이어리〉

당신, 거기 잘 있습니까, 내 인연?

29라는 떨떠름한 숫자를 앞에 단 나라고 해도 늘 이렇게 등에 칼 맞은 짝사랑만 하겠습니까?

보고 싶어요, 나의 인연. 어디 있는 겁니까? 제길슨! 나타나야 알아볼 거 아니냐고!

아무튼 보고 싶어.

내 이런 기원이 그 소리 하나가 공기와 시간을 가르며 그대에게로 가는 동안 많은 것들을 마법의 주문처럼 촘촘히 꿰고 가기를……

상사병으로 죽은 총각 귀신의 지독한 염원과 지병으로 죽은 남자 친구를 그리워하다 따라 죽은 처녀 귀신의 그 지독한 갈망과 그리고 늘 좋아하는 사람의 등만을 바라보다 자신의 등에 칼을 꽂고 사는 강건희의 비통한 사랑도 모두 다 닳고 가!

그 지독한 그리움들을 알알이 꿴 '보고 싶어'라는 소리 그대에게 닿는 순간 치렁치렁한 운명의 목걸이가 되어 내게 끌고 오기를. 중얼중얼 마법. 수리수리 사랑 마술!

헤헤, 그대 거기 잘 있습니까?

당신 나 보고 싶죠?

내가 이제 내 운명의 목걸이에 마법을 걸었으니 말야.

당신, 어느 날 느닷없이 내 앞을 막아서 주세요.

그래서 당신이 운명의 그대임을 알게 해주세요.

그럼 난 너무 늦게 나타난 벌로 램프의 요정 지니처럼 램프 속에 가두어 버릴 거야.

쿄쿄쿄, 내 가슴속의 램프에 말야! 난 만날만날 주인 노릇하고 살아야쥐!

근데 어디 있냐고. 이 제길슨아!

제10장
너를 땅에 묻던 날 내 심장도 함께 묻었다

멈추고 싶다고 멈출 수 있었다면……

사랑에 아파할 사람도 없고,

사랑 때문에 눈물 흘릴 이유도 없었을 겁니다.

이제 놓을 수 없을 것 같아요.

이미 당신을 알아본 내 가슴이니…….

'대체 얼마나 눈을 감고 있었던 거지? 내가 꿈을 꾼 건가? 내가 본 것들은 다 무엇이지?'

건희는 무언가 무겁게 짓누르고 있는 듯한 몸을 움직여 봤다. 그나마 먼저 움직여 준 것은 손가락이었다. 부드러우면서도 익숙한 촉감이 손가락 아래에 전해져 왔다.

'여기가…… 어디지?'

건희는 무거운 눈꺼풀을 몇 번이고 깜박이고 나서야 주변의 사물들을 볼 수 있었고 온통 하얀 벽을 보고 이곳이 병원인 것을 알았다. 간신히 고개를 돌려보니 팔에 붕대를 감은 남자가 자신의 침대에 엎드려 있었다. 손가락에 닿는 부드러운 느낌은 바로 그의 머리카락이었다. 건희는 그의 팔에 하얀 붕대가 감겨 있는 것을 보고 심장이 두근거렸다.

'한이 다친 걸까?'

하지만 곧 건희는 자신의 온몸에서 통증을 느꼈다. 그녀는 마른침을 간신히 삼키며 그를 불렀다.

"한…… 여기가 어디야?"

그러자 한이 벌떡 일어났다. 그런 한을 보고 깜짝 놀란 건희의 눈이 이내 걱정스러움으로 바뀌었고, 한은 건희의 손을 잡고 천천히 입을 맞추었다.

"괜찮아요?"

"우리 엄마 많이 놀랐지?"

"응, 건희 씨가 꼬박 하루 동안 깨어나지 않아서 얼마나 걱정했는지 몰라요. 그동안 나 맞아 죽는 줄 알았어요. 당신 딸 죽일 뻔했다고 책임지라고 하시더라. 어찌나 우시든지 셔츠 다 버렸어요. 건희 씨 좋겠어요. 그렇게 좋은 어머니가 있어서……."

"그러고도 남을 거야, 우리 엄마는."

분홍빛 가운을 입은 간호사와 하얀 가운의 의사가 들어왔다.

"깨어나셨네요."

"예, 막 연락하려던 길이었습니다."

한이 의사에게 말하자 의사는 건희의 다리를 살펴보며 말했다.

"다행히 뼈에는 이상이 없으니까 깁스를 할 필요는 없고요, 이틀 정도 입원하시고 경과를 본 후에 집에 가서 부은 발 마사지만 잘하시면 돼요. 붓기가 가라앉을 때까지 한 이삼 일은 얼음찜질 해주시구요. 그 다음은 온찜질해 주시면 됩니다. 그럼, 주사 맞고 오늘 하루는 더 안정을 취하세요."

의사가 자세하게 설명하고 나가자 주사기를 든 간호사가 웃으며 건희에게 말했다.

"남편 분이 너무 자상하신 거 같아요. 얼마나 걱정을 하시던지……."

"남편요?"

건희가 눈이 동그랗게 되어 물었지만 곧 그녀의 눈은 그 주사기에만 가 있었다.

"애고! 생전 병원 신세 안 지고 살았는데."

건희가 엉덩이에 주사를 맞기 위해 돌아누우며 중얼거리자 한이 다독거리며 말했다.

"얼른 맞아요, 호 해줄게."

건희는 인상을 쓰며 입을 삐죽 내밀고 한을 바라보았다.

"야, 너 안 나갈 거야?"

건희가 인상을 쓰며 버럭 소리를 지르자 간호사의 눈이 동그 랗게 되었다. 그러자 한은 멋쩍게 웃으며 간호사에게 이렇게 말 했다.

"제 와이프가 좀 쑥스러움을 타서요."

주사 맞을 동안 잠시 나가 있던 한은 간호사가 나가자 다시 들어왔다.

"많이 아파요?"

"응."

"어디?"

"요기."

"호~"

한은 아무 말 없이 건희를 꼭 껴안고는 그녀의 엉덩이를 쓰다 듬어 주려고 했다.

"야아!"

건희가 한의 손을 딱 치자 한은 킥킥거리고 웃으며 건희를 바 라보았다. 하지만 건희는 걱정스러운 듯 한의 팔에 매어진 붕대 만을 바라보았다. 팔에 감겨 있는 흰 붕대는 붉은 피가 배어나 와 있어 그녀의 마음을 아프게 했다. 그녀의 시선이 자신의 얼 굴이 아니라 팔에 감긴 붕대로 향하는 것을 본 한은 고개를 저 으며 말했다.

"괜찮아. 조금밖에 안 다쳤어요. 내 몸에 이렇게 조금이라도 상처가 나지 않았다면 나는 나 자신을 용서하지 못했을 거야."

건희는 손을 내밀어 가만히 한의 팔에 감긴 붕대를 만지며 중얼거렸다.

"난 별로 다친 것 같지 않은데, 어디를 얼마나 다친 거야?"

"건희 씨를 안고 있던 팔이 유리창 파편에 조금 긁혔어요. 내가 감싸고 있지 않았으면 건희 씨는 더 크게 다쳤을 거야. 다행이에요."

그렇게 중얼거리며 건희를 바라보는 한의 깊은 눈에선 눈물이 흘러내릴 것만 같았다.

건희는 문득 의식을 잃었을 때 보았던 것들이 생각나 혼란스러워졌다. 정말 전생에 그들은 그처럼 혹독한 사랑을 했던 것일까? 건희의 눈에 다시 이슬이 맺혔다.

건희는 눈물 어린 얼굴로 희미하게 웃어 보였다. 그리고 한의 얼굴을 가만히 만져 보았다. 자신의 뺨을 부드럽게 감싸고 있는 그녀의 손 위에 한은 자신의 손을 가만히 얹었다. 건희의 표정이 조금은 평온해 보였고, 그리고 조금은 얼굴을 붉혀 귀여웠다. 한은 그런 건희의 표정에 행복해졌다. 마치 어린아이처럼 수줍은 얼굴 같았다.

"정말 천하의 한이 이렇게 강건희에게 코 꿰이는 건가요?"

한은 씽긋 웃으며 속삭였다. 건희는 코에 주름을 잡으며 밝게 웃었다.

한은 가만히 턱을 괴고 건희를 바라보았다. 뛰어난 미인은 아니었다. 공항에서 건희에게 말을 걸었을 때도 그랬었다. 특별한

미인은 아니었지만, 남자의 시선을 끄는 묘한 매력, 그 무언가
가 있는 여자였다. 그때 사내처럼 털털했던 강건희나, 지금 저
렇게 조용히 웃으며 이야기를 나누는 강건희나 모두 충분히 매
력적이었다. 알면 알수록 그녀는 속이 궁금해지는 여자였다.

"저기……."

"응?"

건희는 부드럽고 육감적인 한의 두툼한 입술을 올려다보며
부끄러운 듯 얼굴을 붉히고 용기를 내어 가만히 속삭였다.

"키스해 줄래?"

"있잖아요."

"응?"

"내숭 떨지 않아도 무지 예쁘거든요?"

"야아! 몰라!"

한은 아까부터 건희의 표정을 열심히 살피고 있다가 뜻밖의
그녀의 말에 피식 웃고 말았다. 그는 말없이 건희를 바라보았
다. 바로 앞에 앉아 있는 그를 건희는 고요히 올려다보았다. 눈
빛과 눈빛이 허공에서 만나 서로를 끌어안았다. 그리움이 담긴
따뜻한 눈과 서러움이 잠긴 울먹이는 눈. 껴안은 눈빛 사이로
길고 그리운 시간들이 파노라마처럼 차르르 흘러 지나갔다.

건희는 주변이 온통 환해지는 느낌을 받았다. 밝고 따사로운
느낌들이 수묵이 번지듯 아른아른 퍼져 나가서, 마침내는 세상
모든 것들이 다 사라지고 그와 건희 두 사람만 존재하는 듯 아

득해졌다. 아찔한 어지럼증 같기도 하고 지친 울음 같기도 했다.

깊디깊은 응시를 먼저 풀어낸 것은 그였다. 한은 조심스럽게 건희를 감싸 안고 키스했다. 한은 먼저 살짝 그녀의 입술에 잔 입맞춤을 하며 속삭였다.

"서툴러도 이해해 줄 거죠……?"

한이 야성적이며 매력적인 입꼬리를 천천히 올리며 웃었다. 건희는 그 미소에 흠뻑 젖어 들어갔다. 건희가 수줍게 웃으며 대답했다.

"거짓말."

건희가 한의 얼굴을 끌어당겼다. 한은 조금 더 용기를 내어 자신의 입술을 그녀의 입술 위에 가만히 갖다 대었다. 그들의 심장이 경쾌하게 빨라졌다. 그의 입술에 닿은 건희의 입술이 갓 잡은 싱싱한 물고기처럼 팔딱팔딱 뛰는 것만 같았다. 조금씩 조금씩 입술을 벌리고 혀를 움직였다. 건희는 천천히 눈을 감고 가만히 있었다. 가까이 끌어안지도, 입술을 벌리지도 않았다. 그렇게 그의 혀는 천천히 서두르지 않고 건희의 입술을 열고 들어와 달콤하게 맛보며 돌아다녔다. 그의 혀가 그녀의 뺨을 건드렸다. 실크보다 더 부드러운 그녀의 보드라운 살결이 혀끝에 닿았다. 느낌이 매우 좋았다.

"사랑해."

사랑한다 속삭이며 한이 건희의 얼굴을 감싸며 키스를 해왔다. 미끄러져 들어온 그의 혀는 주춤거리는 그녀의 혀를 만나기 위해 쉴 새 없이 입 안을 점령했다. 그리고 그녀의 입술을 삼켜 버릴 듯이 완전히 덮어버렸다. 그의 가슴이 그녀의 상처에 닿자 건희는 약간 움찔했다. 놀란 한은 천천히 입술을 떼었다. 건희의 얼굴은 아주 달콤한 표정이 되어 있었다. 살짝 감겨져 있는 그녀의 두 눈에 그는 입을 맞추었다. 그녀의 속눈썹이 파르르 떨리며 올라갔다. 그리고 속눈썹 아래 드러나 보이는 맑은 눈동자가 행복하다고 말해 주고 있었다.

"아파요?"

"괜찮아."

"물 가져다 줄게요."

한이 일어나려 하자 건희가 얼른 그의 손을 붙잡았다.

"가지 않을 거지?"

건희는 놀란 눈으로 한을 바라보았다. 한의 따뜻한 눈이 건희를 바라보았다.

"아무 데도 가지 않을 거예요. 갔다가는 건희 씨 어머니께 혼나요. 너무 놀라서 급하게 오셨다고 집에 가방 챙기러 가셨으니 어머니 오실 때까지라도 난 여기 있을 거예요. 걱정 말아요."

한이 물을 가지러 나가고 나서 김민과 김민의 어머니, 그리고 건영과 건희의 어머니가 들어왔다. 건희가 깨어난 것을 본 건희의 엄마는 건희를 향해 팔을 뻗었다.

"아이고! 웬수 같은 내 새끼!"

건희의 엄마는 울음을 터뜨리며 그녀에게 달려와 건희를 안았다. 그리고 몇 번이나 그녀에게 괜찮으냐고 물었다. 하지만 건희는 인상을 찡그리며 엄마를 바라보았다.

"엄마, 그런데 엄마가 너무 꼭 껴안아서 아파 죽겠어."

"아, 알았다. 그런데 그 총각은 어디를 갔나?"

"응, 한이? 물 뜨러 갔어."

그렇게 말하며 건희는 김민을 바라보았다. 김민은 분홍빛 장미 바구니를 가져와 건희의 머리맡에 내려놓았고 김민의 어머니는 과일 바구니를 내려놓았다.

"괜찮아? 얼마나 걱정했는지 알아?"

김민의 눈은 아직도 걱정스러운 듯 건희의 상태를 살피고 있었다.

"민이도 네 걱정에 한잠도 못 잤다. 급한 일 마치고 곧바로 달려오는 거란다."

"괜찮은데…… 죄송합니다."

"어릴 때부터 항상 오누이처럼 붙어 있었으니 어떻게 안 그러겠니?"

김민의 어머니가 건희의 머리카락을 다정하게 쓸어 올리며 말했다.

"언제나 어머니가 건희를 내 몸처럼 보살펴야 한다고 하셨잖아요. 친형제처럼 아껴주라며…… 그러니까 건희 너, 늘 내 곁에 딱 붙어 있으라니까."

김민은 다정하게 건희를 위로했다. 그러다가 김민은 건희의 눈이 촉촉하게 젖은 것을 발견했다.

"어디 아파? 안 좋아?"

"아니야, 오빠……. 고마워. 그냥 정신을 잃었다 깨어나니 세상이 달라 보여서."

김민이 이상하다는 듯 건희를 바라보며 웃었다.

"너 왜 그래, 괜찮아? 왜 갑자기 이렇게 얌전해졌냐?"

김민은 건희를 바라보며 웃었지만 옆에 서 있던 김민 어머니는 눈에 눈물을 글썽였다.

"건희야, 너 사고 났다는 말 듣고 아줌마는 너무 놀랐어. 이젠 괜찮은 거지? 안 아픈 거지? 건희야, 이제 더 시간 끌 것 없이 내 며느리 하자. 민이랑 네 어머니랑도 다 끝낸 얘기야."

그러자 건희 엄마도 바로 맞장구를 쳤다.

"그래, 이참에 결혼해라, 건희야."

"네에? 그게 무슨 소리예요, 갑자기?"

"으응, 네 어머니도 처음부터 우리 민이 마음에 있어하셨고 서로 옆집이니 형편도 잘 알고 형제처럼 지내왔는데 건희 너 서른 되기 전에 이참에 결혼식 올리자고 했다. 민이도 좋다고 하고 말이지."

"어머니, 제가 먼저 건희랑 이야기할게요. 안 그래도 정신을 잃었다 깨어나서 혼란스러울 텐데 더 어지럽게 하지 마시고 어머닌 먼저 가세요."

조용히 침묵을 지키고 있던 김민이 건희의 침대 옆으로 다가오며 말했다.

"그래, 건희 엄마. 여긴 민이에게 맡기지 뭐. 우리가 있는 것보다 더 낫겠지. 갑시다."

그러자 난처하다는 듯 건희 어머니는 건희와 김민을 번갈아 바라보았다.

"그런데 이제껏 그 한이라는 청년이 부득부득 건희를 간호하겠다고 우겨서 말이야, 그러라고 했는데…… 자기 때문에 건희가 다쳤다고 말이지, 목숨을 살려준 은인이라고……."

"한이라니? 그건 누구야?"

김민 어머니의 시선이 건희와 김민에게 번갈아 날아왔다. 김민이 그런 어머니를 보며 말했다.

"어머니, 제가 나중에 말씀드릴게요. 먼저 가 계세요."

"그래, 그럼 난 먼저 가마."

김민이 배웅하기 위해 자신의 어머니를 모시고 막 병실 문을 열고 나가 복도의 커브를 돌았을 때 한 손엔 허브 화분을, 한 손엔 물통을 들고 오는 한과 마주쳤다. 한은 김민에게 가볍게 눈인사를 하며 옆으로 비켜섰고 김민의 어머니는 자신의 지나쳐 가는 한을 한번 쳐다보고는 그대로 복도를 걸어 엘리베이터 앞에 섰다. 김민의 어머니는 한을 제대로 보지 못했지만 잠시 무언가 익숙한 느낌에 고개를 갸웃거렸다. 엘리베이터 문 앞에서 김민은 버튼을 눌러주며 어머니에게 말했다.

"먼저 가세요, 어머니. 전 여기서 자고 새벽에 갈게요."

"그런데 좀 전에 인사한 그 청년은 누구니?"

"아, 그 녀석이 한이에요."

"한이 누구니?"

"어머니 왜, 그 BBS 아시잖아요? 여자들 화장품도 만들고, 패션 회사도 있고 그 영국 BBS 말이에요. 지난번에 제게 어떤 회사냐고 물어보셨잖아요."

"응, 그런데?"

"그 BBS의 사장 이종의 아들이에요. 이한이라고, 저번에 거기서 여는 파티에 갔다 왔다고 했더니 어머니가 놀라셨잖아요."

김민 어머니의 얼굴이 하얀 백지장처럼 창백하게 굳어졌다.

"어머니? 어머니, 왜 그러세요?"

김민 어머니는 김민의 얼굴을 물끄러미 쳐다보다가 조금 전 한이 스쳐 지나간 복도를 향해 천천히 돌아섰다. 그리고 미친 사람처럼 중얼거렸다.

"저 애가……."

그리고는 엘리베이터 문이 열리자 쫓기는 사람처럼 엘리베이터를 타고 내려갔다.

"어머니!"

김민의 어머니는 엘리베이터 문이 닫히자마자 울음을 터뜨리고 말았다. 갑자기 BBS에서 만나자고 사람이 찾아올 때까지 그녀는 한이 BBS와 관련있다는 사실을 몰랐다. 이번에 처음 신문에 실린 이종과 이한이 나란히 찍은 사진을 보고 그녀는 이십육 년 전 그 사람이 이종이라는 것을 알게 되었다. 하지만 선뜻 나설 수 없었다. 단 한 번도 잊은 적이 없었던 아들이지만 무슨 염치로 아들을 볼 수 있을 것인가, 망설여졌다. 하지만 눈앞에서 한을 보니 아들이 너무나 보고 싶었다.

김민과 그 어머니가 병실을 나가고 나자 실내에는 조용하고 팽팽한 기운만이 감돌고 있었다. 건희가 이게 무슨 소리냐는 듯이 건영을 쳐다보자 건영은 어깨를 으쓱해 보이더니 말했다.

"어, 나 쳐다보지 마. 나도 어떻게 된 건지 몰라. 놀란 건 나도 마찬가지야."

그러자 건희의 엄마가 건영의 머리를 쥐어박으며 말했다.

"모르긴 뭘 몰라! 인터넷에 떡하니 기사를 실어서 제 누나 혼 삿길을 막아놓고! 너희들 처음부터 작당을 해가지고 한인지 황손인지 저 녀석 기사를 실었다며!"

건희 엄마가 거품을 물고 말했다.

"뭐라고? 건영이 너! 그 기사 실었어?"

"그럼 어떻게 해? 기사 내놓으라고 부장님이 난리치는데!"

"너는 누나가 교통사고 난 시간에 그런 짓을 하고 싶어!"

"내가 그 시간에 누나가 교통사고 났는지 어떻게 알았겠어? 그거 안 실었어도 마찬가지야! 지금은 누나랑 그 한이가 새벽부터 함께 승용차를 타고 있다가 교통사고가 난 것까지 실렸어."

"이게…… 야, 너 거기 안 서?"

건희의 엄마는 벌떡 일어나 건영을 잡아먹으려는 건희를 말리며 말했다.

"이것아, 너도 잘한 거 없어. 한이라는 총각은 진심인 것 같던데 너는 그걸 동생 녀석하고 작당을 해서 기사를 팔아먹냐, 나쁜 것들. 혼삿길 막히기 전에 민이랑 결혼하고 집 안에 들어앉아 살림이나 해. 그저 딸 자식 하나 있는 것이 말썽이야, 말썽."

"엄마는, 그렇다고 갑자기 오빠하고 어떻게 결혼을 해."

"언제는 김민 없으면 죽고 못살 것처럼 붙어 다니더니, 왜?"

그렇게 떠들던 세 사람은 뭔가 이상한 기분이 들어 문 쪽을 바라보았다. 물통과 허브 화분을 손에 든 한이 문 앞에서 표정 없이 건조한 얼굴로 조용히 서 있었다.

"한……."

사색이 된 창백한 얼굴로 건희가 한을 불렀다. 한은 잠시 서서 건희와 건영을 번갈아 보았다. 앞에 있는 건희의 어머니는 그런 한이 딱하다는 듯 얼른 물통과 허브를 받아 들고 끌어다 의자에 앉혔다.

"이리 앉아봐요. 그게, 어떻게 된 것인가 하니 말이지……."

하지만 그런 건희 어머니의 말을 막은 것은 막 문을 열고 이 한의 뒤를 따라 병실로 들어서던 김민이었다.

"어머니, 어서 건영이 데리고 들어가세요. 오늘밤은 제가 지킬게요. 주차장에서 저희 어머니가 기다리고 계세요."

"그, 그래……."

건희의 어머니가 일어나 집으로 가져갈 물건들을 챙기자 건영이 한의 앞으로 다가가 정중하게 고개를 숙이며 용서를 빌었다.

"뭐라고 드릴 말씀이 없지만 이 점만은 알아주세요. 이한 씨…… 건희 누나는 저를 믿었습니다. 제가 나쁜 기사를 쓰지 않을 거라고 믿었어요. 결과적으로 이한 씨를 번거롭게 해드린 것은 사실이지만요. 하지만 이제 보통 사람들은 대한민국에 황실이 존재했었다는 것조차 잊고 있습니다. 이제 황실의 황손은 별다른 기삿거리도 되지 않습니다. 제가 이런 이한 씨의 모습을 실은 것은 보통 사람과 똑같은 친근한 황손의 모습을 보여주는 것도 좋을 거라는 기자로서의 판단 때문이었습니다. 그리고 바른 기사를, 그리고 진실된 기사를 국민들에게 재미있게 전달해주는 것이 저의 일이라고 생각했기 때문입니다. 다만 제가 죄송한 것은 그 일에 누나의 도움을 받았다는 것입니다. 누나를 너무 나쁘게 생각하지 말아주세요. 제게는 엄마 같은 누나니 거절할 수 없었을 겁니다."

한은 아무런 말 없이, 그리고 아무런 표정 없이 담담하고 건조한 얼굴로 알아들었다는 듯 가볍게 고개만 끄덕였다. 건희는 눈빛 한번 흔들리지 않고 그런 한을 바라보고 있었다.

'충격받았을 거야. 존과 패트릭만 봐도 우리나라 문화의 거짓말과 농담의 차이를 구별하지 못해서 어떤 때는 농담도 진실로

받아들여 싸운 적도 있는데…… 아무리 선의의 거짓말이라고
해도 한은 순수한 자신의 마음을 이용했다고 생각할 거야. 사실
또, 내가 이용한 거지 뭐…….'

건희의 어머니가 건영과 함께 나가려고 하자 한은 정중히 고
개를 숙이고 인사했다.

"조심해서 들어가세요, 어머니. 다음에 또 뵙겠습니다."

건희는 지나치게 정중하고 건조한 한의 말투 속에서 그의 언
짢은 감정을 읽었다. 한이 이대로 가버릴까 봐 두렵고 초조해
주먹을 꼭 쥐었다.

건희의 가족들까지 모두 보낸 후 김민은 한을 바라보며 말했
다.

"잠깐 앉으시죠. 그동안 경황이 없어서 이야기할 기회가 없었
는데 이렇게 세 사람이 있으니 앉아서 이야기를 좀 해야 될 것
같습니다."

"잠깐만요, 김민 씨. 그전에 강건희 씨에게 물어보고 싶은 것
이 있습니다."

건희를 한번 물끄러미 바라본 한은 김민이 권하는 소파에 앉
으며 대답했다. 건희는 화가 잔뜩 난 듯 굳어 있는 한의 얼굴을
바라보았다. 한은 잠시 생각을 하더니 천천히 입을 열었다.

"한……."

"처음부터 알고 있었나요? 동생이 부탁한 취재를 하기 위해
서? 그래서 그랬어요?"

"그, 그게! 일부러 그런 건 아니었어! 하, 하지만 미안해."

건희는 그런 한을 말리지 못하고 잠자코 바라만 보고 있었다. 뭐라고 변명을 해야 할 텐데 뾰족한 변명거리가 떠오르지 않았다. 잠시 아무것도 모르고 있는 한에게 이 모든 일들을 설명해야 할까 생각하다가 고개를 저었다. 아마도 자기를 미쳤다고 할 것이 너무 뻔했다. 하지만 한은 어떨까? 한은 자신이 전생에 연이라는 것을 알고 온 것일까?

한은 다시 한 번 건희를 바라보았다. 그 눈빛 속엔 여전히 숨기기 어려운 따뜻함이 스며 있었다. 하지만 건희가 취재를 위해 의도적으로 접근했다고 생각하니, 이 모든 것이 가식이었다고 생각하니 마음이 착잡해졌다. 김민이 다시 입을 열었다.

"갑자기 나타난 이한 씨로 인해 건희가 혼란스러운 모양입니다. 그리고 이젠 우리 앞에 나타나지 않으셨음 합니다. 우리는 이한 씨와 달리 그저 평범한 사람들입니다."

"저도 그저 평범한 사람입니다. 그리고 그렇게 나타나지 말라고 말씀하시는 건 몹시 불편하군요."

김민은 한의 말은 무시한 채 그저 물을 한 모금 마셨다. 그리고 건희를 바라보며 말했다.

"이렇게 우리 셋이 있는 자리에서 제 입장을 분명히 해야 될 것 같군요. 나는 내 오랜 오누이 같고 친구였던 강건희에게 병원에서 퇴원한 후에 정식으로 청혼할 생각입니다."

"왜 이래, 오빠. 나도 정신 좀 차리자. 나참, 교통사고가 난 건

난데 다들 왜 이래? 오빠, 알았으니까 잠시 진정 좀 해봐. 청혼
은 무슨 청혼이야, 갑자기!"

건희는 김민의 그런 말에 짜증스러워져 버럭 소리를 질렀다.
가뜩이나 오해하고 있는 한으로 인해 속이 타는데 김민은 기름
을 붓고 있었다.

"제가 들을 필요가 없는 이야기 같군요."

한이 아무런 표정 없이 그렇게 말하며 자리에서 일어섰다. 그
러나 김민은 자신감 넘치는 얼굴로 한을 물끄러미 바라보며 말
했다.

"가시겠습니까?"

"건희 씨, 오늘은 김민 씨가 있겠다고 하니 난 호텔로 돌아가
있겠어요. 절 찾는 전화가 계속 와서 호텔에 돌아오지 않으면
아버님이 직접 이곳으로 오시겠다고 하는군요. 그럼 건희 씨가
더 불편해할 것 같아요. 잘 자요, 건희 씨. 그럼 이만 가보겠습
니다."

한의 말에 놀란 건희가 그를 돌아보았다.

"한……그런 게 아니야……."

온갖 생각들이 뒤죽박죽된 채로 건희의 머리 속을 떠다니기
시작했다. 그에게 상처를 주는 건 아닐까…… 한은 제대로 알지
도 못하고서…… 이대로 모든 것을 오해한 채 헤어지는 건 아닐
까? 걱정이 되었지만 뭐라고 말할 틈도 없이 한은 인사를 하고
는 병실을 나가 버렸다.

한은 천천히 엘리베이터를 타고 내려와 차를 세워둔 곳으로 걸어갔다.

아주 흐린 날씨였다. 무거운 회색 빛 하늘이 건물 뒤편마다 축축 늘어져 있었고 자세히 보면 온 세상에 흐릿하게 안개가 낀 듯도 했다. 바람이 불 때마다 또다시 봄비가 오려는지 물기가 눅눅히 묻어나왔다. 갑자기 방향감각을 상실해 버린 것 같았다. 사거리에서 노란 신호등이 들어오자 한은 잠시 마지막에 보았던 건희의 난처한 얼굴을 떠올렸다. 잠시 망설이던 한은 고개를 흔들어 버리고는 브레이크를 지그시 밟았다. 평소 같았다면 이런 노란 경고등쯤 무시해 버리고 일직선으로 달려갔을 그였지만 오늘은 왠지 그러고 싶지 않았다. 좀 쉬었다가 가도 좋지 않을까 하는 그런 생각이 들었던 것이다. 무슨 일이든 시간을 지키고 계획을 짜고, 언제나 하던 대로 진행시키는 버릇이 있던 한에게 그런 감정은 아주 작은 것이었지만 사실 좀 예외적인 일이었다. 그는 낯선 서울이라는 도시와 흐린 날씨 탓일지도 모른다고 생각했다. 하지만 그것은 어떤 운명처럼 그의 마음속에 징조를 싹 틔우고 있었던 것이다.

한은 사이드 브레이크를 당긴 다음 풋 브레이크에서 발을 풀고 두 손으로 잠시 얼굴을 부비다가 룸미러에 자신의 얼굴을 비춰보았다. 밤새 한잠도 자지 못해서인지 몹시 피곤했지만 정신만은 말짱했다. 조금 전 한의 눈에 비친 건희와 김민은 그렇게 편안하게 보였다. 아주 오래 묵어 익숙하고 정겨운 연인들처럼 보였고 그 두 사람 속에서 한은 이방인일 뿐이었다.

한은 김민이 건희가 좋아했던 남자임을 어렴풋이 느낄 수 있었다. 건희의 수첩 속에서 읽었듯이 건희의 등에 칼을 꽂아준 사람…… 그는 그 누구도 아닌 김민이었다.

그녀가 왜 그렇게 김민을 좋아했는지 이제야 알 것 같았다. 그들은 서로 함께했던 오랜 시간이 묶어준 숙성한 와인 같은 사이였다.

역시 그런 것일까. 멀리서 볼 땐 한없이 크고 단단해 보였던 사랑이 이렇게 사소해 보이는 일에 갑자기 흔들거리다니……. 허망했다. 움직일 때마다 저 속에서 무언가가 삐걱거렸다.

멀리 사거리 맞은편 신호등에 푸른 불이 들어오는 것과 동시에 한은 오른손으로 핸드 브레이크를 풀고 액셀러레이터를 밟았다. 하지만 다음 순간 그의 발은 의식보다 먼저 앞으로 뻗어나가 재빠르게 브레이크를 밟았다. 횡단보도였으므로 멈춰 섰다 가야 마땅했지만 한 중년의 부인이 뛰어들었던 것이다. 교통사고로 차가 망가져 회사에서 다시 빌려온 차라 급하게 브레이크를 밟느라 몸이 앞으로 출렁거렸고 기어 옆에 있는 작은 공간에 아무렇게나 쌓아두었던 CD들이 와르르 쏟아져 내렸다. 여자는 멈추어 서서 한의 차를 바라보았다. 목 안에 고여든 숨을 천천히 내쉬며 한은 얼른 차에서 뛰어내렸다.

"죄송합니다. 놀라셨습니까?"

한은 정중하게 고개를 숙여 사과하고 오른손을 반쯤 들어 그녀에게 얼른 지나가라는 표시를 해주었다. 하지만 담담한 여인의 목소리에 한은 놀라 고개를 들었다. 그 중년 부인의 얼굴을 보는 순간 가슴이 후두둑 떨어지는 느낌이었다. 어머니…… 마음이 휘청거린다.

"아뇨, 전 이한 씨 차를 따라왔어요. 잠시 멈춰 서기에 이야기를 하고 싶어서 뛰어든 거랍니다."

그리고 보니 한의 차 바로 뒤에 크림 색 그랜저가 보였다. 애써 마음을 가라앉히며 한이 물었다.

"제게 하실 말씀이 있으신가요?"

"조금 전 병원에서 만났었지요. 차에 타세요. 그리고 제 차를 따라오세요. 우리는 만나야만 하는 사람들이랍니다."

그 여인은 차를 빼내어 앞서 달렸다. 한은 복잡한 머리 속을 정리하며 그 크림 색 그랜저를 따라서 한적한 카페의 주차장으로 들어섰다. 그 여인은 그랜저를 능숙한 솜씨로 주차시킨 다음 차 문을 열고 내렸다. 여자는 발목까지 내려오는 보라색 바바리 코트 깃을 여미며 자주색 립스틱을 칠한 입매에 부드러운 미소를 띠며 서 있었다. 이상하게 차에서 내려 문을 잠그는 한의 손이 가볍게 떨렸다.

그 카페에 들어섰을 때 여인은 구석진 자리에 가 앉았고 한도 말없이 그 여인의 맞은편에 앉았다. 그리고 그 여인은 아무 말 없이 한참 동안 한을 빤히 바라보았다. 키가 큰 인조 벤자민 화분이 천장에 닿도록 서 있어서 그 여인의 얼굴이 그늘져 보였다. 여인은 애써 검은 눈동자를 동그렇게 치뜨면서 환하게 웃었다. 김이 하얗게 오르는 뜨거운 커피 잔을 들 때 앙상한 뼈와 푸른 정맥이 훤히 드러나 있는 그녀의 손목이 유난히 도드라져 보여 한은 자신도 모르게 마음이 아팠다.

"내가 너무 갑자기 뛰어들어서 놀랐죠?"

"네에, 그런데 김민 씨 어머님 되시죠?"

여인은 얼른 한과 마주칠 뻔한 시선을 내리깔았다. 갑자기 눈꺼풀로 뜨거운 기운을 느꼈던 것이다. 이상했다. 갓난아기를 떼어 보내고 단 한 번도 보지 못했던 아들인데 너무나 마음이 아팠다. 단 하루도 잊어본 적 없는 자식이었다. 젊고 명랑했던 한 여자를 슬프고 괴롭고 불행한 아주 딴사람으로 만들어놓은 아이였다. 바람이 불어대던 그 맑은 가을날 그 아기를 보내고 병원을 나서며 펑펑 눈물을 쏟으며 살아왔다. 그리고 여인은 늘 죄지은 사람처럼 자신을 학대하며 인생을 살아왔다.

눈길을 어디다 두어야 할지 몰라 하는 한에게 그녀가 먼저 말을 걸었다. 하지만 한은 조금 당황스러운 느낌이 안 좋은 예감으로 변하면서 거듭 다시 물었다.

"김민 씨가 아드님이신가요?"

그 여인은 고개를 끄덕였고 그리고 조용히 덧붙였다.

"며칠 전, 김 비서라는 분이 다녀가셨어요. 이한 씨를 만나 보고 오라고 말씀하셨지요. 나는 무슨 염치로 보겠냐고 거절했답니다. 하지만 오늘 병원에서 만나고 나니 보고 싶다는 생각을 참을 수 없었어요. 한 번이라도 보고 싶은 마음에…… 놀라게 해서 미안해요."

"설마, 저를 낳아주신 어머니이신가요?"

한은 처음과 같은 차분한 말투였지만 음성은 건조하고 까실거리는 느낌이었다. 그는 간신히 눈을 들어 눈앞에 어머니를 바라보았다. 하지만 무언가 아주 눈부신 빛이 눈에 비춰지는 것처럼 곧 시선을 내리깔았다. 머리 속이 너무도 혼란스러웠다. 생모의 얼굴만 확인하고 다시는 보지 않을 거라고 생각한 한의 충격이 이렇게 큰 이유는 자신의 생모라는 여인이 조금 전 병원에서 만났던 김민의 어머니였기 때문이다.

"고개 좀 들어봐요. 정말 내 아기가 맞는지……."

"오늘 새벽 집주소를 들고 찾아 갔었어요. 건희 씨 바로 옆집인 것을 보고 놀랐지만 김민 씨 어머니인 것은 몰랐습니다. 쓰레기 봉투를 들고 나오시더군요. 얼핏 뒷모습만 보았는데……."

"그저 이렇게 잘 자라준 한이를 잠깐 보는 것으로 만족하고 싶어요. 아주 훌륭하게 자랐다는 말 듣고 기뻤어요. 나를 용서해 줄 수 있겠어요?"

"네, 이미 이 카페에 들어서던 그 순간 저는 오랫동안 원망해오던 어머니를 용서했습니다. 이제 말 놓으세요."

하지만 여인은 고개를 저으며 말했다.

"내가 무슨 염치로…… 용서하겠다는 그 말 한마디면 다 되었어요. 고마워요."

한의 눈언저리도 서서히 뜨거워지고 있었다. 여인의 야윈 손
목과 이마에 깊게 패인 주름으로 인해 나이보다 훨씬 늙어 보이
는 생모의 모습을 보며 한은 그녀가 편한 마음으로 살아오지 못
했음을 읽었다. 그리고 자신을 바라보면서도 제대로 눈도 맞추
지 못하고 어색해하는 게 안쓰러웠다. 이십육 년 만에 찾아온
이 이상한 해후가, 김 비서가 다녀가고 한의 아버지인 이종의
전화를 받고도 그녀로 하여금 창가에서 오래 망설이게 하던 이
재회가 이렇게 갑작스럽고 느닷없이 이루어지고 있었다. 여인
은 다시 선하게 웃었다. 한도 말없이 따라 웃으며 물었다.

"많이 힘드셨어요?"

여인이 천천히 웃음을 거두었다. 하지만 웃음을 거두고 나서
도 그녀의 눈가로 짙게 잡히는 잔주름이 보였다. 한은 가만히
손을 내밀어 여인의 야윈 손을 잡았다. 여인의 손가락은 거의
푸른 빛에 가깝도록 창백했다.

"김민 씨가 제 형이로군요."

왜 거기서 아버지가 다른 김민의 이야기를 꺼냈는지 알 수 없
었다. 하지만 여인의 입에서 김민의 이야기를 듣고 싶었다. 그
러는 편이 훨씬 지금의 이 상황을 받아들이기 쉬울 것 같았다.
그 여인의 얼굴이 굳어졌다.

"민이를 네 몫까지 사랑해 주려고 노력하면서 키웠다. 너에게
도 그렇게 해주고 싶었는데 미안하구나."

한은 잠자코 여인을 바라보았다. 김민의 이야기를 꺼낸 후부터 그는 몹시 불안했다. 어째서 건희 씨를 사랑한다고 말하는 김민이 하필이면 자신의 형인 것일까, 그런 생각들이 들자 한은 무척 고통스러웠다. 그의 머리 속으로 조금 전 건희 앞에서 퇴원하면 청혼하겠다던 김민의 웃는 얼굴이 지나갔다. 무거운 침묵이 그들의 사이로 파고들었다. 건희를 생각하자 한은 조금은 괴롭기도 하고 김민과 형제가 되는 것이 거북해지기도 하는 것 같은 기분이 들었다.

"다친 데는 없니?"

"건희 씨 덕분에 괜찮아요."

"건희를 좋아하고 있니? 아까 병실에서 얼핏 들으니……."

"네."

"그랬구나."

"김민 씨가 제 형인 걸 몰랐습니다."

"되었다. 이제, 돌아가 봐야지? 언제 돌아가니?"

"일정이 늦어졌지만 서울 일이 끝나는 대로 곧 돌아가려고 합니다."

"그래, 그래야지."

"……건강하십시오."

"그래, 너도 몸조심하거라."

계산을 치르고 카페를 나오자 여인이 시린 뒷모습으로 서 있었다. 여인이 바라보고 있는 거리에는 어느새 비가 내리고 있었다. 방금 전부터 내리기 시작한 비였는지 맞은편 거리에선 사람들의 걸음이 빨라지고 있었고 신문 가판대의 아주머니는 막 양동이에 든 비닐우산을 내놓고 있었다.

여인이 타고 온 크림 색 그랜저가 먼저 주차장을 빠져나갔다. 한도 차에 올랐다. 창밖으로는 바람이 지나가고 있었다. 창문의 작은 틈새로 집요하게 스며드는 바람이 피리 같은 소리를 냈다. 멀리 가로등을 등지고 선 가로수의 뒤통수가 환했다. 호텔로 향하던 한은 핸들을 다시 꺾어 건희가 입원한 병원을 향해 달려갔다. 봄비가 내리는 서울의 밤거리를 달려갔다.

한은 병원 건물 앞에 도착하자마자 차에서 내려 건희가 입원해 있는 병실을 올려다보았다. 건희의 병실은 불을 모두 끄고 할로겐 조명만을 켜놓은 상태였다. 그 주황색에 가까운 노란 불빛의 온기가 한의 가슴을 따스하게 만들었다.

건희를 두고 호텔로 돌아가야 하는 길이 아주 먼 것처럼 느껴졌다. 갑작스레 혓바닥 끝의 돌기가 느껴졌다. 그러자 가늘고 날카로운 통증이 가슴으로 퍼져 나갔다. 한은 고통을 참으려고 질끈 입술을 깨물었다. 그러자 그것이 어떤 느낌이라고 느낄 새도 없이 가슴이 물결처럼 출렁였고 모래성 귀퉁이가 무너지듯 다잡은 마음 한구석이 그의 통제를 빠져나가면서 스르르 무너져 버렸다. 입술을 깨물었지만 한줄기 굵은 눈물이 흘러내렸다.

'건희 씨, 건희 씨는 나와 닮은 점이 참 많아요. 수줍음을 많이 타는 것, 혼자라는 것, 그리고…… 오랫동안 한 사람만을 기다려 왔다는 것. 하지만 아쉽게도 이제 나는 그 오랫동안 찾아 헤매던 사랑이 당신이라는 것을 알았는데 당신 곁에는 이미 오랜 인연이 있었군요. 그것도 바로 나의 형이라고 해요. 이제 나는 어떻게 해야 하나요?'

김민은 심상치 않은 어머니의 전화를 받고 건희를 병실에 홀로 남겨둔 채 집으로 달려갔다.

늘 병약한 어머니였다. 어린 시절 잠깐 본 갓난아기인 동생을 남에 손에 떠나보내고 늘 고통스러워하던 엄마였다.

"괜찮으세요, 어머니?"

김민은 어머니의 안색을 살폈지만, 어머니는 아무 일도 없었다는 듯이 담담한 얼굴로 과일 주스를 만들고 있었다.

"앉아라, 급히 할 이야기가 있어서 너를 불렀다."

김민은 순간 이상한 느낌에 고개를 들어 어머니를 보았지만 그녀는 무표정으로 빈 그릇을 싱크대에 놓고 씻었다. 그리고는 커다란 잔에 토마토 주스를 따라 김민 앞에 놓았다.

"어쩐 일이세요, 갑자기 전화하셔서 오라고 하고. 아까도 병원에서 봤는데."

김민의 어머니는 천천히 이야기를 꺼냈다

"실은 말이다, 네 동생을 찾았다."

"어디서요?"

어머니는 아들이 놀랄 것이라고 생각했다. 그러나 김민의 목소리는 예상외로 침착했다. 오히려 언젠가는 이런 날이 올 줄 알았다는 식이다. 이상한 생각이 들어서 어머니는 다시 물었다.

"넌 알고 있었니?"

"아뇨, 하지만 이쯤이면 그 애도 다 자랐으니 한 번쯤 찾아오리라고 생각했어요. 이젠 어떻게 하실 거예요?"

"어떻게라니?"

"저도 봐야죠."

아들의 담담하고 분명한 이야기를 들으니 어머니의 마음은 더욱 혼란스러웠다.

"너희는 이미 만났어."

"네에?"

"민아, 넌 네 동생을 지켜줄 거지?"

"물론이죠, 그러니까 되도록 그 애의 집이나 주변에서 알지 못하도록 조용히 만날 거예요."

어머니는 그런 김민의 눈길을 바라보고는 쓴웃음을 지었다. 사실 이제 와 탄식할 것도, 슬퍼할 것도 없다. 더욱이 큰 소리로 울 수도 없고 기껏해야 씁쓸한 웃음을 지을 뿐이다. 어쨌든 지금 두 아들은 예상치 못한 갈림길에서 있는 셈이고 그 입장이 예상과는 전혀 다르다는 점에 정말 기가 막혔다.

"네 동생은 아까 건희의 병실에서 본 이한이라는 청년이었어."

"서, 설마⋯⋯!"

그것은 김민도 전혀 예상하지 못한 것이었다. 뜻밖의 상황에 김민은 어안이 벙벙해 아무 말도 할 수가 없었다.

"사실이야. 조금 전 한이를 만나고 왔다."

김민은 설마 그럴 리가 하며 자신의 귀를 의심했지만, 어느새 이한이 자신의 하나밖에 없는 동생이라는 사실은 기정사실이 되어버렸다.

"그것참, 일이 이상하게 돼버렸어."

어머니는 그 말밖에 달리 할 말이 없었다.

"뭔가 잘못된 거죠?"

김민이 멍하게 중얼거리며 일어서자 어머니가 조용하게 전후 사정을 이야기했다.

"어떻게 이런 일이……."

김민은 아무 말도 할 수 없었다. 이렇게까지 건희를 깊이 생각하게 되었는데 이제 와서 약한 모습을 보여서는 안 된다. 그러나 김민의 솔직한 심정은 이번 일로 어느 정도 의기소침해지고 혼란스러워진 것만큼은 사실이다.

"그 애를 만나보겠니?"

다짐이라도 받으려는 듯 다그쳐 묻는 어머니의 말에 김민은 고개만 끄덕이고 집을 나왔다. 집을 나올 때 어머니를 자세히 보니 주름진 눈가에 언뜻 눈물이 고여 있었다. 삼십 분 정도 있다가 집을 나섰지만 김민은 무언가에 재촉당하는 듯한, 혹은 불길이 타오르는 듯한 생각에 사로잡혔다. 그 순간 김민의 뇌리에는 건희의 얼굴이 되살아났다. 이제야 겨우 건희가 너무 소중하다는 것을 깨달았는데, 그녀가 곁에 없다면 안 될 것 같은데 지금 자신의 감정은 결코 장난이 아니었다. 늘 한낱 여자 따위에 그토록 무모하게 정열을 불사르냐고 말해 왔지만, 지금 자신은 한 여자를 사랑하고 독점하는 것만이 이 세상에서 가장 중대한 일인 양 느껴졌다. 그리고 자신이 혼신의 힘으로 건희를 사랑하고 있다고 믿었다. 그렇게 생각하자 몸속에서 뜨거운 감정이 솟구쳐 올라 건희가 입원한 병원으로 가기 위해 차를 모는 속력이 빨라졌다. 벚꽃 필 무렵의 흐릿한 하늘이 도시를 덮고 있는 밤. 꽃망울을 터뜨리기엔 아직 이르지만, 이 정도 따사로움이라면 꽃봉오리는 한층 더 부풀어 오를 것이다. 봄 기운이 완연한 서울의 거리 속을 김민은 달려갔다.

"대체 어떻게 된 일이냐. 이젠 화장실 갈 때도 혼자 움직일 수 없게 되어버렸다."

"죄송합니다, 아버지."

호텔로 돌아간 한은 인터넷에 뜬 기사 때문에 잔뜩 화가 난 이종의 앞에 앉아 있었다. 그토록 매스컴에 오르내리지 않게 조심하라고 일렀건만 이 일은 기사도 보통 기사가 아니었다.

"인터넷과 각종 신문에 너에 대한 안 좋은 기사가 떴어. 게다가 인터넷에는 동영상까지 떴단 말이다!"

"들어서 알고 있습니다."

"할머니께서는 아주 야단이시다."

한은 심상치 않은 방 안의 분위기를 느끼며 인터넷에 올라온 자신의 기사를 보았다.

〈베일에 가려진 황손, 사랑에 빠지다.〉

기사 아래는 호텔 휴게실에서 건희의 발을 주무르고 있는 자신의 사진과 이벤트에 참석해서 현란하게 춤을 추며 노래하는 자신의 모습이 동영상으로 올라와 있었다. 그 아래 달린 몇백 개의 리플들은 더 대단했다. 인터넷에서는 한을 옹호하는 쪽과 질타하는 쪽으로 나뉘어 한바탕 전쟁을 하고 있었다.

한이 심각하게 그 기사를 보고 있을 때 김 비서가 다가와 어깨를 감싸며 단호하게 말했다.

"너무 심려하지 마세요. 곧 조치를 취해서 더 이상 시끄러운 소리가 나가지 못하게 하겠습니다."

그는 이 문제를 자신이 보디가드로서의 임무를 다하지 못한 탓인 양 아주 심하게 자책하고 있었다. 하긴 놀란 것은 김 비서만이 아닐 것이다. 이신율 박사 역시 사람을 찾아달라고 부탁했던 젊은 기자의 이름으로 이런 기사가 이렇게 나갔으니 기가 막힐 따름이었다.

한은 이런 기사보다도 이 기사를 작성한 것이 건희의 동생이라는 사실을 아버지와 엄 여사가 알게 될까 더 걱정스러웠다.

어쩐지 건희와의 모든 것이 꼬이기만 하는 하루였다.

다음날 아침, 건희는 김 비서의 전화를 받았다. 김 비서는 이한의 아버지가 병문안 오겠다는 소식을 전해왔다. 명목은 아들을 구해준 건희의 병문안을 하고 인사도 하겠다는 것이었다. 건희는 기쁜 마음으로 기다리고 있겠다고 말했다.

건희는 대충 머리를 손질한 후 한의 아버지가 도착할 시간이 되었다고 생각되었을 때 엄마에게 이야기를 했다.

"엄마, 한의 아버님께서 병문안을 오시겠다는데……."

건희의 어머니는 아침마다 텔레비전에서 하는 주부 프로그램을 보고 있다가 급하게 머리를 빗고 병실을 정리하며 말했다.

"아니, 자기 아들 신문에 나오게 만들었다고 화가 잔뜩 났을 텐데 무슨 병문안을 온다니?"

"그러니까…… 아무튼 엄마, 잘해야 돼!"

이종은 김 비서에게 커다란 과일 바구니를 들려 병실을 방문했다. 건희는 지은 죄가 있어 점수를 만회할 대책들을 생각하다가 그나마 생각한 대책이라는 듯 열과 성을 다해 조신하게 이종을 맞이했다. 건희는 침대에서 일어나 이종에게 가볍게 목례하며 말했다.

"어서 오세요, 강건희입니다."

"어서 오세요, 건희 엄마예요."

"안녕하십니까. 처음 뵙겠습니다, 이종이라고 합니다. 한이가 제 자식이죠. 건희 양이 구해주셨다고 하여 이렇게 감사 인사를 드릴 겸 찾아뵈었습니다."

삭막한 분위기에 낀 건희의 어머니는 안절부절못하고 있었다. 건희는 그런 어머니를 쳐다보며 말했다.

"엄마, 가셔서 사장님 드실 것 좀……."

"그래, 내 정신 좀 봐라. 사장님, 잠깐 계세요."

건희 어머니의 높은 톤의 목소리는 어색한 분위기를 환기시키는 데 일조했다. 이종은 다시 한 번 정신을 차리고 천천히 건희를 관찰하기 시작했다. 객관적으로 봤을 때, 참하고 조신해 보이는 얼굴임에는 틀림없다. 시원하게 빠진 이목구비였고, 피부도 고왔다. 하지만 역시 엄 여사의 마음에는 들기 힘들 것 같았다.

"우리 애가 아가씨에게 신세를 많이 지는군요."

"뭘요, 아닙니다."

이종은 건희가 한과 별로 어울리지 않는 것 같다는 말을 해야겠다고 생각했지만 이런 말을 어떻게 전해야 하나 고민이 되었다. 모두가 널 반대하셔서, 라는 말이 입에서 떨어지지 않았다.

"스물아홉이라고 들었는데."

"네."

"우리 아이는 스물여섯인데, 나이가 좀 많구먼."

"네."

"우리 한이를 어떻게 생각하나?"

"좋은 사람이라고 생각합니다. 나이보다 더 의젓하고……."

건희는 어차피 이렇게 된 것 이종의 질문이 썩 기분 좋은 것은 아니었지만 솔직하게 대답하기로 했다.

"계속 만날 건가?"

"이한 씨가 원한다면, 계속 만날 생각입니다. 허락해 주셨으면 좋겠습니다."

"허락하지 않는다면. 그럼 어쩔 생각이지?"

건희는 난처한 얼굴로 눈을 동그랗게 뜨고 이종을 바라보았다. 그러나 곧 분명하게 대답했다. 머뭇거려 봤자 달라질 것 없는 대답이었다.

"이한 씨가 하자는 대로 하겠습니다."

"초면에 이런 말 해서 미안하지만 우리는 아가씨가 탐탁치 않아."

"제가 마음에 꼭 들지는 않겠지만 제 마음을 보여 드리겠습니다."

"앞으로 만나지 않았으면 좋겠군. 그만 가보겠네."

이종이 자리에서 일어났을 때 건희 어머니가 김민의 어머니와 함께 들어왔다. 김민의 어머니는 아침을 준비해 가지고 오는 길이었다.

낯이 익은 남자였다. 어디서 만난 사람일까. 김민의 어머니가 기억을 더듬으면서 눈길을 보냈다. 그리고는 조금 비틀거렸다.

툭!

"어머, 민이 엄마, 왜 그래?"

"아줌마!"

김민의 어머니 손에서 음식을 담아온 쇼핑 봉투가 떨어졌다. 밖으로 나가던 이종은 고개를 돌려 크림 색 수트를 단아하게 차려입은 이십육 년 전의 그 여인을 자세히 보았다. 이종은 한 달간의 시간을 함께 보내고 헤어진 뒤 두 번 다시 만나지 못했던 그 여인과 이렇게 해후할 줄은 꿈에도 몰랐다.

김민의 어머니는 이종과 함께 레스토랑에 앉아 있었다. 가슴은 쉴 새 없이 두근거리고 머리 속은 모두 헝클어져 버려 아무 생각도 나지 않았다. 가슴이 떨려 안절부절못하고 창밖을 바라보고 있었다. 창가에 조르르 놓인 허브 화분으로 밝은 햇살이 몰려와 따사롭게 비추고 있었다.

가로수 길에 서 있는 아름드리 벚나무들은 한바탕 휘젓고 간 황사 바람 때문에 벌거벗은 몸으로 앙상하고 수척한 모습으로 서 있다. 봄의 전령사라는 저 벚꽃들은 약속이나 한 듯 오로지 봄의 짧은 순간, 그 한순간만을 위해 가장 아름다운 빛을 보이지만 사람들이 그 존재를 알아차리고 깨달을 즈음 너무도 어이없게 부는 바람에 떨어져 버린다.

"오랜만입니다."

"자, 잘 지내셨어요?"

이종의 따듯한 인사에 김민의 어머니는 놀란 듯 더듬더듬 물었다. 이종이 웃음을 차분히 가라앉히고는 대답을 주었다.

"아까 그분들과는 어떻게 아시는 사이입니까?"

"네, 예전부터 옆집에 살아서요. 이웃사촌이죠."

"아…….."

"김민이라고 사장님 회사와 같이 일을 하는 아이가 제 큰아이입니다."

"예."

"한이, 한이를 잘 키워주셔서 감사합니다."

"만나 보셨군요."

"어제, 병원에 왔다가 만났습니다."

"네."

이종은 이렇게 시간이 흘러 만난 그녀에게 무슨 말을 해야 할지 망설여졌다.

"저한테…… 서운하지 않았습니까?"

그녀는 가만히 발끝만 내려다보았다. 아들을 보내고 단 한 번도 소식을 듣지 못한 것을 서운해하지 않았다고 하면 거짓말일 테지만, 그렇다고 해서 서운함을 내세울 처지가 아니라는 것쯤은 너무나 잘 알고 있었다. 어찌 되었든 대리모를 하겠다고 승낙한 것은 자신이었다. 그가 그녀의 손을 끌어당겨 쥐었다. 그리고도 한참을 그는 묵묵히 앉아 있었다.

"미안합니다…… 혼자 힘들게 해서 미안해요. 전 한이 덕분에 아주 행복했습니다."

그녀는 고개를 돌려 눈물을 삼켰다. 몸과 마음이 지칠 대로 지쳐 있을 텐데도 그녀는 투명한 얼굴빛이었다.

"한이가 아주…… 좋아 보였어요. 그래서…… 다행이에요."

"예……."

"감사합니다. 그리고 건희…… 아주 좋은 아가씨예요."

이종은 그동안 아기를 보내고 그녀가 느꼈을 고통의 감정들을 고스란히 함께 느꼈다. 맑게 정화된 슬픔이 방울방울 그 여인의 주름진 손등을 타고 아래로 떨어져 쌓였다.

오피스텔에 도착하자 김민은 그대로 쓰러져 잠이 들었다.

며칠째 같은 꿈을 꾸고 있던 김민이 다시 잠을 깼다. 등줄기에 축축한 땀이 배어나고 있었다. 기분 나쁜 꿈이었다. 다시 잠을 청하기 위해 베개에 머리를 묻었으나 기억 저 밑바닥에서부터 그 언짢은 잔상이 그대로 또렷이 밀고 올라왔다.

김민은 침대에서 몸을 일으켰다. 어느새 아침 일곱 시였다. 그 느낌이 너무 생생해 소름이 끼쳤다. 물을 마시고 커피를 내리자 초인종 소리가 울렸다. 유미리였다.

"웬일이지?"

"건희를 만나러 병원에 들렀는데 안 계시길래요. 전화를 해도 받지 않아서 왔어요."

유미리는 길게 늘어뜨린 머리카락을 쓸어 올리며 화사하게 웃어 보였다. 유미리의 새빨간 입술이 열리자 새하얀 이가 가지런히 모습을 드러냈다.

"그랬군."

"몸에 좋지 않아 보여요."

"이상해, 아무리 생각해도……."

"무엇이 이상한가요?"

"그냥 이것저것…… 그럴 일이 있어. 근데 오피스텔로 자꾸 찾아오는 건 곤란해."

"누구한테도 방해받지 않고 사장님께 물어보고 싶은 게 있어서요."

"뭘?"

"그걸…… 몰라서 물어요?"

"늦었네, 그만 가봐. 출근해야겠어."

"싫어요!"

유미리가 칼로 자르듯 차갑게 내려쳤으므로 김민의 표정이 일순 굳어졌다.

"내가 사장님 옆에 있는 게 그렇게 싫으세요?"

"머리가 좀 복잡해."

"조금만……."

유미리가 다시 애절해졌다.

"조금만 나를 봐주면 안 되나요? 우리 좋았잖아요. 왜 이렇게 갑자기 냉정해진 건데요?"

그는 선뜻 대답하지 않았다. 묵묵히 서 있는 모습이 생각에라도 잠긴 것 같았다. 유미리가 김민을 향해 돌아서자 조심스럽게 그가 말을 꺼냈다.

"그동안은 건희에 대한 내 마음을 제대로 몰랐어. 그리고 그동안 말하진 않았지만 유미리 씨가 이러는 거 부담스러워."

유미리는 앞으로 내딛던 걸음을 뚝 멈추었다. 불안이 눅눅한 그림자로 변해 등을 덮쳐왔다.

"건희 때문에…… 나한테 이러는 거였어요? 만나주지도 않고 냉랭하고……."

꼭 묶여 있던 솔기가 맥없이 뜯어지듯 온몸에서 기운이 빠져나갔다. 유미리는 차마 김민을 볼 수가 없었다.

"그런 거예요? 정말, 건희였어요?"

"그래."

"그러고 보니까 요즈음 건희 볼 때마다 계속 그랬어. 신경 곤두세우고……."

당혹감에 잠시 말을 멈춘 유미리는 다시금 입을 열었다.

"한 가지 궁금한 게 있어요."

"뭔가?"

"건희를 사랑하고 있나요? 그런가요?"

김민은 잠시 생각에 잠겼다. 그리고 담담한 얼굴로 다시 유미리를 바라보았다.

"응, 좀 늦은 감이 있지만 지금은 확실히 깨닫고 있어."

유미리는 의외라는 듯 김민을 바라보았다. 김민은 커피를 마시며 씁쓸하게 웃었다.

유미리의 눈 가득히 안개가 뿌옇게 끼었다. 가만히 들여다보니 촉촉이 눈물이 배어나오고 있었다. 그런 유미리의 얼굴은 서글퍼 보였다.

"하지만 나도 당신을 사랑해요."

유미리가 애처로운 눈으로 김민을 쳐다보며 중얼거렸다. 하지만 김민의 대답은 싸늘하고 냉정했다.

"유미리 씨가 자꾸만 이러면 곤란해. 사적인 감정을 가지는 것은 서로에게 좋지 않아. 유미리 씨가 계속 이런 식이라면 다른 기획사를 알아봐야 할 거야."

"뭐라고요?"

입술을 깨물며 유미리가 되물었다.

"못 알아들었나? 계속 이럴 거면 내 사무실에서 나가야 할지도 모른다고."

"사장님…… 정말 무서운 사람이군요."

촉촉하게 빛나는 입술을 피가 나도록 하얗게 깨물며 유미리가 중얼거렸다.

김민은 그날 오후 한을 조그만 이탈리아 레스토랑으로 초대했다. 달콤한 꽃향기가 바람을 타고 올 것 같은 좋은 날씨였다. 그날은 김민 어머니의 생일이었다. 김민의 어머니가 건희네 식구들을 초대했다. 그 아담한 레스토랑 주차장에 한은 차를 세웠다. 불은 모두 밝게 켜져 빛나고 있었고 촛불과 장미로 장식되어 있는 레스토랑의 VIP룸에는 이제는 다정해진 사람들이 와 있었다.

흰 원피스를 입은 건희의 모습은 그 어느 때보다도 아름다웠다. 무릎이 살짝 드러날 듯 말 듯한 건희의 원피스는 장식이 거의없는 단순하고 깔끔한 디자인이었다. 그 옷은 퇴원 기념으로 김민의 어머니가 이번에 선물해 준 옷이었다. 장미로 장식된 예약석에 앉은 김민의 어머니는 두 손을 모아쥐고 약간 상기된 얼굴을 하고 있었다. 한이 들어서자 김민과 김민의 어머니가 일어섰다.

"어서 오너라."

김민의 어머니가 반갑게 한을 맞이하자 건희와 건영, 그리고 건희의 어머니는 당황했다. 건희가 놀라 물었다.

"어떻게?"

"내 아들이야, 건희 엄마."

건희네 식구들은 한이 그 옛날 남의 손으로 갔던 그 아기임을 알고 경악했지만 김민의 어머니는 행복한 표정을 감추지 못했다. 그런 김민의 어머니와 한을 번갈아 바라보며 건희도 마음이 아련해졌다. 케이크의 촛불을 끄며 생일 축하 음악을 한이 직접 피아노로 칠 때에는 건희는 그만 눈물이 날 뻔했다. 어떻게 그런 일이 있을 수가 있는가……. 건희는 그런 한이 불쌍해서 가슴이 아팠다. 그때 병원에서 보았던 그 아기가 한이라니…….

"어머니, 그리고 형, 초대해 주셔서 고마워요."

한은 김민에게 손을 내밀었고 김민 역시 그 손을 마주 잡았다. 김민은 한을 혼자 만나볼 용기가 나지 않았다. 이렇게 대단해져서 온 이한을 어떻게 대해야 할지 난처했기 때문이다. 그래서 이런 방법을 택한 것이었다.

"민이 엄마, 이제 발 쭉 뻗고 잘 수 있겠다."

건희 엄마의 말에 김민의 어머니는 눈물을 지으며 고개를 끄덕였다.

"나 정말 행복해, 건희 엄마."

김민 어머니의 확신에 찬 대답이 건희의 가슴에 찰랑거리는 물길을 하나 터놓는 것 같았다. 건희의 마음결을 읽었는지 한이 잠깐 건희의 손을 잡아주었다. 건희는 곁에 선 한을 올려다보았다. 앞을 향하고 있는 그의 깔끔한 턱이 눈에 들어왔다. 한을 보고 있기만 해도 건희는 가슴이 따뜻해졌다.

"선물 받으세요, 어머니."

김민이 생일 선물을 내밀자 뒤이어 한도 준비한 선물을 내밀었다. 소박하지만 조촐한 생일파티가 끝났다. 생일파티라기보다는 주말 한낮의 오붓한 점심 식사 같은 분위기였다. 다른 사람들도 김민의 어머니를 위해 준비한 선물을 내밀었다.

그때 김민이 건희를 향해 작고 동그란 꽃다발과 작은 반지 케이스를 내밀었다. 한의 옆에 앉아 있다가 마주 앉아 있는 김민으로부터 얼떨결에 반지 케이스를 넘겨받은 건희는 난생처음 대하는 물건인 것처럼 어정쩡한 표정을 지었다. 내가 왜 이걸 들고 있는 거지? 건희는 마치 그렇게 말하고 있는 것 같았다.

"이, 이게 뭐야, 오빠?"

건희가 고개를 저으며 난처하다는 듯 말했다. 자신이 가장 사랑하는 사람들이 있는 곳에서 김민의 청혼을 거절한다면 모두가 상처받을 것이 틀림없었다. 대체 김민은 어떤 마음으로 저런 생각을 해냈을까, 가슴이 답답한 건희였다. 말릴 틈도 없이 김민은 모두를 돌아보며 아주 담담하고 평화롭게 말했다.

"건희야, 네가 1999년도에 했던 고백을 이제 내가 해야겠어. 이렇게 내가 사랑하는 가족들이 모두 있는 가운데 말이야. 나는 피식 웃으며 그저 오빠 동생으로 남자고 했지만 그때의 그 대답을 많이 후회하고 있어. 이제야 모든 준비가 된 나와 결혼해 줄래?"

그렇게 청혼을 하며 김민은 반지 케이스를 열었다.

건희는 아무 말도 알 수 없었다.

그때 내 마음은 어땠던가? 서운하기만 했을까. 아팠다. 그것도 죽을 만큼 아팠다. 지금 내가 한과 가족들이 보고 있는 이 자리에서 거절한다면 오빠도 아프겠지. 죽을 만큼 아프겠지? 그때의 나만큼, 아니, 어쩌면 나보다도 더 깊게 상처를 입을 거야. 건희는 김민의 마음이 이젠 눈에 보일 듯 세밀하게 느껴졌다. 하지만 저기 앉은 한에게 어떻게 설명할 수 있을까. 한이 알 수

있을까…… 건희는 애써 웃음을 보이며 아무렇지도 않다는 듯
말했다.

"글쎄, 오빠도 그때 똑같이 청혼한 나에게 단번에 거절했으니
지금 내가 이렇게 말한다고 해도 마음 상하지 않을 거지?"

"생각할 시간이 필요하니?"

김민이 말끝을 어색하게 올리며 반문했다. 늘 자신 앞에서 저
자세로 있던 건희의 모습만이 눈에 익어서 그랬을 것이다. 김민
은 내심 서운했지만 고개를 끄덕였다.

"그게 아니라…… 내 마음을 두드리는 사람이 생겼어."

건희는 천천히 눈앞에 한을 바라보았다. 분위기가 서먹해지
자 건희 엄마가 서둘러 자리에서 일어서며 말했다.

"자자, 우리 집에 가서 모두 차라도 한 잔 하자."

그러자 한은 자리에서 일어나 인사를 하며 말했다.

"저는 먼저 가보겠습니다."

그러자 김민이 긴장으로 뭉쳐 있던 얼굴을 풀곤 웃음기를 드
러내며 말했다.

"그래, 어머니 걱정 말고 얼른 가봐라. 나중에 공항에 나갈게."

"그럼 가보겠습니다. 나 갈게요, 건희 씨."

한이 재빨리 일어나더니 밖으로 향했다. 건희는 나가는 그를
바라보았다. 한의 마음이 상해 있을 거란 생각에 뒷모습이 왠지
안되어 보였다. 한이 인사를 하며 가버리자 건영이 건희를 보며
중얼거렸다.

"뭔가 있긴 있었던가 보네?"

"까불래?"

하지만 건영은 별로 개의치 않는다는 기색이었다.

한은 꼬박 하룻밤을 고민했다. 어떻게 할 것인가, 정말 솔직하게 자신의 마음을 들여다본다면 건희를 잡아야 했다. 놓을 수 없었다. 이대로 돌아서도 건희를 사랑하는 마음을 지울 수는 없을 것이니. 하지만 형인 김민이 건희와 함께한 시간들을 외면할 수도 없었다. 함께하지 못했었지만 그처럼 그리워하던 어머니였다. 김민은 그런 어머니의 아들이며 자신의 형이었다. 어린 아기를 보내고 슬픔 속에 살던 어머니를 다시 또 슬프게 할 수는 없었다. 자신의 고통은 참을 수 있을 것 같았다. 하지만 어머니가 고통스러운 것은 참을 수 없을 것 같았다. 그날 밤도 또 밤새 뒤척이며 고민하다 한잠도 자지 못한 채 샤워를 했다. 한은 오늘 점심 식사 후에 세미나에 참석할 계획이었다. 하지만 그 세미나 전에 그는 상징적 황실 복원을 준비하고 있는 비밀클럽의 회원들 앞에서 시험을 거쳐야 했다. 그래서 그는 심플하면서도 품위있어 보이는 밝은 회색 양복을 입었다. 그 옷은 젊은 영국 디자이너의 작품이었다. 긴소매의 재킷은 허리에서 꼭 조이게 만들어진 고전적인 스타일의 옷이었다. 대충 옷을 갖춘 한이 급하게 방을 나섰다. 한이 방에서 나오자 소파에 앉아 신문을 보고 있던 아버지 이종이 놀라 한을 잡았다.

"새벽부터 어디를 가는 거냐?"

"약속 시간에 늦지 않게 돌아오겠습니다."

"안 된다. 지금, 건희 양을 만나려는 거지?"

"가야 됩니다. 한 번은 봐야겠습니다. 대신 세미나가 끝나면 오늘 저녁 비행기로 아버지와 함께 미국으로 떠나겠습니다. 허락해 주세요."

한 치의 틈도 주지 않고 단호하게 말하는 한을 이종은 다시 잡았다.

"건희 양은 안 된다. 여자 때문에 네 형과 친모를 배신할 셈이냐!"

"다녀오겠습니다. 그래도 한 번은 만나야겠습니다."

"좋아, 다녀와라. 하지만 명심해라. 네 친모를 생각해라. 네 친모의 눈에서 더 이상 눈물나게 하지 말아라. 이렇게 부탁한다."

"다녀오겠습니다. 저 차 가져갑니다."

차에 앉아 한은 건희에게 핸드폰으로 전화를 걸었다. 핸드폰 저편으로 들려오는 목소리가 차분하고 익숙하게 한에게 다가왔다.

「여보세요.」

"나예요, 한."

「어디야?」

"지금 호텔에서 나와서 건희 씨에게 가고 있어요."

「응.」

"보고 싶어서…… 건희 씨도 내가 보고 싶은가요?"

「응, 보고 싶어. 그것도 아주 많이…….」

"금방 갈게요."

「빨리 와.」

　대문이 열리자 편한 얼굴로 웃고 있는 건희가 한을 바라보며 서 있었다. 두 사람이 동시에 그 자리에 우뚝 섰다.

"들어와. 집에 아무도 없어."

　한이 웃으며 건희의 손을 잡고 거실로 들어왔다.

"어쩐 일이야, 이 시간에?"

　한은 계속 아무 말도 하지 않았다. 단지 건희의 얼굴을 하염없이 바라볼 뿐이었다. 그리고 어디선가 본 듯한 선인장 화분을 건희에게 내밀었다.

"웬 선인장이야?"

"선물이에요. 호텔에서 나오다 보니 복도에 있었어요."

"그럼 이건 절도한 장물이잖아."

"내가 살아가면서 앞으로 절대로 할 수 없는 선물을 주고 싶었어요."

"독특한 선물이네. 훔친 선인장이라. 게다가 이거 선물치곤 너무 따갑고, 모나지 않았어?"

"이렇게 단단해 보여도 잘라서 안을 들여다보면 온통 물이래요. 건희 씨를 닮았어…… 아파도 울지 말아요."

"너, 왜 그래?"

"건희 씨, 난 당신이 하는 건 다 좋아. 반짝이며 찰랑거리는 머리보다 빨간 모자 속에 아무렇게나 눌려 있는 흐트러진 건희 씨의 머리카락이 더 정겹고, 멋진 슈트를 입은 그 어떤 여자보다 무릎 툭 튀어나온 건빵바지를 입은 건희 씨가 더 섹시하고, 그리고 건희 씨가 하는 그 시답잖은 말들조차도 모두 사랑해요……."

한은 더 이상 말을 잇지 못했다. 심장에 붉은 피가 고이고 있었다. 분명 그 눈 속에 숨길 수 없는 진심이 보였다. 한의 그 눈빛은 건희 안에 머물고 싶어했다. 한은 다시 한 번 건희를 바라보았다. 그 눈빛 속에는 여전히 숨기기 어려운 따뜻함이 스며 있었다. 건희가 흐뭇한 미소를 지었다. 한은 건희를 가만히 바라보았다. 그의 표정 하나하나에 스민 슬픔이 또르르 소리를 내며 굴러 내릴 것만 같았다. 온화하고 부드러운 미소가 건희를 어제보다 더욱 슬프게 만들어놓았다.

그렇게 빤히 바라보는 한을 보며 건희는 좀 수줍은 듯 웃었다. 처음 멋모르고 공항의 바닥에 주저앉아 함께 햄버거를 먹으면서 떠들어대던 자신과 한을 떠올렸다. 나무잎의 선명한 초록빛들이 생생하게 봄날 아침의 아름다움을 일러주고 있었다.

시간이 멈춰 선 듯한 순간, 한의 따뜻한 입술을 바라보았다. 그의 입술은 생각하는 것만으로도 건희의 가슴을 제멋대로 두근거리게 만들었다. 건희는 고개를 들어 한을 보았다. 한없이 깊은 눈이 건희를 바라보고 있었다. 건희는 뒤꿈치를 들고 까치발로 일어서서 가만히 그의 입술에다 입을 맞추었다. 꽃잎이 바람결에 스치듯 짧은 입맞춤이었다. 가까이에서 들여다본 그의 눈은 빛과 어둠이 어우러진 채, 매혹으로 어지럽게 일렁이는 깊은 호수의 수면과도 같았다. 그가 두 팔로 건희를 안았다. 건희는 그의 목을 끌어안고 다시 눈을 감았다. 따뜻하고 다정한 냄새가 아지랑이처럼 코끝에서 맴돌았다.

  어쩌면 지금 이 만남이 마지막이라고…… 이 다음은 분명 이별이라 예견하더라도 지금 이 순간만은 지치도록 사랑하고 싶었다. 연이 사랑하고 있던 그의 전생에서도, 그리고 건희가 되어 그를 사랑하는 지금 이생에서도 그들의 만남은 어떠한 미래도 허락되지 않은 채 기쁨은 자주 쓰러지고 슬픔은 빈번히 무너져 사랑은 언제나 안전한 적이 없었다. 하지만 함께 있으면 이 사람 때문에 세상의 근심도, 두려움도 보이지 않고 떨어져 있으면 세상이 온통 비어 있는 것 같았다.

  "건희 씨, 당신, 가만히 보고 있으면 작은 새를 닮았어요."
  "그래? 난 한이 크고 자유로운 새를 닮은 것 같은데……."
  "그럼 우린 같네."
  어지러웠다. 괴롭도록 어지러웠다. 숨바꼭질과도 같은 달콤한 추격이 반복되는 동안 건희의 입에서 기어이 탄식 같은 한숨이 새어나왔다. 한은 아픈 마음을 감추기 위해 어금니를 꽉 물었다.

언제나 찾아 헤매던 나 자신보다도 더 사랑할 것 같은 당신을 찾았습니다.

하지만 지금 또 이생의 인연이 날 슬프게 합니다.

사랑하는 당신을 어쩌면 영영 잃어버릴 것 같습니다.

영겁의 시간을 기다려 이제야 만난 내 소중한 인연을 보내야 할 것 같습니다.

나를 미소 짓게 하고 나를 설레게 하던 내 영혼의 전부인 것만 같은 당신을, 이제 다른 사람에게 보내주어야 할 것 같습니다.

내 두 눈 가득히 담은 당신의 모습, 그리고 수줍은 첫 번째 입맞춤, 내 품에 안겨 전해오던 당신 심장의 깊은 떨림, 내 취향이 아니라고 고개를 흔들었던 처음과는 달리 헤어지는 마지막 순간 나를 보니 어느새 당신은 내 마음에 푹 스며들어 있습니다.

내 어깨에 기대 잠들던 당신, 머리카락에서 풍겨 나와 내 코끝을 어지럽히던 비누 향기. 내 코끝에 남아 있는 당신의 향기를 이젠 어떻게 할까요.

저 햇살보다 환한 당신을 나는 이제 어느 가슴에 묻어 두어야 하는 건가요.

'산, 연이옵니다. 제가 연이옵니다. 모르시겠사옵니까?'

"모르겠어요, 당신을……."

'끊어지지 않는 사랑을 하라 하늘에서 다시 내려주셨거늘, 진 정 절 버리시옵니까?'

"이번 생엔 인연이 아닌가 봐요. 내 가족을 배신하고…… 당 신을 택할 수는 없네요."

건희는 한의 전화를 받고 길지 않은 그 시간 동안에 수없이 많은 생각들로 뒤엉켜 두려움에 온몸이 경직되어 있었다. 아무 말도 하지 못한 채 미안함이 가득한 얼굴로 자신을 보고 서 있 는 한의 그 마음이 안쓰러웠다.

"미안해요."

한이 건희에게서 눈을 떼지 않고 말했다. 잠시 동안 그렇게 서로의 시선을 마주하고 있다 한이 건희의 머리를 자신의 가슴 으로 끌어안았다. 한의 부드러운 손가락이 건희의 머리 속으로 파고들어 부드럽게 어루만졌다. 건희의 가슴에 겹겹이 쌓여 있 던 서러움들이 스르르 녹아내리고 있었다. 감은 눈 아래로 뜨거 운 눈물이 흘러내렸다.

"미안해요, 건희 씨. 내가 당신의 등에 꼽힌 그 칼을 뽑아 주 고 싶었는데……. 그리고 그 상처를 꼭 치료해 주고 싶었는 데……. 당신 혼자는 손이 닿지 않는다면서……."

처음이었어요. 나와 소주 한잔에 마음이 맞아 주는 사람 은…….

그리고 나를 이렇게 계속 웃게 해주는 사람도…….

나만 보면 코에 주름을 잡으며 웃음 짓는 당신의 얼굴이, 불쑥 나타나 내 앞을 막아서며 날 숨 막히게 하는 당신의 눈빛이, 그처럼 오랜 시간이 흘렀어도 나를 영혼의 반쪽이라고 당당히 말하는 당신의 변함없는 자신감이, 아무에게나, 아무나 할 수 없는 선물이 사랑의 표현이라고 생각하는 당신의 서투른 그 사랑이, 그리고 알 수 없는 당신의 익숙함이 지금 다만 내가 믿고 있던 건 당신의 따뜻하고 사려 깊은 눈빛이에요.

산, 기다릴게요. 당신이 나를 알아볼 때까지…… 기다리는 것만이 내가 가장 잘하는 일이니까…… 난 또 기다릴게요.

내 마음을 안다면, 당신도 내 마음과 같다면 난 분명히 당신이 돌아올 것을 믿어요.

건희는 눈에 그렁그렁 눈물을 매달아가며 한을 바라보았다.

"약속을 지키지 못할 것 같아요. 형이 좋아하는 여자를 빼앗을 순 없어요……. 곁에 있어주고 싶었는데 이젠 돌아가야 해요."

"그, 그게 우리가 헤어지는 이유가 될 수 있다고 생각해?"

"때론 말로 다 설명할 수 없는 것들이 있어요. 내겐 한 번도 같이 살아보지 못한 어머니가, 그리고 형이 그 무엇보다 소중해요. 그분들의 마음을 다치게 할 수는 없어요."

한이 허리를 굽혀 건희와 같은 높이로 눈을 맞추었다. 한이 두 손으로 건희의 얼굴을 감싸 쥐었다. 살짝 가져다 댄 입술이 잠시 멈추었다. 울음소리가 터져 나오는 건희의 입술을 열고 다시 깊고 진하게 그녀의 입술을 막았다. 부드럽게 건희의 입술을 가졌던 한의 입술이 뜨거운 숨소리를 가슴으로 삼키며 조심스럽게 턱을 타고 내려왔다. 한은 코끝으로 건희의 귓불을 스친 다음 길고 하얀 목줄기에서 멈추었다. 그리고 그녀의 익숙한 향기를 오랫동안 느낌으로 담고 있었다. 한이 비틀거리는 건희를 부축하면서 말했다.

"제발 좀 앉아요."

건희는 가볍게 웃으며 고개를 끄덕거렸다.

비틀거리며 소파로 다가간 두 사람은 소파에 나란히 앉았다. 한은 여전히 건희의 어깨를 감싸 안고 있는 상태였고 그녀는 그의 어깨에 머리를 기대고 있었다. 건희가 고개를 숙인 채 조그만 목소리로 중얼거렸다.

"언제나 그랬던 것처럼 한을 믿어."

"아무것도 묻지 않아줘서 고마워요. 형이랑 잘 어울려요. 두 사람이 다 행복하길 바라요……."

"다시는 이렇게 누군가를 좋아하지 못할 거야."

한이 그렇게 말하는 건희를 바라보며 서글프게 웃자 그녀가 고개를 들고 그를 바라보았다. 창백한 얼굴에서 크고 깊은 눈이 그렁그렁한 눈물에 젖어 빛나고 있었다. 한이 가만히 건희를 떼어놓으며 천천히 일어나 문 앞으로 걸어갔다. 막 그가 문 손잡이를 돌리려고 했을 때 건희가 울먹이며 속삭이듯 말했다.

"사랑해."

"……잘 지내요."

"한아, 짧았지만 그처럼 많았던 우리의 기억을 모두 잊어버릴 수 있어?"

"건희 씨, 시간을 좀 줘요. 돌아가서, 좀 떨어져서도 우리의 사랑이 이렇게 단단한지 알고 싶어요."

"기다릴게. 난 당신이 내게 돌아올 것을 믿어."

한은 결국 그렇게 대답하고 문 손잡이를 돌려 문 밖으로 나갔다. 결국 김민이 자신의 형이라는 이유만으로 마음을 숨긴 채 한은 그 자리를 나왔다. 머리 속이 온통 뒤엉키고 있었다. 터벅터벅 계단을 내려가는 한의 얼굴이 하얗게 굳어가고 있었다. 삽시간에 변해 버린 그 기분은 끝도 없는 어둠 속으로 추락하고 있었다. 서둘러 건희의 집을 나온 한은 넋을 잃은 표정으로 차에 올라탔다. 갑작스러운 혼란에 모든 것들이 뒤엉켜 생각이 멈춰 있었다. 한참 동안을 그렇게 앉아 있던 한은 눈을 뜨고 차가운 이성을 되찾으려 생각을 하나에 집중시켰다. 그 눈 속에 싸늘하고 날카로운 바람 한 점이 지나갔다.

〈건희의 다이어리〉

이런 사랑을 하고 싶다.

낡아서 오래 묵은 사랑도 좋겠지만 그래도 나 강건희는 이런 사랑을 하고 싶다.

첫눈이 소담스럽게 내리는 날 나를 위해 오후를 비워두고 조용히 커피를 마시며 내 얘기를 들어줄 그런 사람.

약속은 하지 않았어도 내가 막 나서는 문 앞에서 갑자기 장미 한 다발을 불쑥 내밀어주는 사람.

어깨를 맞대고 오랜 시간 같이 걸으며 내가 좋아하는 노래를 배워두었다가 나를 위해 불러줄 그런 사람.

내가 갑자기 불현듯 동해안 어딘가의 사진에서 보았던 그 카페를 생각해 내고 가보고 싶어할 때 두 번 생각 않고 데려다 주는 사람.

낯익은 포장마차 불빛 속에서 쓴 소주 한 병을 시켜놓고 오랫동안 했던 말을 하고 또 해도 싫은 기색없이 내 얼굴을 오랫동안 쳐다봐 줄 사람.

사랑을 해보지 않고 상처도 받지 않는 것보다 사랑도 해보고 상처도 입는 편이 훨씬 더 좋다는 어떤 작가의 글을 읽었다.

아마 이 작가는 평생 한 번도 사랑을 해보지 않았을 거야. 사랑을 해본 사람이라면, 그리고 나서 그것이 끝나고 난 뒤의 무참함을 한 번이라도 느껴본 사람이라면 결코 이런 말은 할 수 없을 테니까 말이다.

만일 누가 내게 묻는다면 나는 이렇게 말할 거야.

생애 단 한 번 허용된 사랑이라도 해도 그 단 한 번의 사랑이 무참히 끝나고 말 것이라면 선택하지 않겠다고. 그저 사랑을 모르는 채로 남아 있겠다고.

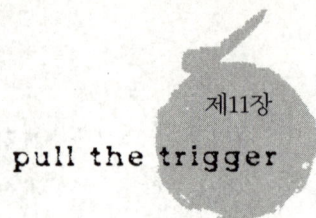

제11장

pull the trigger

한은 백양목 향기가 그득한 '백림'이라는 현판이 달린 한
옥 앞에 서 있었다. 엄 여사와 이종, 그리고 이신율은 미리 그곳
에 와 있었다. 그 한옥의 문 앞에는 미리 한의 연락을 받고 온
건영이 온통 백양목으로 둘러싸여 신비로운 서원 같은 분위기
를 내고 있는 그 집 안을 유심히 살피고 있었다. 온통 백양목으
로 이루어진 집 안을 보고 있자니 집 앞의 현판에 '백림'이라 쓴
말이 저절로 이해가 되었다. 한이 천천히 차를 세우고 건영에게
다가가자 맞은편에 기다리고 있던 김 비서도 달려왔다. 건영은
얼른 고개를 숙이며 한에게 인사했다.

"안녕하세요?"

"많이 기다리셨습니까?"

"아닙니다. 저도 지금 왔습니다."

"지금 이곳에는 기자가 아닌 제 친구로 초대한 겁니다. 그러니 촬영은 안 됩니다. 이해해 주시겠습니까?"

"네, 그럼요. 정말 감사합니다."

건영은 고요하고 숙연한 분위기가 맴도는 한을 존경해 마지 않는 눈빛으로 바라보았다. 그의 얼굴은 세상에 욕심을 버린 듯 초연한 얼굴이었다. 김 비서가 대문 앞에 멈춰 서서 초인종을 눌렀다. 안에서 노인 하나가 조용히 문을 열고 나왔다.

"오셨습니까?"

집 안의 분위기가 신비스러워서인지 일하는 노인조차도 그 행동이 범상치 않았다.

"모두 오셨습니까?"

한이 다시 물었다.

"이분은 누구십니까?"

"제 일을 봐주는 분이십니다. 믿을 만한 사람입니다."

"네, 들어가시지요."

노인은 고개를 끄덕이며 앞서 그들을 인도했다. 백림의 사랑 채에는 황실 어른들과 비밀클럽의 중요한 회원들이 모여 앉아 있었다. 그들은 한이 들어서자 자리에서 일어섰다. 한은 예를 갖추어 인사를 했다. 모두가 둘러앉은 가운데 옥색의 두루마기 를 단아하게 차려입은 백림의 주인 이초영이 작은 고리짝을 내

놓았다.

"그동안 이 고리짝은 어떤 경우에도 꼭 메고 다녔습니다. 이렇게 허름한 낡은 고리짝이었기에 궁에서 쫓겨날 때도 가지고 나올 수 있었습니다. 여기 모이신 분들은 이신율 박사님과 수인당 엄 여사님이 주장하듯이 이한 씨가 환생한 정조대왕이 맞는지 알아보고자 함입니다. 이 시험에 응해주실 수 있겠습니까?"

방 안에는 숙연한 기운이 흘렀고 건영의 눈빛은 흥미롭게 반짝였다. 조선왕조의 보물이 전해져 온다는 말은 들었지만 실제 존재한다는 사실에 너무나 놀랐다. 모두가 한의 대답을 기다렸다. 한은 눈썹을 모은 채 생각에 잠겼다.

"그렇게 하겠습니다."

한의 대답이 있자 이초영은 천천히 고리짝을 열고 몇 가지의 물건들을 내놓았다.

한은 비단 보자기 위에 놓여진 물건들을 가만히 들여다보았다. 그중 유난히 한의 마음을 끄는 물건이 있었는데 그것은 왕의 운검이었다. 한은 그 운검을 집어 들었다. 그리고 운검을 천천히 빼어 들었다. 검집에서 불려 나온 운검은 한줄기 푸른빛과 불꽃을 동반하며 그 모습을 드러냈다. 수없이 힘들었던 시간 동안 연이 지니면서 창포검과 함께 전생의 산을 지켜주던 왕의 보검이었다. 방 안이 환하게 밝아지는 것 같았다. 그리고 놀라운 일이 벌어졌다. 그의 몸 안 세포 하나하나에서 그가 알지 못했던 전생에 연에게서 물려받은 무공이 삽시간에 터져 올라왔다.

그 오랜 시간 축적된 내공은 한의 전생을 파노라마처럼 펼쳐 보이며 재생시켰다. 그 모든 모습이 그 짧은 시간에 펼쳐졌다.

"네가 오늘부터 운검(雲劍)의 수장을 맡아다오."

왕은 자신의 보검인 운검을 연에게 맡겼다. 평상시에는 왕이 운검을 들 수 없으니 가장 가까운 곳에 있는 연이 허리에 비껴 찼다. 창포검은 가벼우니 등에 메었다.

"성은이 망극하옵니다, 전하!"

"기억하느냐, 연아? 이제 내가 바람같이 가겠다. 돌아보지 않아도 곁에 그대가 있음을 믿겠다."

"마마, 꿈꾸는 태산이 되시옵소서."

왕의 눈길이 은애하는 마음과 인간의 신뢰를 모두 담은 눈빛으로 연을 바라보고 있었다. 마주 보는 연의 눈길이 영원을 맹세하는 눈빛으로 불타고 있었다.

'마마, 긴 겨울을 지나온 사람들은 꽃을 빨리 보고 싶어하지만, 꽃 계절이 그리 쉽게 오는 것은 아니다 하셨습니다. 이제 꽃을 피울 때가 되었습니다. 마마께서는 바람처럼 가시옵소서. 이 몸은 그 바람을 감싸고 도는 공기가 되겠사옵니다, 마마…….'

'건희 씨…… 그래서 그랬던 건가요? 그래서 창포검이 그렇게 울었던 건가요? 그래서 나와 전혀 달라 보이는, 전혀 내 이상형이 아니었던 당신이 그처럼 순식간에 내 마음속으로 들어온 건가요?'

잠시 시간과 공간이 멈춰 선 것 같았다. 한은 그 엄청난 충격에 숨을 쉴 수가 없어 창백해졌다. 한은 다시 천천히 운검을 검집에 넣고 제자리로 가져다놓았다.

노리개와 왕의 운검과 동곳들, 매화 관자 금관자, 몇몇 가지의 생활용품 중에 눈에 들어오는 것이 있었다. 그것은 전생에 산이 눈이 나빠지며 서책을 볼 때 쭉 끼고 있던 옥 안경이었다. 그 '옥 안경'의 다리에 금이 가자 목면으로 다리를 감아 사용하던 것이었다. 한은 그 옥 안경을 한참 동안 정겹게 바라보았다. 그리고 또 어떤 물건 하나를 바라보며 무척 행복한 표정을 지어 보였다. 한은 운검을 내려놓으며 슬며시 그 물건을 집어 감추었다. 이초영은 천천히 떨리는 목소리로 말했다.

"이곳에는 정조대왕께서 사용하시던 물건이 두 가지 있습니다. 가려낼 수 있겠습니까?"

한은 잠자코 여러 가지의 물건들을 만져 보다가는 내려놓았다. 그리고는 엄 여사의 얼굴을 잠시 바라보았다. 엄 여사는 초조한 빛으로 한을 바라보았다. 한은 다시 방 안에 모여 앉아 있는 사람들을 한번 훑어본 뒤에 조용히 말했다.

"잘 모르겠습니다. 찾을 수 없을 것 같습니다."

"음……."

방 안에 있던 사람들의 얼굴에서 실망하는 빛이 역력히 스쳐 갔다. 내색은 안 했지만 속으로 은근히 고대하며 철썩 같이 믿고 있던 엄 여사의 얼굴이 사색이 되었다.

"한아, 어찌 그러니? 그러지 말고 골라보거라. 웅? 이 할미를 봐서라도 어서."

아버지 이종이 잠시 고민스러운 얼굴을 하고 있던 한의 어깨를 툭툭 쳤다. 이신율이 의아한 얼굴로 그를 돌아보자 이종이 사람 좋은 미소를 씨익 지어 보였다.

"이제 이 일은 모두 끝난 것 같습니다. 박사님, 어머님, 그리고 여러분들께 감사드립니다. 세미나에 참석하셔야지요."

이한은 듬직하게 버티고 서 있는 아버지 이종을 새삼스런 얼굴로 쳐다보았다.

"이로써 이번 일은 끝난 걸로 하겠습니다."

이초영이 정색을 하고 선언하자 방 안에 있던 사람들은 실망한 듯 한을 향해 고개를 흔들고는 방을 걸어나갔다. 눈동자를 반짝이며 잠시 그의 뒷모습을 지켜보던 한은 곧 웃음기 가득한 얼굴로 건영과 함께 사람들을 따라 백림을 나섰다. 화가 잔뜩 난 엄 여사의 눈초리가 치켜 올라갔다. 삽시간에 분위기가 차가워졌으나, 빌미를 제공한 한의 얼굴에는 아무런 변화도 없었다. 처음처럼 초연한 얼굴이었다.

자동차가 하나둘 빠져나가자 한은 차에 타기 전 건영에게 무언가를 내밀었다.

"건영 씨, 이 물건을 건희 씨에게 전해줘요."

한이 씨익 웃으며 건영의 손에 조금 전 고리짝 안에 들어 있던 안경알에 색깔이 든 옥 안경을 내밀었다. 그것은 전생에 산이 연에게 선물했던 아라비아산 '옥 선글라스'였다.

"이건……?"

"건희 씨에게 전해주세요. 그리고 이 말도 전해줘요. 산이 마지막까지 어전에 있던 왕의 의자 밑에 감춰두고 두고두고 보았던 물건이라고……."

"네에? 그, 그게……?"

"그럼."

한은 천천히 돌아가 차에 올랐고 한의 차는 순식간에 건영의 시야에서 사라졌다. 건영은 그 안경을 양복 안주머니에 소중하게 집어넣고 자신의 차 문을 열었다. 그때 갑자기 한옥의 문이 열리더니 조금 전 건영과 한을 안내했던 노인이 뛰어나와 차들이 사라진 골목을 살폈다.

"왜 그러시죠?"

"음, 모두 가버렸군요. 주인 어른께서 안경 하나가 없어졌다고 알아보라 하시는군요. 그것이 의빈 성씨의 것이라는데, 이상하네?"

노인은 이상하다는 듯 고개를 갸웃거리고 중얼거리며 집 안으로 사라졌다.

세미나는 무사히 진행되었다. 세미나를 취재한 건영의 그날 저녁 인터넷 뉴스 기사에는 황손 이한의 인상적인 인터뷰 기사가 실렸다.

〈'상징적 황실 복원'이라는 주제로 신라호텔에서 특별한 세미나가 있었다. 대표로 이신율 박사의 주제 발표가 있었다. 그리고 마지막 발표자인 이한 씨는 황실에 미래에 대한 주제를 발표했다. 그 세미나에서 이한 씨의 이야기를 들어보았다. 그는 진지하게 황실의 미래에 대한 자신의 생각을 들려주었다.

"우리 왕실의 역사는 신라의 마의 태자의 말처럼 '천년사직'의 종말치고는 지나치게 싱겁다고 하지 않을 수 없었다. 경순왕이 왕건에게 신라를 내어줄 때도 그랬고, 오백 년 사직인 고려의 공양왕이 이성계에게 나라를 내어줄 때도 그랬다. 마찬가지로 조선왕조의 마지막 임금들도 왕조와 운명을 함께하지 못했다. 이것은 근본적으로 왕들이 백성과 함께하지 못했기 때문이다. 우리나라가 전통적으로 왕권이 약한 근본 이유는 늘 지배 계급과의 타협을 통해 왕권을 유지하였기 때문이다. 우리의 역사에서 지배 계급과 지배 구조가 바뀌는 정권 교체는 없었다. 다만 정권이 교체되었을 뿐 지배 계급은 언제나 같은 세력이었기 때문이다.……(중략)……이제 우리는 황실의 상징적 복원을 바란다면 이 점을 기억해야 할 것이다. 황실은 전통과 과거에 얽매여 있지 말고 시대의 변화를 읽고 자신들이 일반인과 크게 다르지 않다는, 겸허한 자세로 자신들의 위치가 무엇을 위해 있는지를 정확히 알아야 한다. 그래서 국민과 함께하는 모습을 보여주어야 한다. 한 나라의 상징적인 존재로서의 황실이 되기 위해서는 자신들의 국민에게 잘못된 것은 용서를 구해야 하며 끌어안고, 보듬고, 위로하고, 사랑해 주는 가장 큰 어른들로서의 위치를 완벽하게 소화할 수 있어야 한다. 특히 고통과 아픔을 많이 가지고 있는 우리나라의 황실은 더욱 국민을 위해 국민들 속에서 진정 무엇을 해야 할 것인지를 생각할 수 있는 황실이어야 할 것이다. 그런 진정한 모습을 보여준 뒤에 우리는 다시 한 번 황실 복원의 문제를 논의해야 할 것이다."

라고 말했다.

이신율 박사는 앞으로 서울에 남아 우리 황실 복원을 위해 계속 활동할 생각이라고 밝혔으며 황손 이종과 이한 부자는 오후 비행기로 미국으로 출국하였다.〉

비가 내렸던가, 건희는 창가에 앉아 잠시 생각했다. 건영이 한이 전해주라고 했다며 옥 선글라스를 내밀었을 때, 그리고 한의 말을 전해주었을 때 그녀의 목을 뜨거운 무언가가 꽉 틀어막는 것 같았다.

'산이 마지막까지 어전에 있던 왕의 의자 밑에 감춰두고 두고 두고 보았던 물건.'

"이런, 제길슨! 나 공항에 갈 거야!"

"누나는 그 몸으로 어딜 간다고 그래! 이틀 동안 아무것도 못 먹었잖아."

건영은 달려나가려는 건희를 잡으며 말했다.

"야, 강건영, 놔! 나 갈 거야."

"알았어, 알았어! 내가 데려다 줄게!"

건영은 하는 수 없이 건희를 태우고 공항으로 달려갔다.

공항에 도착했을 때 한의 일행이 보이자 건희는 앞이 흐려지며 눈물이 더해졌다. 차가운 봄바람은 날카롭게 옷 속을 파고들어 주머니 속 깊이 손을 넣어도 추웠다. 건희는 한의 온기를 느끼고 싶어 울었다. 하지만 눈물은 눈가를 떠나 볼에 떨어지기도 전에 차갑게 마음을 베고 있었다.

건영은 천천히 한이 있는 곳으로 다가갔다. 뜻밖에도 그곳에는 김민과 김민의 어머니도 와 있었다. 김민의 어머니와 한의 아버지 이종이 이야기를 나누는 동안 김민이 한에게 손을 내밀었다.

"잘 가라, 늘 건강하길 바란다."

"형도 건강하고 건희 씨 아껴줘요. 내가 다시 돌아왔을 때도 건희 씨가 혼자면 그땐 내가 청혼할 거야. 그래도 되지?"

김민과의 인사가 끝나자 한은 저만치 서 있는 건희를 발견하고 천천히 걸어왔다.

분명 찰나일 그 순간, 건희의 눈에는 공항의 모든 것들이 느린 속도로 움직이는 것 같았다. 한이 다가오는 걸음이 느리고, 주변의 공기가 느리고, 건희의 눈에서 흐르는 눈물도 느려졌다. 세상 모든 것이 멈춰 서버린 것 같았다. 두 사람의 사랑이 세상의 모든 것을 지배하는 것 같았다.

한은 건희 앞에서 눈물을 보일까 봐 묵묵부답 입을 닫았다. 그러자니 자신도 모르게 자꾸 숨이 죽여지고 마른침이 삼켜지고, 가슴이 아팠다. 지금 눈앞에 그녀가 와 있다. 건희의 마음을 아프게 할까 봐 섣부르게 휘청일 수도 없었다. 건희가 고개를 숙인 듯해도 한의 걸음걸이를 보았을 것이고, 말하지 않아도 건희를 두고 떠나는 한의 불안을 느꼈을 것이다.

두 사람은 말하지 않아도 공기로 느끼고, 표현하지 않아도 마음이 움직여 모든 것을 기억하게 했다. 한은 김민을 위해서도 절대로 휘청거려서는 안 된다고 생각했다.

"안녕."

건희가 손바닥을 쥐었다 폈다 해 보였다. 손바닥에는 한이 준 '옥 선글라스'가 쥐어져 있었다.

"안녕, 괜찮아요?"

건희는 천천히 고개를 끄덕였다. 지독히도 태연한 한을 보니 가슴은 아팠지만 입술엔 여린 웃음을 매달았다.

"이젠 진짜 가는 거네."

"네."

한의 눈동자가 잠깐 출렁이는 걸 발견한 건희는 뭔가를 말하려다 말을 멈추었다. 한의 그 슬픈 눈빛을 피해 자신에 손에 쥐어진 선글라스를 뚫어질 듯 쳐다보며 건희는 하려던 말을 마저 했다.

"저기…… 건영이에게 들었어. 왜…… 그런 거야? 그러니까, 네가 이제 알았다면 말야. 내게 이 선글라스를 준 걸 보면 안 거지? 그런데, 그런데 왜 정조대왕의 물건을 찾지 않은 거지?"

어두운 골목을 더듬어가듯 말은 조금씩 끊어졌다. 건희를 보던 한의 시선도 허공에서 중심을 잃고 아래로 떨어졌다. 다시 그 고요를 잘라낸 건 한의 대답이었다.

"내가 이 세상으로 온 이유를 알았으니까……."

"응?"

"내가 산이었을 때 그랬잖아요, 연에게 말이야. 난 한 번도 왕이 되고 싶었던 적이 없다고. 다만 주어진 나의 운명에 충실했을 뿐……."

"그랬지."

한의 말에 웃음이 보태졌다. 그 웃음에 기대어 건희도 함께 웃었다.

"넌, 왜 온 거니?"

건희가 가만히 물었다.

"연이 기다리고 있으니까……. 너무 늦게 알아봐서 미안해요."

한이 대답했다.

"난, 이 말을 해주려고 왔어. 기다리는 건 내 특기니까, 기다릴게."

"나보다 먼저 나와서 나를 기다려 줬으니까?"

건희의 말에 한은 그렇게 대답하며 씽긋 웃었다.

"응, 난 너 알아봤어."

"우리 다시 만나게 되면 그땐……."

차라리 그랬으면. 이젠 가슴 안에 옹골차게 매듭진 것들을 헐겁게 풀어버리고 정말 아무것도 겁내지 않는 사랑을 하고 싶어. 그냥…… 사랑만 하고 싶다. 행복함에 지치도록 사랑만 하고 싶어. 그렇게 건희의 눈은 말하고 있었다.

가슴에 시린 기운이 차 오른다. 생각보다 앞서 이미 차 올라버린 불분명한 기운으로 가슴이 시리고 저려온다. 아름답게 머뭇거리며 한 발짝 다가오는 이 사람의 영혼이 너무 착해 보여서…… 조심스레 망설이며 마음짓 하는 그 사람이 왜인지 고마워져서 건희는 그를 붙잡고 매달리지 못했다. 한이 눈을 들어 건희를 바라보았다. 그러자 잔인하게도, 숨 쉬기조차 아파 기억하고 싶지 않던 어제의 기억들이 돌연히 윤곽을 드러내며 선명히 살아났다.

알아요, 건희 씨? 기억이 잔인한 건 그것이 영구 삭제가 불가능하기 때문이죠. 알고 있어요? 당신의 기억이 내 안엔 너무 깊숙이 새겨져 있다는 거.

"들어가 볼게요."

"응."

이제 한이 잘 버텨내도록 건희가 비켜서 주어야 할 때였다.

"가면…… 어쩌다 한 번쯤은…… 그래…… 일 년에 한 번쯤, 전화해 줄래? 너무너무 심심해서 어쩔 줄 모르겠을 때. 그리고…… 혹시라도…… 내가 보고 싶어질 때."

한에게도 자신에게도 숨을 쉴 수 있는 여지를 주고 싶었다.

최소한의 틈을 남겨두고 싶었다. 건희를 보는 한의 눈이 아득하게 깊어졌다. 그런 건희의 마음을 헤아리며 대화가 문득 끊어졌을 때, 돌아서던 한이 말했다.

"봐요, 건희 씨…… 만약 가령 우리 두 사람이 진정한 100%의 연인이라고 하면, 반드시 언제 어디선가 다시 만나게 될 거예요. 그리고 이 다음에 다시 만났을 때도 역시 서로가 서로의 100%의 연인이라고 하면, 반드시 알아보게 될 거야. 그리고 이 다음에 다시 만났을 때도 역시 서로가 서로의 100%라면, 그땐 바로 결혼하자구요. 알겠죠?"

"응, 알았어."

"가요, 먼저."

한이 그렇게 대답하며 조금, 아주 조금 미소 지었다. 미소마저도 아득하게 느껴졌다. 한이 일행들과 들어가고 문이 닫혔다.

"잘 가."

건희는 중얼거리며 가만히 그 자리에 있었다. 그렇게 두 사람은 헤어졌다. 김민이 다가와 물었다.

"괜찮아?"

건희는 차마 말을 하지 못하고 고개를 숙였다.

"오빠……."

"응?"

"숨을 쉴 수가 없어."

김민의 눈썹에 꿈틀, 힘이 들어갔다. 건희의 한을 향한 사랑이 느껴져 마음이 아파왔다.

'고마워, 한아…… 내 동생아. 힘든 마음 끝까지 혼자 움켜쥐고 가주어서. 고마워, 끝까지 나를 배려해 주어서. 고마워…… 너의 방식으로…… 마음을 다해…… 나를 사랑해 주어서'고맙다.'

김민이 어깨를 토닥이며 위로하려고 하는데 건희가 끄윽끄윽 울음을 참고 흐느끼고 있었다. 김민은 고개를 끄덕였다. 건희가 차마 건네지 못하고 가슴속에 담아둔 말들을 다 알아듣기라도 한 것처럼.

한이 떠나고도 세상은 아주 무탈하게 잘 돌아가고 있었고, 사람들은 황실의 기억은 별로 대수롭지 않게 잊고 살아갔다. 봄이 다 지나가고 있었다. 건희는 아무것도 하지 못하고 있었다. 세상이 모두 멈춰 버린 것 같았다. 하루하루 지루한 일상이 지나갔다. 한이 가고, 뜬눈으로 긴 밤을 지새웠다. 긴 밤을 지새우며 떠나 버린 한과 자신의 아픈 마음을 생각했다.

어디선가 끊임없이 한의 소곤거리는 소리가 들렸다. 그 소리는 때와 장소를 가리지 않고 들려왔다. 모든 문을 닫고 솜으로 귀를 틀어막아도 한의 소리는 들렸고, TV를 크게 켜놓아도 화면엔 한의 얼굴이 떠올랐다.

밤이 가고 아침이 왔다. 쏟아지는 햇살이 눈부셔 햇살을 등지고 누웠다가 또다시 잠이 들었다. 잠이 오지 않아 술을 마셔보아도 취기는 느껴지지 않았고 새록새록 오히려 머리가 맑아졌다. 건희 안에서 죽어가고 있는 건희 영혼의 비명 소리가 끊일 듯 끊이지 않고 들려왔다. 떠나 버린 한을 잊기 위해 계속 술을 마셨다. 이젠 쉬고 싶었고 깊은 잠을 자고 싶었다. 산다는 것이 도무지 무의미했다. 다시 산다는 것이 암담했고 피곤했고 무슨 형벌처럼 느껴졌다. 갑자기 살아야 할 목표를 잃어버린 것 같았다.

세상 모든 것이 빛을 잃고 단 하나의 이름만 남았다. 이한…… 건희가 보고, 알고 있는 공간 안에 그 모든 것들에 한이 남아 있었다. 광화문을 지날 때도, 홍대 앞을 지날 때에도, 거리의 편의점 파라솔에서도 한은 서성이고 있었다. 잊혀지지도, 지워지지도 않았다.

봄이 가고 여름이 시작되는 바람 한 점 없는 어느 날이었다. 죽자고 베개만 끌어안고 뒹구는 건희에게 김민이 일거리를 가지고 찾아왔다. 김민은 아직도 여전히 이한을 떠나보낸 뒤에 그 모양으로 널브러져 있는 건희를 답답하게 바라만 보고 있었다. 자신에게 마음을 돌리게 하려고 노력해 봤지만 건희의 마음은 돌부처가 되어버린 것인지, 떠나는 한에게 떼어 보내 버려서 마음 자체가 아예 없는 것인지 꿈쩍도 하지 않았다. 시간이 지나면 나아지려니 했지만 건희는 점점 더 깊이 한이라는 늪 속으로 빠져드는 듯했다. 끝내는 건희의 가족들 입에서 우울병일지도 모르니 병원에 데려가 봐야 하지 않겠냐는 말까지 나오고 있었다.

김민의 어머니도 저러다 건희가 큰일나겠다며 걱정이었다. 오늘 아침에 김민의 어머니가 전화를 해서 한참 동안 건희의 상태를 이야기하다가 마지막엔 '보내야 할 땐 잡은 손을 놓아주는 것도 사랑이야'라고 말하고는 전화를 끊었다. 김민은 그 놓아주는 것도 사랑이라는 말을 하루 종일 되뇌고 있었다.

—Today while the blossoms still cling to the vine~
Ere I forget all the joy that is mine, today~
Rit. Today…….

방에서는 평상시 건희가 전혀 듣지 않는 노래가 흐르고 있었고 게다가 그녀는 흥얼흥얼 그 노래를 따라 부르고 있었다. 제대로 먹지 않아서 얼굴은 생기를 잃고 반쪽이었다. 그런 건희의 모습이 이상해 김민이 고개를 갸웃거렸다. 김민은 그런 건희의 팔을 잡아 일으켰다. 자신 때문에 건희가 이렇게 된 것 같아서 마음이 아팠다.

"야, 강건희! 너 왜 그래."

"내가 뭐?"

"너 언제부터 이런 노래를 들었어?"

"한이가 불러주던 노래야."

"미쳤군, 미쳤어. 강건희, 너 진짜 요즈음 말로 '땅 파냐'? 너무 너답지 않은 거 아냐?"

"나, 원래 시덥지 않거든. 가만 놔둬!"

그렇게 건희가 소리를 빽 지르자 그녀의 팔을 쥐고 있던 김민의 손에서 스르르 힘이 빠졌다.

"또, 한이 생각이야?"

"응, 보고 싶어 미칠 것 같애! 보고 싶어! 보고 싶다! 보고 싶어!"

건희는 또 불현듯 한이 보고 싶어졌다. 한 번 보고 싶어지면 걷잡을 수가 없었다. 건희는 짜증스럽게 소리치고는 고개를 무릎 사이에 묻어버렸다.

"남들은 눈에서 보이지 않으면 마음도 멀어진다는데?"

"말도 안 되는 소리 하지 마! 그 앤 내 눈 안에 있어. 어떻게 멀어져?"

"언제까지 일 안 할 거야?"

"안 해."

"그렇게 그 녀석이 좋았어?"

"알면서 왜 물어!"

"강건희 뭔가에 빠지면 뿌리를 뽑아야 나오는 거 알고 있었지만…… 사랑도 그렇게 하냐?"

"이번엔 뿌리가 안 뽑혀. 틀렸어. 이미 너무 깊게 뿌리를 내려서 그걸 뽑으려다간 내가 죽겠어."

건희는 자기가 그렇게 말해 놓고도 갑자기 왈칵 치받치는 그리움 때문에 서러워 목이 메었다.

"그 정도야?"

"응…… 나, 사실 너무 힘들어."

"내가 더 잘하면 안 될까? 너에게 더 좋은 남자가 되려고 노력하면 말야."

"난 싫거든……. 사실, 오빠가 미워. 그러니까 날 그냥 좀 내버려 둬!"

그런 건희의 태도에 김민도 지치고 질린다는 듯 돌아앉아 담배를 꺼내 물며 다시 물었다.

"대체, 한이 어디가 그렇게 좋아?"

"내 운명이야!"

"아무나 운명이야?"

"난 알 수 있어."

"어떻게 알아?"

"한이 내 운명이니까 사랑한 거야."

"그렇게 말하면 나도 너 사랑하니까 넌 내 운명이다. 안 그래?"

"그러지 마, 내가 정말 한을 좋아하는 거 알잖아……."

풀이 죽은 듯한 건희의 얼굴을 보자 다시 안됐다는 생각이 들어서 김민는 달래듯 차분하게 말을 건넸다.

"정말 그렇게 좋아하니?"

"아마 다시 태어나도 한을 사랑할 거야."

건희는 강조라도 하려는 듯 말을 끊었다가 다시 이었다.

"왜?"

"내 운명이니까, 난 그 사람을 좋아할 수밖에 없어."

"확실히?"

"응, 확실해."

"네가 계속 그러니까 난 반작용이나 오기 같은 게 생기려고 해. 네가 만일 한이를 조금만 덜 사랑하는 거 같았어도 이렇게까지 내가 집착하진 않았을 거야. 분명히."

김민이 다시금 물고늘어졌다. 빈정거리는 것같이도 들렸다. 건희는 결국 웃고 말았다.

"그래서 계속 오기를 부리겠다는 거야?"

"아니, 그만 할 거다. 이런 소모전, 나 오늘부로 한에게 항복."

"진짜?"

"어떻게 옆에 있는 내가 영국에 있는 그 녀석을 못 이기냐?"

"진작 그랬으면 좋았잖아. 이젠 어떻게 해!"

"뭘 어떻게 해?"

건희는 성질난다는 듯 화를 버럭 냈다. 그런 건희가 어이가 없는지 김민도 따라 웃었다.

"이젠 어떻게 한을 찾느냐고!"

"어떻게 하긴, 이젠 정말 네가 우기는 운명을 시험해 봐야지.

야, 강건희 이제 다음 영화 콘티 작업 하는 거다."

김민은 건희의 어깨를 툭 쳐주고 나왔다.

차에 앉아 시동을 걸며 그는 잠시 중얼거렸다.

"놓아주는 것도 사랑이라고요, 어머니?"

어쩌면 건희와의 사랑은 이렇게 될 줄을 알고 온 길인지도 모른다고 그는 생각했다. 뻔히 끝이 보이는 이 길을, 그러면서도 알고 온 이 길을 이제 잘못 들어왔으니 돌아가야 한다고 말하면 이제 어떻게 되돌아가야 하나. 올해는 유난히 더운 여름이 오려는지 서울의 거리는 벌써 폭염에 쌓여 있는 것 같은 기분이었다.

사실을 말하자면, 그들은 운명을 시험하는 따위의 시도는 해볼 필요가 조금도 없었다. 그것은 해서는 안 될 일이었다는 말이다. 왜냐하면 그들은 진정 100% 완벽한 연인이었으니까. 그것은 기적적인 사건이었으니까. 하지만 두 사람은 그때는 갑자기 너무 많은 일이 일어났으므로 그런 것은 이해할 수조차 없었다. 그리고 믿지 못했는지도 몰랐다. 그래서 그들은 2004년 꽃이 피던 봄에 헤어졌다. 마치 막 피려던 꽃들이 꽃샘추위로 몸을 움츠리는 것처럼.

그리고 그해 여름이 오기 전, 두 사람은 그해에 유행한 악성 인플루엔자에 걸려 몇 주일간이나 사경을 헤맨 끝에, 일어났다. 오랜만에 그들은 정말 우연 같지 않은 우연으로 영국의 런던과 대한민국 서울에 있는 컴퓨터 모니터 앞에 앉아 있었다.

그날도 건희가 멍하게 모니터 앞에 앉아 있을 때 오랜만에 경쾌한 소리를 내며 메신저 알림이가 올라왔다.

[내 체온 39도님이 로그인 했습니다.]

한동안 들어오지 않던 사람이라 건희는 마우스를 움직여 대화하기 창을 열었다.

[삼겹살에 소주한잔님]의 말:

안녕.^^＊

[내 체온 39도님]의 말:

잘 지냈나요?

[삼겹살에 소주한잔님]의 말:

네, 그쪽은요?

[내 체온 39도님]의 말:

숨만 쉬어요. 많이 아파요.

[삼겹살에 소주한잔님]의 말:

증세가 어떤가요?

[내 체온 39도님]의 말:

바라보고 있는 세상의 모든 것이 그 여자로 보여요. 생각하고 있는 모든 것들이 존재 가치가 없는 것 같고 잠들 수가 없어 마시고 있는

술이 제 역할을 못해요. 살아 숨 쉬는 모든 것의 이유가 없어요.

　　[삼겹살에 소주한잔님]의 말:

　　사랑을 잃었군요.

　　[내 체온 39도님]의 말:

　　어떻게 알았어요?

　　[삼겹살에 소주한잔님]의 말:

　　피차 마찬가지예요. 제길슨!

　　[내 체온 39도님]의 말:

　　네??

　　[삼겹살에 소주한잔님]의 말:

　　아, 미안해요. 한국말을 잘 가르쳐야 할 의무가 있는 내가 이런 비어를 쓰다니 미안.

　　[내 체온 39도님]의 말:

　　제길슨?

　　[내 체온 39도님]은 한참 동안 메시지를 입력하지 않고 있었다. 건희는 기다리다가 다시 메시지를 입력했다.

　　[삼겹살에 소주한잔님]의 말:

　　그런 녀석이 있어요. 제길슨이라고!

　　[내 체온 39도님]의 말:

　　사랑을 했나요?

[삼겹살에 소주한잔님]의 말:

네, 죽을 것 같아요. 영국에서 온 녀석이었는데, 처음엔 온통 그 녀석 때문에 세상이 아무것도 보이지 않더니 그 녀석이 가버리고 나니까 세상 모든 것이 그 녀석으로 보여요.

[내 체온 39도님]의 말은 또다시 메시지를 입력하지 않고 가만히 멈춰 서 있었다. 그는 건희가 가입한 소설방의 회원으로 외국에서 나고 자라 한국말을 능숙하게 하기 위해 글을 읽으러 들어오는 친구였다. 그래서 건희는 [내 체온 39도님]이라는 친구에게 한국어를 가르쳐 주기 위해 메신저로 대화를 자주 하는 편이었다. 지난 얼마간 만나지 못하다가 메신저로 만난 것인데 그동안 그 친구도 사랑을 한 모양이었다.

잠시 뒤 [내 체온 39도님]이 메시지를 입력했다.

[내 체온 39도님]의 말:

영국에 올 일 없어요? 바람도 쐴 겸.

[삼겹살에 소주한잔님]의 말:

네?

[내 체온 39도님]의 말:

운명을 시험해 보지 않을래요?

[삼겹살에 소주한잔님]의 말:

무슨 소리인가요?

[내 체온 39도님]의 말:

놀러와요. 초대장을 보낼게요. 그 사람도 영국에 산다면서요?

건희는 잠시 생각에 잠겼다.

[삼겹살에 소주한잔님]의 말:

좋아요. 여행 가면 그쪽에서 영국 관광 책임지는 거죠?

[내 체온 39도님]의 말:

물론이죠.

[삼겹살에 소주한잔님]의 말:

좋아요.

[내 체온 39도님]의 말:

참, 봐요.

[삼겹살에 소주한잔님]의 말:

네에?

[내 체온 39도님]의 말:

그분 말예요. 아마 만나게 될 거예요. 어느 쪽이든 애타게 찾고 있

다는 건 인연이라는 증거거든요.

만나야 될 사람들은 반드시 만난다고 들었어요.

〈건희의 다이어리 〉

사랑은 온전히 누군가의 편이 되어주는 것.

그 사람이 어떤 순간에, 어떤 상황에 처해 있던 온전히 그를 무조건 믿어주고 그의 편이 되어주는 것이다.

그래서 온전한 나의 편을 가지는 것이다.

나도 무조건 두말없이 내 편이 되어주는 남자 가지고 싶다. 제길슨!

ps:그가 나만큼 힘이 들 것이라는 것을 알기에 나는 오늘도 이렇게 견디고 있다. 견디고 참으면 그가 내 곁으로 올 것이라는 걸 알기에.

만나야 될 사람들은 반드시 만난다

*2*004년 7월 2일.

인천공항에서 출발한 비행기는 런던의 히드로 국제공항까지 열두 시간이 걸렸다. 복잡한 수속을 마치고 짐을 끌고 나오니 벌써 해가 지고 있었다. 빨간 야구모자에 빨간 셔츠, 그리고 여전히 하얀 건빵바지를 입은 건희는 마중 나오기로 한 [내 체온 39도님]을 찾았다. 출발하기 전 이름을 물었지만 이 친구는 재미있는 이벤트를 준비 중이라고 하며 도착해서 만나게 되면 알려준다고 했다. 벌써 소설 카페에서 만나 삼 년째 메신저나 채팅으로 대화를 하는 사이이니 그만큼 믿음도 있었고 재미있겠다는 생각에 건희는 더 이상 캐묻지 않았다. 다행히 오래 찾을 필요는 없었다. 엄마가 싸준 고추장과 냉동 포장된 떡, 된장마 늘 장아찌를 싼 가방을 찾아 들고 나오자마자 영국 버킹검 궁전 의 근위병처럼 생긴 키가 큰 중년 아저씨가 양복을 단정하게 차 려입고 한글로 쓴 [삼겹살에 소주한잔님]이라는 팻말을 들고 아 주 정중한 자세로 서 있었기 때문이다. 지나가는 사람들은 모두 가 그를 흘깃흘깃 바라보고 있었다.

"이런. 아니, 어라! 한국 사람이 아니네. 교포인 줄 알고 있었 는데…… 게다가 저건 또 뭐야? '삼겹살에 소주한잔'? 내가 강건희라고 가르쳐 줬는데. 쯧!"

건희는 쭈뼛쭈뼛 그에게 다가갔다. 그는 도수가 높은 안경을 썼는지 그 두꺼운 안경 너머로 건희를 뚫어져라 쳐다보았다. 실 용영어에 약한 건희는 더듬거리며 말했다.

[에, 제가 강건희인데요. '내 체온 39도' 님이신가요?]

그는 팻말을 손가락으로 가리키며 쑥스러워하는 건희를 아래 위로 천천히 바라보았다. 그리고는 높은 코 아래로 흘러내린 안 경을 추켜올리며 고개를 조금 돌리고는 혼자 킥킥거리며 웃었 다. 건희는 자기 얼굴에 뭐가 묻었나 하고 문질러 보았다.

"네, 강건희 씨 금세 알아봤습니다. 저는 집사 존슨입니다. 도 련님은 오늘 일이 있으셔서 이제부터 제가 모시겠습니다."

"어머! 한국말을 하시네요?"

"네에, 아가씨. 조금 서툴긴 하지만……."

"우와~ 굉장하네요?"

건희는 연신 고개를 끄덕이며 공항을 나왔고 영화처럼 운전기사가 정중하게 문을 열어주는 하얀 리무진에 탔다. 건희는 뒷자리에 앉아 괜스레 키득거렸다.

"이야~ 이 차 빌리려면 거금 들었겠는데! '내 체온 39도' 님도 총 맞았군. 에구, 총 맞은 사람 많구나."

즐거운 척 키득거리던 건희는 또 갑자기 이곳이 한이 있는 영국이라는 생각을 하고는 씁쓸해졌다. 아무리 즐거운 척을 하려해도 순간순간 떠오르는 한의 얼굴을 생각하면 기분은 순식간에 곤두박질치곤 했다. 영국에 있을 동안 적어도 한 번은 한을 만나볼 생각이었다.

"그런데 어디로 가나요?"

"윈저에 있는 본댁으로 모시라고 하셨습니다."

"집이 런던에 있는 걸로 아는데요?"

"런던에도 있습니다. 지금 어른들은 모두 런던에 계시죠. 하지만 지금은 그곳이 조용하니 지내시기 편하실 것입니다."

"우와, '내 체온 39도' 님이 그렇게 부자였나?"

건희가 윈저에 있는 그 저택에 도착하기 전에 어둠이 내렸다. 그 바람에 건희는 오는 내내 캄캄한 밤길밖에 본 것이 없었다. 웅장한 철문을 통과해서 저택이 가까워오는데도 눈이 나쁜 건희는 가로수가 늘어선 앞길 외에는 아무것도 보지 못했다.

코앞에 가서 보자 비로소 웅장한 이층 규모의 저택이 모습을 드러냈다. 정원의 불이 모두 다 밝혀져 있고 프로방스 풍의 발코니를 장식한 아름다운 철조 무늬를 똑똑히 볼 수 있었다. 그건 집이 아니라 차라리 작은 성이었다.

"저 불은 저를 환영하느라고 다 켜놓은 건가요, 아니면 매일 밤 원래 저렇게 밤새 켜져 있나요?"

건희가 심각하게 묻자 존슨은 거만스럽게 이렇게 대답했다.

"한강 다리에 밤새 불을 밝혀두는 것과 같습니다."

건희는 그런 존슨이 어이가 없어 고개를 꾸벅 숙이며 말했다.

"한국에 대해서 상당히 많이 알고 계시는군요."

"노부인을 모시고 몇 번 다녀온지라 약간 압니다."

"아하! 하지만 그 말은 제가 자주 쓰는 말인걸요? 그래서 놀랐어요."

"저희 도련님도 자주 쓰신답니다."

정원에는 근사한 나무며 보랏빛 꽃들이 불빛 아래에서 모습을 보이고 있었다. 본채 말고도 크고 작은 별채들이 반원형으로 자리 잡고 있었다. 대한민국 서울의 일반 서민 강건희는 감탄할 뿐이었다. 너무 촌스럽게 놀라는 일은 하지 말자고 결심한 건희는 존슨이 조수석 문을 열 때까지 기다렸다가 내리면서 고맙다는 인사를 했다. 그는 건희의 가방을 들어주었다. 현관문에 닿기 전에 갑자기 문이 열리더니 키가 크고 여윈 갈색 머리칼의 한국 여인이 건희를 향해 따스하게 환영의 미소를 보냈다. 꽃무늬 원피스에 하얀 린넨 앞치마를 입은 그 여인은 우아해 보였다.

"어서 오세요."

여인은 반가운 내색을 감추지 못하며 말했다. 건희는 그 여인이 '내 체온 39도' 님의 어머니인 줄 알고 꾸벅 인사를 했다.

"안녕하세요, 어머니! 강건희라고 합니다!"

"어머, 아니에요, 강건희 씨. 전 우리 도련님의 유모예요."

"네에? 유모요?"

건희의 입이 딱 벌어지자 그녀는 호호 웃다가 건희를 호기심 가득 한 눈으로 바라보았다. 곁에 있던 존슨이 건희의 귀에 대고 속삭였다.

"미스 김이라고 부르세요."

"네, 김 여사님."

그러자 김 여사는 존슨에게 눈을 하얗게 흘기며 꾸짖는 얼굴을 했다.

"자, 어서 방에 짐을 가져다 두고 씻고 오세요. 먼저 저녁 식사하세요. 도련님은 런던에서 오고 계시다는군요."

"아, 네."

건희는 먼저 이층에 자신이 묵을 방에 가방을 가져다 두고 간단히 손을 닦고 내려오기로 했다. 존슨은 거실 반대편 계단으로 건희를 안내하고는 계단을 올라가면서 명랑하게 이야기를 늘어놓았다.

"제가 환기도 시켜두었고, 도련님 말씀대로 꽃도 가득가득 꽂았고, 잠자리에 들 때 혹시 읽을까 해서 잡지도 몇 권 가져다 놓앗어요. 그 밖에 뭐 필요한 게 있으면 부담 갖지 말고 말씀하세요."

"아니, 방을 온갖 장미로 도배를 했잖아? 세상에!"

그 방은 아름다웠다. 온통 하얀 벽에 한쪽으로는 핑크 장미 벽지가 포인트로 들어가 있었고 우아한 콘솔형 화장대와 윙체어가 테라스에 놓여 있었다. 하얀 기둥 네 개가 달린 공주 침대에는 하얀 모기장 같은 캐노피가 달려 있었고, 커다란 분홍색 퀼트 이불이 덮여 있었다. 가구는 모두 하얀 쉐비 풍의 로맨틱 가구로 꾸며져서 낭만적이었다. 무엇보다도 모든 가구 위에 분홍색 장미가 가득가득 꽂혀 있는 게 인상적이었다. 게다가 별도로 그림 같은 욕실이 있어 건희는 너무 좋았다.

"정말 너무너무 예쁜 방이군요."

건희는 정말 손뼉을 치며 감탄했다.

"감사합니다."

집사 존슨이 기쁜 듯 싱긋 웃었다.

건희는 손을 씻고 식사를 하러 내려갔다. 넓은 아치형으로 장식된 높은 천장 아래에는 우아한 거실이 있었고 거기에는 건희가 늘 멋지다고 생각하던 큰 대리석 벽난로와 명화들이 걸려 있었다. 건희는 식당으로 들어갔다.

"같이 드시죠."

"아닙니다. 저희는 따로 먹겠습니다. 어서 드세요, 건희 씨."

"기다리고 싶은데 배가 너무 고파서……."

건희는 열 명은 너끈히 앉을 식탁의 끝에 혼자 앉아 간단한 식사를 했다. 문득 건희는 이 긴 식탁에서 빨간 이브닝드레스를 입은 모델이 요염하게 맞은편 남자를 유혹하는 CF를 생각해 내고는 큭큭거렸다. 식당의 가구들도 역시 윤기나는 골동품들이었다. 고상함과 우아함이 깃들여져 있었다.

"근데 대체 저를 초대한 이 댁 도련님은 언제 온다고 하나요?"

"조금 늦어진다고 하시네요. 먼저 들어가 쉬고 계세요. 저희도 별채로 내려가서 쉬고 있겠습니다. 시키실 일 있으시면 침대 위에 끈을 당기세요."

"그, 그렇지만……"

건희는 혼자 자신의 방으로 올라와서는 묘한 기분이 되어 있었다. 어째 이야기가 이상하게 돌아가는 것 같았다.

"영국에 온 첫날밤을 이렇게 보내게 하다니…… 나타나기만 해봐라. 바로 죽었어!"

건희는 화가 나서 오락가락하다가 저녁 내내 긴장한 탓인지 피곤해져서 창가에 놓여 있는 윙체어에 편안하게 앉아 있었다. 창 아래로 보이는 풀장에서는 은은한 클래식 음악이 흐르고 있었다. 모차르트의 교향곡 21번, 아웃 오브 아프리카에 주제가로 쓰였던 그 음이 귀에 익숙해 건희는 자기도 모르게 창가 발코니로 나가 기대서서 창 아래 있는 풀장을 내려다보았다.

그때였다. 갑자기 풀장 가운데 떠 있던 작은 모형배에서부터 폭죽이 터지기 시작하더니 삽시간에 풀장 주변에서 수없이 많은 폭죽이 터져 하늘로 올라갔다. 밤하늘에 불꽃이 피고 수없이 많은 풍선이 올라가며 [환영! 삼겹살에 소주한잔님!]이라고 쓴 분홍빛 대형 리본이 풍선에 달려 올라갔다. 깜짝 놀라 쳐다보는데 귀에 아주 익숙한 음이 들려왔다.

"내 아픔 아시는 당신께 내 모든 사랑 드려요. 이 눈물 보시는 당신께……."

노래가 들리는 테라스 아래를 바라보니 그곳에는 꿈에서도 그리던 그 남자 이한이 서 있었다. 건희는 너무 놀라 자신의 뺨을 꼬집어보았다.

"미쳤어! 미쳤어! 이젠 헛것이 다 보이는구나."

그 남자 이한은 노래를 마치고 테라스에 서 있는 건희를 올려다보며 말했다.

"이 노래 배우느라고 얼마나 고생했는 줄 알아요?"

그러자 건희는 놀라 입을 딱 벌렸다.

"세상에!"

거기까지 보자 건희는 어떤 예감에 방을 뛰어나가 계단을 내려가기 시작했다. 가슴이 터질 것 같았다. 숨을 쉬지 못하고 쓰러질 것 같았다.

"거기 있어, 거기 있어! 꿈이 아니지, 꿈이 아니지!"

건물을 어떻게 빠져나갔고 어떻게 풀장까지 갔는지도 몰랐다.

"안녕, 삼겹살에 소주한잔님!"

"안녕, 내 체온 39도님!"

한이 건희를 번쩍 껴안고 빙빙 돌리는 바람에 건희는 숨이 멎을 뻔했다.

"야, 어지러워!"

"참아요. 이러지 않으면 가슴이 터질 것 같으니까. 건희 씨가 도착하고 나서 지금까지 깜짝 놀라게 해주려고 기다리다가 내 심장 다 터지는 줄 알았어요."

한이 경쾌하게 소리쳤다. 불꽃이 타오르고 색색깔의 풍선이 수놓은 하늘이 빙빙 돌아갔다.

한은 조심스럽게 건희를 내려놓고 다시 한 번 그녀를 바라보았다. 그 눈빛 속엔 여전히 숨기기 어려운 따뜻함이 스며 있었다. 건희가 흐뭇한 미소를 지었다. 건희는 한을 가만히 바라보았다. 한을 본 건희는 좀 수줍은 듯 웃었다. 풀장을 비추는 푸른 빛들이 생생하게 건희의 행복한 모습을 이끌어냈다. 아무런 생각도 나지 않았지만 가슴은 제멋대로 덜그럭 덜그럭 두근거렸다. 건희는 고개를 들어 기쁨으로 빛나는 한을 보았다. 한없이 깊고 맑은 눈이 건희를 바라보고 있었다.

"나는 너를 보내고 내 심장이 뛰는 것을 멈췄는 줄 알았는데, 또 덜그럭거리네."

"내가 고쳐 줄게요. 등에 꽂힌 그 칼도 내가 뽑아주고, 그 심장에 난 상처도 내가 치료해 줄게요."

건희는 다시 까치발로 일어섰다. 가만히 한의 입술에다 입을 맞추었다. 한의 입술은 건희의 목덜미로 내려와 잠시 머무르다가 어깨를 지나 가슴에 닿았다.

사랑해…… 건희는 눈을 뜨고 그를 바라보았다.

당신이었군요. 나의 당신. 내게도 그렇게 말해 주는 사람…… 산.

멀고 긴 시간 오래전부터 내내 안타깝게 기다려 온 사람. 나의 당신, 산…….

그가 젖은 눈으로 건희를 내려다보고 있었다. 건희는 얼굴을 들어 올려 그의 입술을 찾았다.

나를 존재하게 하는 단 하나의 사람…… 연,

그 오랜 세월을 견디게 해준 내 영혼의 전부…… 연.

한은 건희의 입술에 자신의 입술을 가져다 댔다. 건희의 뺨으로 따뜻한 눈물이 흘렀다. 그는 입술로 건희의 눈물을 닦아주었다. 그리고 두 손으로 건희의 머리를 소중하게 감싸 안고 오래도록 키스했다.

그의 입술. 마치 폭풍이 휘몰아치는 것 같았다. 부드럽고 아늑하고 뜨겁게 휩쓸어 갔다. 그에게 갇혀 있던 입술이 자유로워졌을 때 건희가 제일 먼저 느낀 감정은 안타까움이었다. 이대로 내내 그에게 갇혀 있고 싶었다. 그가 이번에는 가볍게 입술을 가져다 댔다. 그의 입술이 스쳤다 떠나갈 때 건희의 안타까움은 더욱 커졌다.

한이 건희의 허리를 감아쥐고 더 바짝 당겨 안으며 다가섰다. 숱 많은 그의 검은 눈썹 아래에서 뚫어지게 건희를 쳐다보는 한의 눈동자가 장난스럽게 반짝이고 있었다.

건희를 번쩍 안아 방으로 들어온 한은 건희의 양손을 잡아채어서 침대 위로 거칠게 떠밀었다. 그리고는 자신도 뒤따라 침대 위에 쓰러지면서 한쪽 무릎을 그녀의 허벅지 사이로 단단히 밀어 넣었다. 한의 가슴이 젖가슴에 와 닿자 건희가 헉, 숨을 들이켰다.

"너…… 혼난다."

"그냥 혼날래요."

한은 팔꿈치로 몸을 지탱하며 건희의 표정을 살폈다.

"한……"

"응……?"

"지금 나한테 키스하고 싶지?"

"응, 키스하고 싶어요."

한이 부드럽고 감미롭게 속삭였다. 건희는 한의 입술을 물끄러미 응시했다. 건희의 눈이 천천히 감겼다. 자신을 얻은 그의 혀가 건희의 입 속으로 들어와 그녀의 혀를 달콤하게 간질였다.

부드럽게 건희의 몸을 쓰다듬으며 한은 몸을 내려 그녀의 목덜미에 입맞췄다. 뜨거운 숨결과 까칠한 혀의 감촉에 피부가 울렁거리기 시작했다. 슬슬 정념(情念)의 불꽃이 몸 안에서 불붙기 시작했다. 그가 쇄골 근처를 혀로 자극하고 나서 서서히 내려갔다. 흥분으로 들뜬 소담스러운 가슴을 맛보고 옆구리를 핥아 내려가자 그녀의 허리가 반응해서 올라왔다. 한의 뜨거운 숨결이 닿아서 소름이 돋았다.

그는 상체만 일으켜 자신의 셔츠를 벗곤 건희의 겉옷도 벗겨냈다. 건희의 알몸이 보이자 그녀의 목덜미 근처를 손가락으로 쓸어 내렸다. 건희의 뜨거워지기 시작한 몸이 드러났다. 이내 바지도 벗겨내곤 마치 부서지는 것을 다루듯 조심조심 그녀의 은밀한 그곳을 건드렸다. 한 손가락 하나하나로 서서히 그 은밀한 숲을 찾아내며 한 손으론 자신의 바지를 벗곤 약간 힘을 주어 그 동굴 속으로 자신을 미끄러뜨렸다.

"으음."

건희는 눈을 감고 숨을 삼켰다. 건희는 입술을 꽉 깨물고 필사적으로 몸을 일으켜 한의 입술을 핥았다. 촉촉이 젖은 아름다운 입술이 한을 자극하고 있었다. 곧이어 강렬한 쾌감이 건희의 전신을 덮쳤다.

"음!"

건희는 눈을 감은 채 입술을 깨물었고, 다시 몸 아래의 베드 커버를 강하게 움켜쥐고 몸 안에 퍼져 가는 고통을 참아냈다.

"괜찮아요……."

건희의 위에 있던 그의 몸이 활처럼 뒤로 젖혀졌다. 건희의 눈꼬리는 촉촉이 젖어 있었다. 그녀는 한의 목에 양손을 두르고 다리는 허리를 휘감고서 몸을 조금 들어 올리고 바로 내렸다.

같은 일이 처음에는 천천히, 점차 속도를 더해서 반복되었다. 건희의 격렬해진 움직임에 맞춰 한의 허리도 격렬하게 오르내렸다.

건희의 목이 뒤로 젖혀졌다. 한은 건희의 입술에 깊이 키스를 했다. 건희는 숨 쉬기 괴로워서 고개를 옆으로 흔들며 도망치려고 했지만, 한은 그것을 허락하지 않았다. 한의 상징이 너무 뜨거워져 이 이상 단단해질 수 없을 정도로 긴장되어, 격렬한 움직임을 일순 멈추고 다시 강하게 들어갔다.

"아아!"

비명 같은 신음 소리가 건희의 입에서 새어나왔다. 한의 이마에서 흐른 땀이 건희의 앞가슴에 떨어져 베드 커버를 적셨다.

두 사람은 격렬하게 허리를 흔들었다. 규칙적이었던 리듬이 흐트러졌다. 한의 등이 뒤로 젖혀지고, 건희의 몸이 위로 조금 비틀어졌다. 한의 등을 잡고 있던 건희의 손가락 끝이 일순 똑바로 뻗어 흔들렸다. 일순간의 경직 뒤에 커다란 심호흡과 함께 한의 몸이 건희의 몸 위에 겹쳐져 왔다.

"사랑해…… 건희 씨……."

거친 숨이 가라앉지 않은 상태에서 이름이 불려져 건희는 얼굴을 들었다. 건희의 입술에 한이 키스를 하고 다시 머리를 가슴에 묻었다. 손을 뻗어 건희는 한의 머리를 어루만졌다. 가슴 속에서 뜨겁게 고동치고 있는 심장이 느껴졌다.

"좋았어요?"

"응."

건희가 솔직하게 말하자 한은 건희의 손이 머리를 어루만지는 것이 정말 행복했다.

"강건희, 내 영혼의 방아쇠……."

"사랑해……."

슬쩍 한이 얼굴을 들었다. 그리고 장난스럽게 다시 물었다.

"뭐라고요?"

건희는 한이 되묻는 것에는 대답하지 않고, 그저 살포시 웃었다.

"봐요, 건희 씨…… 그날 인천공항에서 내가 그랬죠? 만약 가령 우리 두 사람이 진정한 100%의 연인이라고 하면, 반드시 언제 어디선가 다시 만나게 될 거라고. 그리고 이 다음에 다시 만났을 때도 역시 서로가 서로의 100%의 연인이라고 하면, 그때 바로 결혼하자구요. 생각나요?"

"응, 생각나."

"나랑…… 결혼해 줘요."

한은 준비해 둔 반지 케이스를 열었다. 푸른빛 벨벳 반지 케이스 안에서는 아주 단아한 모양의 다이아몬드 반지가 수줍게 빛나고 있었다. 건희가 고개를 끄덕였다.

"그럴게."

한은 건희의 손을 당겨 반지를 끼워주었다.

다음날 아침이었다. 건희가 샤워를 하고 화장대 앞에 앉았을 때 커다란 상자를 들고 한이 다가왔다.

"건희 씨, 샤워 다 했어요?"

"응. 근데 그게 뭐야?"

건희는 윤기 흐르는 검은 머리카락을 손으로 쓸어 올리며 화장대 거울에 비친 한을 향해 물었다. 건희는 느끼한 시선을 던져 다가오는 한의 몸을 머리부터 발끝까지 쭈욱 훑어 내려 보다가 조심스럽게 한의 손에 들려 있는 수상하게 생긴 커다란 상자 위로 시선을 고정시켰다.

"선물이에요. 빨리 갈아입어야 돼요."

한은 그 상자에서 멋진 하얀색 프로방스 풍 린넨 원피스를 꺼내 들고 건희에게 내밀었다. 초조한 듯 손이 가늘게 떨리고 있었으나 표정은 지나치리만치 만큼 명랑해 보였다.

"이걸 왜 입어?"

"곧 어른들이 오셔서 아침 식사할 거니까 이 옷을 입어야 돼요."

"왜?"

"우리 집은 아침에 이렇게 잘 차려입고 먹어요. 그리고 건희 씨 옷은 건빵바지밖에 없을 것 같아서 내가 미리 준비했어요. 자, 시간없어요."

건희는 심히 수상쩍었지만 사실 가방 안에 옷이라고는 전부

건빵바지밖에 없는지라 한이 권한 옷을 입었다.

하지만 옷을 갈아입고 나온 건희는 거울에 비친 자신을 쳐다보면서 미간을 찌푸렸다. 그것은 마치 한국에서는 주부들이 즐겨 입는 홈웨어로 갓 결혼한 새댁들이나 즐겨 입는 옷이었다. 건희는 잔뜩 인상을 쓰며 말했다.

"야, 아무리 멋진 숙녀처럼 보이고 싶다 해도 이건 좀 심한 것 아닐까?"

그러자 한이 펄쩍 뛰며 말을 되받았다.

"아니라니까요. 이 옷은 최고급, 진짜 좋은 옷이라구요. 딱 오늘 아침 한 번만 입어요. 네?"

그러자 건희가 오만하게 턱을 쳐들고 물었다.

"그럼, 나한테 뭘 해줄 건데?"

그러자 한이 아주 느끼하게 대답했다.

"오늘밤 멋진 비행기 태워줄게요."

"우욱, 느끼해."

건희가 욱욱거리자 한이 그런 건희의 볼에 뽀뽀하며 말했다.

"건희 씨, 우리 오래오래 느끼하게 살아요."

그러자 뒤에서 음음 하고 헛기침을 하는 존슨의 목소리가 들려왔다.

"어른들께서 식사 준비가 다 되었다고 내려오라고 하십니다."

건희가 눈이 동그랗게 되어 물었다.

"언제 오셨어?"

"새벽에 오셨습니다."

"오, 이런! 그럼 우리 같이 있었던 거……?"

"물론 알고 계십니다."

한이 어깨를 으쓱해 보였다. 건희가 발로 한의 무릎을 걷어차며 툴툴거렸다.

"난 몰라!"

희고 촉촉한 피부와 약간 치켜 올라간 눈매의 푸른 눈, 도톰한 붉은 입술, 한의 영국인 어머니의 따뜻한 시선이 잠시 건희의 모습을 훑어본 다음 팔을 벌리며 다가왔다. 한이 곁에서 말했다.

"우리 어머니셔. 한국말 잘하셔요."

"안녕하세요."

"어서 와요. 얼마나 마음이 힘들었어요. 그래, 이젠 아무 걱정 말아요. 우리 아들이 정말 나빠! 그런 일이 있었으면 빨리 말하지 않고! 어서 들어가자, 아버님과 할머님 기다리신다."

식당에는 이종과 엄 여사가 앉아 건희를 정중하게 말했다. 건희가 인사를 하자 엄 여사가 당당하게 다가와 건희를 한 번 껴안았다. 건희는 이 묘한 분위기를 의혹 어린 눈길로 바라보았다.

"너무 걱정할 것 없다. 이 할미가 다 해결해 줄 테니까……. 걱정하는 건 태교에 나쁘니까. 늘 마음을 편하게 가지고 좋은 것만 생각해야지. 자, 어서 먹자."

이종은 놀라서 딱딱하게 굳은 채 억지로 예의를 갖추고 식탁 앞에 앉아 있는 건희를 바라보면서 예뻐 죽겠다는 듯이 말했다.

"무서워 보여도 다 따뜻한 분들이시다. 며느리 사랑 시아버지라고 하지 않니? 어려운 일이 있으면 나와 의논하자꾸나. 참, 그리고 한이는 이번에 서울 지사장으로 발령을 냈다."

그러자 곁에서 반찬들을 건희 앞으로 밀어 주던 엄 여사가 말했다.

"그리고 어서 배불러 오기 전에 식부터 올려야지."

건희가 놀라 억 소리도 못하고 입을 딱 벌리자 한의 어머니가 부드럽게 웃으며 말했다.

"입맛이 없니? 존슨 씨, 주방에 더 깔끔한 맛이 나는 샐러드를 좀 더 가져오라고 전해주세요. 에구, 여기 음식은 입맛없을 때 먹기엔 그래."

건희가 창백한 얼굴로 있자 한의 어머니와 엄 여사는 공연히 집사 존슨 씨를 꾸짖었다.

"이 방 너무 덥군요. 환기가 임신부한테 얼마나 중요한데! 식사하고 나면 커튼을 걷어내고 환기 좀 시켜요."

"아, 아니에요. 어머니, 저 잠깐만 실례하겠습니다."

"저런, 입덧이 심한 모양이구나. 그래, 그래요. 그럼 한아, 같이 가보렴!"

"네에, 어머니."

한이 싱글거리며 건희를 데리고 나오자 건희는 한의 손을 잡아끌며 뒤쪽 한적한 정원으로 끌고 갔다. 그리고 건희는 한참 동안 한을 째려봤다. 한은 멀뚱하니 어쩔 줄 몰라 하며 서 있었다. 건희는 눈에서 불이 나는 걸 참고 물었다.

"지금, 이것이 다 무슨 소리야?"

"아, 미안, 미안. 난 설마 이 자리에서 모두 이렇게 나오실 줄은 몰랐어요. 정말 미안해요."

"아니란 그런 말 말고! 누가 지금 미안하다는 말 듣자고 했어? 어떻게 된 거냐니까!"

"그게, 저 빨리 결혼해야겠기에, 내가 그만…… 건희 씨랑 결혼할 거라고…… 그래서 서울 건희 씨 집에서 우선 같이 산다고……."

"뭐어? 또!"

"아기를 가졌다고…… 사 개월에 접어들었다고……."

다음 순간 건희는 총알처럼 날아서 곁에 세워둔 긴 막대처럼 생긴 정원 도구를 찾아 들고는 그 넓은 잔디밭을 입에 거품 물고 미친 듯 뛰기 시작했다. 한은 잡혀서 몇 대 맞아주면 될 텐데 그럴 마음이 없었는지, 아님 재미있어서 그랬는지 두 사람은 그날 아침 지칠 때까지 그 햇살 부서지는 초록빛 정원을 뛰어다녔다. 물론 어른들은 아기가 잘못될까 무척 걱정하셨다.

딩동.

영국에서 돌아온 건희가 새로운 영화 콘티를 계약하고 막 집에 들어와 오렌지 주스를 컵에 따르고 있을 때였다.

"존, 문 열어!"

거실에 앉아 킬킬거리며 텔레비전을 보던 존은 아무런 표정도 없이 무심하게 현관을 열었다. 문은 잠겨 있지도 않았다.

"건희, 문 왜 안 잠가? 오, 마이 갓!"

존이 오 마이 갓을 외치자 거실에 앉아 있던 패트릭과 건영, 그리고 건희 모친까지 모두 현관 앞으로 달려나갔다. 문 앞에는 이한이 여행용 가방을 들고 우뚝 서 있었다. 그는 들어오라는 말도 없었는데 제집 드나들듯 아무 거리낌 없는 태도로 검은색 구두를 벗고 집 안에 들어섰다.

"저 하숙하러 왔어요, 어머니."

잠시 놀라서 멍하게 바라보던 건희 모친이 건영의 등을 딱 치고는 더듬거리며 말했다.

"건영아, 뭐 하냐? 가방 받아라."

건희는 어느새 주스 컵을 들고 달려와 웃고 있었다.

"앉아, 잠깐만 기다려. 아이스크림을 먹으려던 중이었거든. 뭐 먹을래? 주스, 아니면 커피?"

한이 거실에 앉자 건희가 어느새 주방에서 빼꼼 얼굴을 내밀고 말했다.

"아, 차로 하죠."

"녹차, 대추차, 오미자차, 쌍화차, 한차, 다즐링, 얼그레이, 캐

모마일, 레몬베버나, 페퍼민트…… 또 뭐가 있더라?"

"강건희, 살림 거덜 낼 거냐?"

한을 가운데 앉혀놓고 신기하다는 듯 빙 둘러앉아 있던 건영
이 빽 소리쳤다.

"그냥 아무거나 줘요."

"몸에 좋은 한차 먹어."

잠시 후 건희가 한차를 들고 와서 한에게 권하자 존이 샐쭉해
서 투덜거렸다.

"우리는 입이 아니지?"

한차 향이 은은하게 퍼졌다. 한의 앞에 잔을 놓아주고는 건희
는 컵에 가득 담긴 아이스크림을 생글생글 웃으며 먹기 시작했
다. 조용히 차를 마시는 한과는 달리 주위에 많은 눈들이 그 주
인의 의지와는 상관없이 자꾸 한에게로 향하고 있었다.

"이한 씨?"

자신을 부르는 건영의 목소리에 한은 고개를 돌렸다. 무슨 일
이냐는 듯 바라보는 한을 보며 건영이 물었다.

"설마 지금 여기서 살려는 건 아니겠죠?"

"건희 씨랑 결혼해서 여기 살 건데요? 안 되나요?"

"당근 안 되지, 내가 살 집인데!"

그러자 장난기가 발동한 건희의 모친이 건영의 등을 탁 치며
말했다.

"삽질 하지 말고 네가 나가. 네 누나 나이가 서른이여. 이참에

시집보내야지!"

"옳소!"

건희가 문을 열고 밖으로 나왔을 때 바람이 불어와 담 옆에 서 있는 은행나무 잎들을 흔들고 갔다. 오늘따라 건희네 집 작은 마당 한 쪽으로 심어둔 상추며, 고추, 그리고 방울토마토의 내음이 싱그러웠다. 조롱조롱 매달린 빨간 방울토마토가 몹시 사랑스러워 보였다. 한이 문을 열고 나와 현관 앞에 앉아 있는 건희와 어깨를 기대고 앉았다.

"있지⋯⋯."

"네에?"

"영혼의 방아쇠라는 말 알아?"

"글쎄요?"

"트리거(Trigger)는 이성을 만났을 때 결정적으로 사랑에 빠지게 만드는 방아쇠라더라. 넌 언제 결정적으로 영혼의 방아쇠를 당겼니?"

"음, 처음부터요."

"피이, 그게 뭐야?"

"정말이에요. 내가 누군가를 사랑하잖아요. 그럼 그건 언제나 바로 당신이에요. 그러니 내 방아쇠는 언제나 당신을 겨누고 있는 거죠."

"피이~ 사실 네가 무조건 우기는 것 같지만 사실 나도 그렇게 생각해."

건희는 그렇게 말하며 멀어도 가까운 사람, 멀수록 더욱 선명한 사람을 바라다보며, 거기 그렇게 한참을 앉아 있었다.

〈건희의 다이어리〉

잠자는 숲 속의 공주처럼 나는 아주 오랫동안 깊은 잠 속에
빠져 있었던 것 같다. 동화 속의 그녀가 잠을 깨워줄 누군가를
기다렸듯이, 나도 여기에서 당신을 기다렸던 건지도 몰라. 아주
오랜 시간을 기다려 왔어. 당신이 머물러 줄 내 마음은……. 어
쩌면…… 나는…… 내내 당신을 기다리며…… 기다리며…… 또
기다리며…… 어두운 꿈속을 헤매고 있었던 거 같아.

혹 당신이 나를 찾지 못할까 봐, 나를 찾아내지 못한 채 결국
포기해 버릴까 봐, 그래서 다시는 당신을 볼 수 없게 될까 봐.
나는 내내 두려움에 떨었던 것인지도 몰라.

트리거(Trigger)는 방아쇠란 뜻이래.

이성을 만났을 때 결정적으로 사랑에 빠지게 만드는 방아쇠.

하지만 난 그 방아쇠에 언제나 손가락을 걸어두고 있었던 거
야. 내 긴 잠을 깨우러 오는 당신을 향해 바로 당겨 버리려고
말야.

오늘 햇볕은 쨍하다.

가뿐한 맘으로 go out.

부록

《대한제국 제1대황제 고종 광무태황제 가계도》

고종 광무태황제
(1852~1919)

├── 명성태황후 민씨 ────┬── 원자(1871~기)
│   (1851~1895)   ├── 왕자(요절)
│   └── 순종(1874~1926)
│
├── 순헌황귀비 엄씨 ──── 영친왕 이은(1897~1970) ──── 이방자(1901~1989) ──┬── 이진(1921~1922)
│   (1852~1911)   └── 이구(1931~2005)
│
├── 영보당 귀인 이씨 ──── 완친왕 이선(1868~1880)
│
├── 복녕당 귀인 양씨 ──── 덕혜옹주(1912~1989) ──── 소우 다케유키 ──── 종정혜(1932~??)
│   └── 의친왕비 김씨
│
└── 귀인 장씨 ──── 의친왕

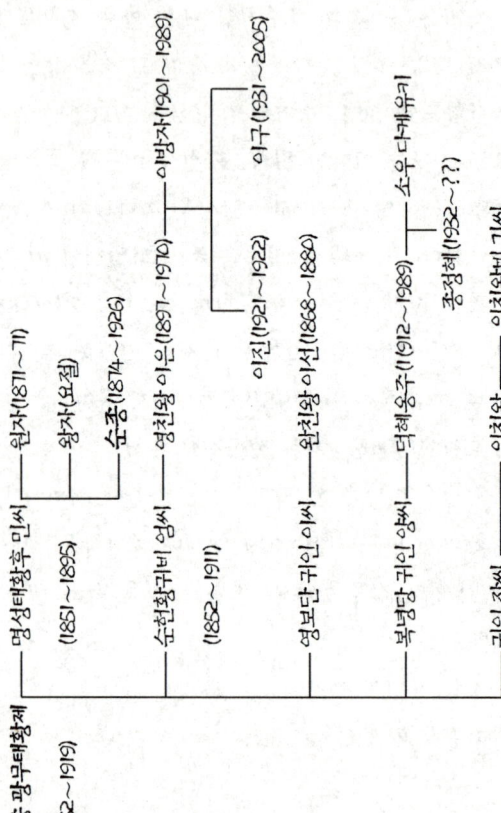

〈대한제국 2대황제 순종 융희효황제 가계도〉

순종 융희효황제
(1874~1926)
├─ 순명효황후 민씨 (1872~1904): 무자
└─ 순정효황후 윤씨 (1894~1966): 무자

〈의친왕 가계도〉

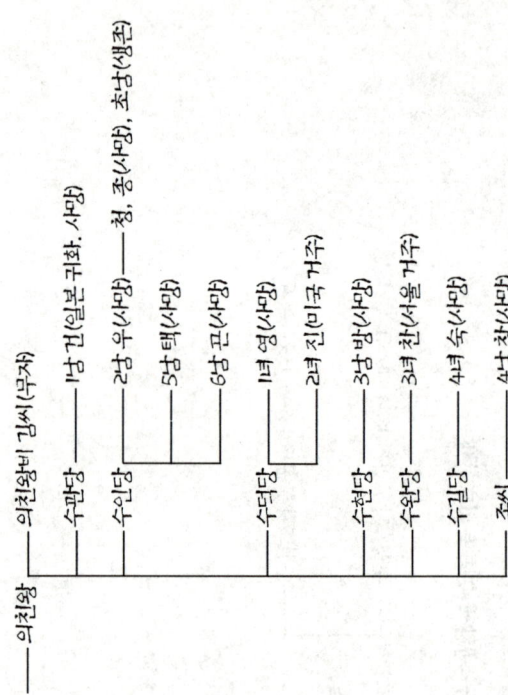

귀인 장씨 ──── 의친왕 ──── 의친왕비 김씨(무자)

의친왕 ──── 수관당 ──── 1남 건(일본 귀화, 사망)

수인당 ──── 2남 우(사망) ──── 청, 종(사망), 초남(생존)
        5남 택(사망)
        6남 곤(사망)

수덕당 ──── 1녀 영(사망)
        2녀 진(미국 거주)

수현당 ──── 3남 방(사망)

수완당 ──── 3녀 찬(서울 거주)

수길당 ──── 4녀 숙(사망)

조씨 ──── 4남 창(사망)

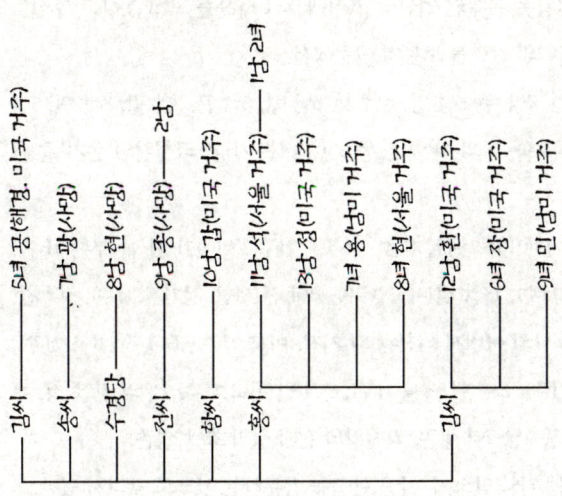

김씨 ── 5녀 꽁(혜경, 미국 거주)
손씨 ── 7남 팡(사망)
수경당 ── 8남 현(사망)
전씨 ── 9남 종(사망) ── 2남
향씨 ── 10남 갑(미국 거주)
홍씨 ── 11남 석(서울 거주) ── 1남 2녀
        13남 정(미국 거주)
        7녀 용숙(미국 거주)
        8녀 현(서울 거주)
김씨 ── 12남 환(미국 거주)
        6녀 장(미국 거주)
        9녀 민(남미 거주)

♣현재 생존한 황족들에 관하여…

고종의 직계손으로 영친왕의 외아들이며 마지막 황세손 이구 씨는 2005년 7월 16일 자신이 태어난 터인 일본 도쿄 아카사카 프린스호텔 방에서 별세. 의친왕은 본부인 덕인당 김씨에게서 적자를 보지 못하고 후실들에게서 13남 9녀의 자손을 보는데 이중에서,

사망: 1남 건, 2남 우, 3남 방, 4남 창, 5남 택, 6남 곤, 7남 광, 8남 현, 9남 종, 1녀 영, 4녀 숙, 우의 차남 종 등 9남 2녀는 사망, 의친왕의 손자 종 사망.

생존: 10남 갑(미국 거주), 11남 석(서울 거주. '비둘기 집'을 부른 가수), 12남 환(미국 거주), 13남 정(미국 거주), 2녀 진(해원. 경기도 거주), 3녀 찬, 5녀 공(해경. '나의 아버지 의친왕'의 저자. 미국 거주), 6녀 장(미국 거주), 7녀 용(남미 거주), 8녀 현(서울 거주), 9녀 민(미국 거주), 우의 장남 청, 우의 서자 초남 등 4남 7녀 생존, 의친왕의 손자 청과 초남 생존.

거주지 또한 위와 같으며, 가끔 한국을 방문하는 것으로 알려져 있다.

♣ 한국 정부가 황족 보조를 얼마만큼 하고 있는지…

이승만 때 일본에 억류된 영친왕 내외와 덕혜옹주 등의 귀국을 방해하는 것을 시작으로, 왕족들의 재산 몰수. 의친왕은 6.25 때 피난을 가다 재산을 분실함. 박정희 때 왕족들의 사업을 장려하고 후원하기 시작. 일본에 억류된 왕족들 귀국. 전두환 때 왕족들을 다시 압박하기 시작. 대부분의 왕

족들이 외국으로 도피함. 현재까지 외국에 거주 중으로 그 나라의 시민이 되어 연금을 받으며 생활하고 있음. 현재 정부로부터 연금을 받는 사람은 영친왕의 아들 이구 씨뿐으로 그는 대동 종약원 총재로 재직 중이며, 1년에 두 번 종묘제례 때 초헌관으로 제향하기 위해 한 번, 정부로부터 연금을 받기 위해 한 번 입국함. 그 외의 왕족들에게는 국민에게 주어지는 최소한의 혜택만이 기본적으로 주어질 뿐임. 한국에 거주하는 왕족들은 대부분 극빈하다.

♣ 현재 황실 재건을 위해 활동하고 있는 단체명과 소개
●대한황실재건회 http://cafe.daum.net/KoreanEmpire
  1999년 '조선왕조를 사랑하는 사람들의 모임'으로 다음 카페를 통해 최초 발족

♣참고 자료
한국의 황제 / 이민원 / 대원사
일월 오악도 1, 2, 3, 4 / 안천 / 교육과학사
풍운의 한말 역사 산책 / 유시원 / 한국문원
비극의 군인들 / 이기동 / 일조각
한국 현대사의 재조명 / 홍순호 외 / 대왕사
고종 시대의 재조명 / 이태진 / 태학사

이제 비단속옷의 긴 시간 여행이 끝났습니다. 미국에 '만인의 연인 케네디'가 있다면, 마케도니아에 '알렉산더대왕'이 있다면, 우리에겐 '만인의 연인 정조대왕'이 있다… 그런 생각으로 비단속옷은 시작되었습니다.

그래서 만약, 정조대왕을 내 이야기 속에서 환생시킨다면? 그것도 멋지고 로맨틱한 모습으로! 상상만 해도 저는 좋았습니다. 언젠가 꼭 그렇게 해드리고 싶었습니다.

처음 만들어본 제 이야기 속에서 행복한 꿈을 꾸었습니다. 제 주인공들이 모두 행복해져서 다행입니다. 1, 2부가 눈물이 많았기에 중간중간 판타지로 연을, 수를, 정조대왕을 살리고 싶다고 많이 생각했지만 아쉽게도 그럴 수가 없었습니다. 아름다운 청년 수는 그냥 우리 상상 속에 아름답게 남아 있기를 바랍니다.

3부는 미리 자료를 찾아두고 눈물 한 방울도 없는 글로 만들고 싶어서 봄과 여름이 다 가기 전에 쓰려고 노력했습니다. 3부는 사실 두 가지 시놉으로 써졌습니다. 비단속옷의 모든 인물을 환생시키는 것과 그저 연과 산만을 살려내는 것. 결국 밝은 글로 가기 위해 산과 연만이 환생하는 쪽으로 선택되었습니다.

이 이야기의 주제를 잘못 알고 있는 우리 역사, 그리고 귀한 사랑, 우정, 충성으로 정하면서 그저 잠시 그런 생각들을 했습니다. 우리가 이제는 한번쯤 이런 문제들을 다시 생각해 보아야 하지 않을까, 이 문제가 우리가 우

작가후기

리의 역사 중에 매듭지어 놓지 못한 일들 중 하나가 아닐까, 역사의 수레바퀴 속에서 단단히 짚고 넘어가야 할 일들을 그냥 넘어가면 우리는 언젠가 그 매듭지어 놓지 못한 문제로 인해 역사의 대열에서 풀어지고 이탈하는 낭패를 당하게 되지 않을까 하는……. 그래서 우리 함께 지난 시간을 되돌아보면 어떨까 하는 마음이었답니다.

사랑하는 나의 가족들과 연재도 성실하게 못하는 절 늘 이해해 주시는 카페 식구들, 글동무 식구들, 로망 가족 여러분, 비단속옷 1, 2부를 사랑해 주시고 저를 응원해 주시는 여러분들, 마지막으로 청어람 가족들 감사드립니다. 늘 처음 제 마음에 촛불 밝히던 그 마음을 잊지 않겠습니다.

나는,

내 글이 세상을 향해

행복한 날갯짓을 하며,

날아갈 그날까지……

나는 쓰고,

쓰고,

또, 쓰겠습니다.

—장마비 내리는 날 떨어지는 꽃잎을 보며

행복한 마음으로 이혜경 드림.

hungeoram romance novel

김지안

2003년부터 글을 쓰기 시작함

2004년 「친구의 남자」, 「사랑의 시차」 출간

현재 「어린 연인」, 「그대, 사랑해도 될까요?」 연재 중

http://cafe.e-novelist.com/irene

『굳이 사랑하지 않아도 좋다』

결혼이라니! 하룻밤의 대가로 결혼을 요구한다?

"저…… 아이 가졌어요."

"뭐?"

하룻밤의 일탈로 임신을 하게 된 은수, 그녀의 선택은……

"후, 그래, 내 아이라고 치자. 그래서? 원하는게 있을 거 아냐?"

"결혼이요."

● 김지안 지음 값9,000원

이조영

1968. 4. 7 生 / AB형

출간작 〈더블 스텝〉

차기작 〈오아시스 내 청춘〉

완결작 〈Doughnut and Banana〉, 〈너바라기〉,

〈순수의 계절〉 그 외

〈노다지 하숙집에는 앙큼 고양이가 산다〉 완결 후

2부 〈피터팬 바이러스〉 준비 중

『적과의 만찬』

일제 때부터 전해져 내려오는 전통 한식집 '백궁'을 둘러싼,

가지려는 남자와 빼앗기지 않으려는 여자의 불꽃 같은 전쟁.

"좋아. 나도 생각을 해보지. 앞으로 백 일 주지.

내가 이 땅을 포기할지 안 할지는 그 안에 결정지을 거요.

대신 당신도 내게 해줘야 할 일이 있어. 내 세 끼를 해결해 주는 거요."

● 이조영 지음 값9,000원

도서출판 **청어람**   chungeoram@chungeoram.com

☎ 032-656-4452   FAX 032-656-4453

하나이

천칭자리. O형
성격 미지수, 인간성 미지수, 글 수준 미지수
무슨 생각으로 살아가는지 자신도 파악되지 않는
미완성의 인간

gounnim2002@hanmail.net
http://moo24.com/하나이

『이라터 마니아』

"우리 섹스 파트너로 지내는 거 어때요?"

나는 서른한 살의 대한민국 남자다.
기준을 넘어서는 큰 키와 잘생기진 않았지만
누구에게나 호감을 불러일으키는 매력적인 용모를 가진 잘난 남자다.
그런 내 앞에 어느 날 큰 가방 하나만 달랑 들고 한 여자가 나타났다.
우리의 계약 동거는 그렇게 시작되었다.

● 하나이 지음 값9,000원

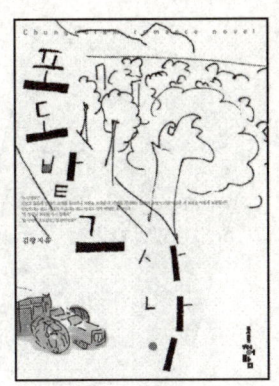

『포도밭 그 사나이』

신새벽, 이 년 이상 농사를 지으면 일만 평의 포도밭을 주겠다는

당숙 할아버지의 전화에 지현 엄마의 눈이 홱 돌아갔다.

등 떠밀려 김천에 내려간 지현은 포도밭 일꾼 그 사나이를 만나게 되는데……

"포도밭 물려받아 백조생활 청산하고 우아하게 살겠다는 게 죄얏!"

"빼딱 구두 신고, 팔랑 치마 입고 무슨 일을 하시나. 꿈 깨시지."

상상하지 말아라! 디비진다!

● 김랑 지음 값9,000원

도서출판 **청어람** chungeoram@chungeoram.com
☎ 032-656-4452 FAX 032-656-4453

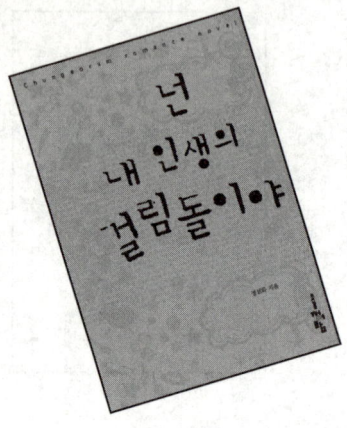

정선화

전형적인 전갈자리 O형

한국 로맨스작가 협회 회원

출간작으로는 '오래오래, 그 후' 가 있다

http://www.greengables.co.kr

okdanso@hanmail.net

『넌 내 인생의 걸림돌이야』

열 살 때, 옆집으로 이사와 내 생활을

어둡게 만들고 있는 걸림돌 하나, 백무익. 정말 이름처럼 백해무익하다.

그런 놈이 언제나 나를 방해하고 있다.

어떻게 하면 나 강인혜,

이름처럼 강하게 홀로 설 수 있을 것인가!

그리고 십 년이 흘렀다.

● 정선화 지음 값 9,000원

도서출판 청어람 chungeoram@chungeoram.com
☎ 032-656-4452 FAX 032-656-4453